Waldsteinnebel

Waldsteinnebel

Adrian Roßner

Koberger & Kompany Verlag
N ü r n b e r g

www.kobergers.de

Satz:
Thomas Kropp, Hof

ISBN 978-3-938374-22-1

Über deine dunklen Wälder
Rauscht ein schwermutsvoller Sang,
Ach, ich weiß ihn nicht zu deuten,
Diesen tiefen Sehnsuchtsklang.

Selbst im Moos die Quelle murmelt
Immerfort ein Tränenlied
Eh sie aus der Heimat scheidet
Und zum fernen Meere zieht.

Droben, durch das Burggemäuer
Weinet leis der Abendwind
Und das Käuzlein in der Fichte
Jammert wie ein müdes Kind.

Sag, warum nur dieses Klagen,
Diese Schwermut ringsumher?
Bist du, Heimat, leidgeboren,
Weil dein Lied so tränenschwer...?

Christian Sümmerer

Kapitel I

Langsam schoben sich die weiß-grauen Fetzen der abziehenden Gewitterwand am milchigen Mond vorbei, dessen Licht schemenhafte Gestalten in das nächtliche Dickicht malte. Kaum waren die letzten Tropfen gefallen, schälte es sich aus dem finsteren Unterholz und begann seine kurze Existenz, die schon vor den ersten Strahlen der früh aufgehenden Sonne ihr Ende finden würde. Mühsam kämpfte es sich vorwärts und wurde mit jedem Zentimeter, den es zurücklegte, langsamer, doch schritt es dennoch unaufhaltsam voran - weder Bäume noch Steine, von denen es hier wahrlich genügend gab, konnten es aufhalten. Wie ein feiner Schleier legte es sich um die jungen Triebe der alten Stämme, die es schon manches Mal auf seiner Wanderschaft gesehen hatten. Für manche Menschen ein Vorhang zu ihren dunkelsten Ängsten, war es für die Flora des Fichtelgebirges Lebensspender und Nährmutter zugleich: Das Nebelgespinst.

Gemächlich segelte das Blatt zu Boden und landete – natürlich – genau in der größten Pfütze, die diese verdammte Straße auf der gesamten Breite aufzuweisen hatte. Ralf griff noch danach, als er merkte, dass der letzte Atemzug des endlich abgezogenen Sturmes es ihm aus der Hand reißen wollte, bekam es aber nur kurz zu fassen, ehe es zusammen mit den Pendants aus seinem Brunnen-Block die Fahrbahn pflasterte. Wenn es nicht seine gerade fertiggestellten Aufgaben für den morgigen Tag gewesen wären, hätte er beinahe darüber lachen können: Immerhin waren Pflaster das, was diese Straße am dringendsten gebraucht hätte, aber anscheinend waren die grob behauenen Steine in Zell Mangelware, so wie ziemlich alles andere auch, was normale Menschen zum Leben brauchen. Seine sowieso schon missmutige Laune verschlechterte sich nur noch mehr, als Ralf erkannte, wie das in die Gullis abfließende Wasser die Arbeit der letzten Tage mit sich nahm und in die alten Kanäle spülte. „Super...klasse, einfach nur toll! Dieses verdammte Kaff mit seinen verdammten Straßen und diesem beschissenen Wetter macht mich noch krank!" Gerade einmal eine Woche war er hier und schon widerte ihn das Landleben an. Er war ein Kind der Stadt; schon immer gewesen. Geboren in Hamburg waren ihm Reeperbahn und Michel tausendmal lieber als Landluft und weidende Kühe, die den ganzen Ort mit ihrem Mief in einen bestialischen Gestank tauchten, sobald der Wind (un-) günstig stand. Wäre es nicht für die Verbeamtung, hätte er seine geliebte Heimat im Norden Deutschlands wohl nie verlassen, aber selbst als frisch gebackene Lehrkraft, die mit Bestnoten ihr Referendariat abgeschlossen hatte, konnte er sich die

Großstadt nicht leisten – noch nicht. Auf der Suche nach geeigneten und vor allem gut bezahlten Stellen stieß er auf ein wahres Paradies inmitten des Bildungsdschungels Deutschland: Billige Mieten, schnelle Aufstiegschancen und Beamtenstatus. Besser konnte es doch gar nicht mehr kommen – gut, er musste dafür nach Bayern, aber nachdem, was er aus Terra X und manchem Tatort gelernt hatte, war es dort unten im Süden nicht einmal so schlimm – und München konnte, was das Angebot an Unterhaltung und interessanten Damen anging, auf jeden Fall mit Hamburg mithalten. Zudem versprach das Land der Burgen und Schlösser für ihn als studierten Historiker recht interessant zu werden, wenngleich sein Hauptaugenmerk während der Zeit an der Uni mehr der mittelalterlichen Hanse gegolten hatte, als Zollern und Wittelsbachern, die, darüber hatte er genügend gelesen, in ihrer Geschichte manchen mehr als komischen Kauz hervorgebracht hatten. Generell, so schien es ihm damals, würde es vor allem die Einstellung der Menschen sein, die ihm am meisten zu schaffen machen könnte. Immerhin war er als Hamburger Jung es gewohnt, in einer multikulturellen und durch Handel wie Verkehr florierenden Weltstadt zurechtzukommen, doch hatte ihn die bayerische „Mia sann Mia"-Denkweise schon immer angekotzt. „Der Bayer ist der Übergang vom Österreicher zum Menschen" hatte Tom ihm damals scherzhaft erklärt, als er ihm von seinen Plänen berichtet hatte, für die erste Zeit im Lehrberuf in die deutschen Südstaaten zu ziehen. „Mensch Ralf, du weißt doch, dass ich damit nur scherze, aber ich hoffe, du bist dir darüber im Klaren, was du für die paar Cent mehr alles aufgibst. Ich kenne niemanden, der freiwillig eine Stadt wie unser Hamburg gegen ein Bundesland eintauschen würde, das mehr oder weniger nur aus Ochsen besteht – und damit meine ich nicht allein die Rinder, wenn du verstehst, worauf ich hinaus will." „Jaja, schon klar. Aber versetz' dich doch mal in meine Lage: Ich bin 27, habe bislang, wenn ich ehrlich sein soll, noch nicht richtig gearbeitet und weiß schon heute nicht mehr, wie es in zwanzig Jahren bei mir aussehen soll. Immerhin werde ich mir in Hamburg keine Wohnung leisten können und sobald die letzte Rate meines Stipendiums aufgebraucht ist, werde ich sogar aus meinem Wohnheim rausgeworfen." „Das kommt alles nur daher, weil du ja unbedingt Pädagogik studieren musstest. Ich erinnere mich noch ganz genau daran, wie oft wir diese Diskussion schon geführt haben, wobei ich dich geschätzte tausend Mal davon überzeugen wollte, in die Wissenschaft zu wechseln. Ich meine: Wer bildet sich 20 Jahre lang aus, nur um dann von aller Welt für die miesen PISA-Ergebnisse irgendwelcher Rotzlöffel verantwortlich gemacht zu werden?!"

Es war eines der letzten Gespräche, die Ralf mit Tom geführt hatte, bevor dieser zusammen mit seiner Freundin zu einer dreimonatigen Recherchereise in die USA verschwand. Ein weiterer Punkt in Ralfs Leben, an dem er sich insgeheim gewünscht hatte, tatsächlich den Rat des Freundes befolgt und die Geschichte zu seinem Hauptstudienfach gemacht zu haben. Immerhin hatte Tom eine sichere, gut bezahlte Stelle an ihrer alten Uni erhalten und konnte so schon relativ früh mit der Familienplanung beginnen, während Ralf noch immer auf eine Antwort auf seine Bewerbung beim Freistaat Bayern wartete. „Freistaat" noch einer dieser Begriffe, der ihm die Galle hochtrieb, wenn er nur daran dachte, die nächsten Jahre in dieser vor Arroganz und blindem Stolz förmlich glühenden Gegend wohnen zu müssen. Interessante Geschichte hin oder her – gerade in solchen Momenten hoffte er heimlich darauf, dass seine Bewerbung erfolglos bleiben würde und er dazu gezwungen wäre, irgendwo in Hamburg unter einer Brücke zu hausen. Wenigstens verstand er hier die Leute und könnte sich sein Brot schon irgendwie erbetteln. Mit einem Kopfschütteln vertrieb er diese Gedanken – so schlimm würde es schon nicht werden, zumal er ja nicht wusste, ob ihm diese Kuhhirten in München überhaupt eine Stelle anbieten würden. Letzten Endes kam das Schreiben – man freue sich sehr, ihm mitteilen zu können, dass man sich dazu entschlossen hatte, ihm einen zunächst befristeten Arbeitsvertrag beim Freistaat Bayern anzubieten. Toll. Ganz toll. Die Brücke erschien ihm auf einmal wieder als bessere Alternative.

Eine Woche später saß er mit seinen zwei Koffern am Flughafen und wartete darauf, dass der Condor ihn in seine Interims-Heimat brachte. Gelangweilt blickte er sich auf dem zu dieser frühen Stunde relativ leeren Gelände um und versuchte, den Kater von der gestrigen Abschieds-Kneipentour zum Schweigen zu bringen. Er hasste Katzen, egal, ob auf seinen Beinen liegend oder in seinem Kopf schnurrend.

Ihm gegenüber nahm eine junge Familie Platz – ein athletisch gebauter, braungebrannter 30jähriger zusammen mit seiner mehr als anzüglich gekleideten Frau und ihrem etwa zwei Jahre alten Sohn. Gekonnt schielte Ralf über seine Tarnung, eine Sonnenbrille a la Heino (letzter Witz seiner Freunde am gestrigen Abend) hinweg und der Dame in die verführerischen Rundungen des Dekolletés. „Hey, Bursch, etzt gib amoll Obacht und her gfälligst auf, meina Fraa dermaßen in na Ausschnitt zer glotzen, hoast mi?!“ „Entschuldigen Sie bitte, ich, ich wollte nicht...“ „Des iss mir scho gloar, wos du wulldsd und wos net!“ Zornig drehte er sich zu seiner Begleiterin um, die die ganze Szene gelassen beobachtet hatte: „Ii hobder jo gleich gsoggd, dass mer net ieber Hamburch häddn flieng sulln. Lauder Gauner, Hoderlumpen und Ziecheiner!“ Entsetzt starrte Ralf die beiden an – sein Aufbruch in die neue, ihm unbekannte Welt fing ja gut an. Wenigstens würde er nun die Stimme dieser reizenden Gestalt hören, die gerade den Mund öffnete, um ihrem Mann ihre Meinung kundzutun. „Nojo, Wolder, ii woss jo need. Wemmer ieber Nemberch gflung wären, no hättmer nu zwaa Stuandn länger braucht!“ Das war ein schlechter Scherz, oder?! Wie, wie konnte eine derart engelsgleiche Gestalt nur mit einem solchen Dialekt auf die Welt gekommen sein! Das Schlimmste ahnend – „Nemberch“ hatte er als „Nürnberg“ identifiziert, seinen Zielflughafen – sprach er die beiden nochmal an: „Es tut mir wirklich leid, wenn es so ausgehen hat, aber ich wollte wirklich nicht zotig erscheinen.“ „Häh?!“ „Naja, ich wollte ihre Frau und Sie keineswegs verärgern!“ „Nojo, des baßd scho! Mei Kuni iss hald eifach a schorfer Fecher, gö?!“ „Äh, ja, aber sagen Sie, wo kommen Sie denn her, aus Hamburg ja wohl nicht, oder?“ „Aus Hamburch, dem Dreggsloch, naa, ganz sicher net. Mia senn aus Freising. Wassd, wu des is?“ „Ähm, im Moment leider nicht, nein.“ „No in Bayern! München, Oggdobärfest, BMW, Weißbier… schnaggeld's?“ Mist. Das werden harte erste Jahre.

In Nemberch, pardon, Nürnberg, angekommen, erhielt er exakt jenes Willkommen, das er sich in seinen kühnsten Träumen nicht erwartet hätte: Massen von Menschen, die in einer der deutschen Sprache nur mehr ansatzweise ähnelnden Flut von ihm vollkommen unbekannten Wörtern über alles Mögliche redeten. Entnervt blickt er sich um: Werbeplakate...Zeitungsständer...Souvenirläden. Er hatte noch ein wenig Zeit, bis sein Zug abfahren würde und so schlenderte er gelangweilt durch die hellen Hallen des Flughafens, sofern man diesen Provinz-Airport überhaupt so nennen konnte. An den mit Aufklebern, die Schloss Neuschwanstein, die Kaiserburg und andere Sehenswürdigkeiten zeigten, zuplakatierten Wänden vorbei strebte er auf einen Kiosk zu, hinter dessen Tresen eine junge blonde Verkäuferin genüsslich an einem Kaugummi lutschte. „Entschuldigen Sie, haben Sie die Zeit?" „Ähm ja, natürlich, vorderstes Regal, drittes Fach links." „Danke!" Wenigstens sein Lieblings-Medium würde er nicht missen müssen. Er ließ sich auf einer der leeren Bänke nieder und blätterte langsam die, wie er schon immer fand, überdimensionierten Seiten der Zeitung durch, während er versuchte, einige der in seinen Ohren fremden Worte zu verstehen. „Äddenschen, Äddenschen, blies. De Flaid tu Woschingdn will bi a liddle läider." Sollte das Englisch gewesen sein, was da aus den Lautsprechern kam? Er schauderte – immerhin würde er die Kinder am Gymnasium in, wie hieß diese Stadt noch gleich?, „Münchberg" auch in der neuen Weltsprache unterrichten müssen, wobei er darauf hoffte, dass seine Kollegen ihnen wenigstens in dieser größeren Stadt den Dialekt etwas abgewöhnt hatten. „Münchberg"... als er die erste Silbe des Namens im Brief, der ihm seinen ersten Einsatzort mitteilen würde, gelesen hatte, fiel ihm ein Stein vom Herzen, der die geliebte Elbe hätte blockieren können. Nachdem er einmal kurz durchgeatmet und sich bereits auf die feschen bayerischen Mädels, deren unnatürliche Sprache er zu dieser Zeit noch nicht gehört hatte, freute, las er weiter und sah nicht etwa „-en", sondern „-berg". Schnell setzte er sich an seinen

Computer und fand tatsächlich einige Einträge, die ihm wenigstens ein paar grundlegende Fakten über diese Stadt brachten. Es existierten sogar eigene Beiträge nur für ihre Geschichte und die sehenswerten historischen Bauwerke – es muss sich dabei um eine recht große Stadt handeln, wenn sie so viel zu bieten hat. Größer auf jeden Fall als dieses Nürnberg, wobei es ihn gewundert hatte, dass er nicht direkt hatte auf Münchberg fliegen können. Bei diesem Gedanken fiel ihm mit einem Mal siedend heiß ein, dass sein Zug in dreißig Minuten abfahren würde – wenigstens diese Verbindung war eine direkte ohne Umsteigen. Nach einer kurzen Fahrt zum Bahnhof, die ihm aufgrund des bayerischen Liedgutes, das aus den Lautsprechern neben dem Fahrer dröhnte und vor dem ihm seine Freunde noch gewarnt hatten, als sie ihm die Sonnenbrille von Heino gaben, ewig erschien, saß er endlich im Zug und genoss die ersten Blicke auf Bayern. Schön war es, grün, relativ leer und meist etwas verfallen, aber schön. Nach knapp 30 Minuten kam der Zug in Bayreuth an, die Stadt Richard Wagners. Spontan fiel ihm ein Spruch von Woody Allen ein: „Ich darf nicht derart viel Wagner hören, da ich ansonsten das Bedürfnis hätte, Polen zu überfallen.“ Er selbst kannte nur den „Walkürenritt“ und, durch einen recht interessanten Vortrag beim Lehrstuhl für Musikwissenschaften, die enge Beziehung zwischen dem Wagner-Clan und Adolf Hitler. Immerhin war Houston Stewart Chamberlain, Autor des rassistischen Werkes „Grundlagen des 19. Jahrhunderts“ Wagners Schwiegersohn und auch der Rest der älteren Generationen schien dem späteren NS-Gedankengut relativ offenherzig gegenübergestanden zu haben. Eine Farce, wenn man bedenkt, dass Richard Wagner selbst dem später vom ihm denunzierten Felix Mendelsohn-

Bartholdy Briefe geschickt hatte, die er mit „dein Sklave" unterzeichnet hatte. Eine Ironie der Geschichte, wie er sie gerne mochte. „Endschuldigung, die Fohrkaddn bidde!" „Wie bitte?!" Aus seinem Tagtraum gerissen, starrte Ralf die beleibte Dame in der viel zu engen Bluse fragend an und erntete dafür einen jener Blicke, die mehr über die Enerviertheit des Gegenübers auszudrücken vermögen, als hundert Worte. „Ihre Fahrkarde ... bidde!" „Oh, ja, natürlich! Entschuldigen Sie bitte, aber das ist mein erster Aufenthalt in Bayern und ich"... „Frangn" „Bitte?!" „Sie senn do in Frangn – Bayern fängt erschd hinderder Donau oo!" „Naja, Sie müssen schon verzeihen, aber ich denke, ich weiß, wo die Grenzen der Bundesländer verlaufen und wir sind hier eindeutig in Bayern." „Su, no wennsa maana. Obber bassnsa bluus auf, zer wem sa su wos song!" „Äh, ja, werde ich. Danke..."

Nach dieser seltsamen Begegnung freute er sich darauf, endlich nach Münchberg zu kommen. Anscheinend war Bayreuth noch kleiner und provinzieller als Nürnberg, hatte aber dennoch das Prädikat „Stadt" bekommen – Nun, in Münchberg würde die Welt anders aussehen. Das tat sie auch, allerdings nicht so, wie Ralf es sich vorgestellt hatte: Die anfangs dreigleisigen Schienenstränge liefen zuerst zu einem Paar zusammen, bis letzten Endes auch die Trasse, die die ganze Zeit über neben Ralfs Fenster vorbeigehuscht war, verschwand und an ihrer statt ein dichter Wald auftauchte. „Achdung, nächsder Hald in Münchberch. Ausstieg in Fahrdrichdung lings." Endlich, die Odyssee durch Bayern – oder Franken, wie auch immer – schien vorbei zu sein und Ralf stieg mit überraschend beschwingten Schritten aus dem Zug, nur um schnellstmöglich umkehren zu wollen. Der Münchberger Bahnhof war keineswegs die moderne Halle, die er in einer derart großen Stadt erwartet hätte, sondern ein, wenngleich architektonisch schönes, rosa gestrichenes Gebäude, von dem an jeder Ecke der Putz nicht abblätterte, sondern in großen Platten hinunter fiel. Er ging zur Tür, die seiner Meinung nach in das Innere des Hauses führen musste, merkte jedoch schnell, dass sie anscheinend schon längere Zeit nicht mehr geöffnet worden war. Überrascht und nichts Gutes ahnend schlich er um die Bauten herum und kam letztendlich auf eine Straße, die in der einen Richtung zu einer Industriebrache und in der anderen in die Stadt zu führen schien. Zuerst jedoch trieb es Ralf auf eine ihm gegenüberliegende Plattform, über deren Geländer hinweg er das Dach eines Kirchturms gesehen hatte und von der aus er glaubte, einen guten Blick jedenfalls über einen kleinen Teil Münchbergs zu haben. Entschlossen suchte er nach einem Zebrastreifen, um sicher die Straße überqueren zu können, doch als er feststellte, dass meilenweit kein einziges Auto zu sehen war, huschte er, entgegen seiner innersten Hamburger Triebe, hinüber. An der Plattform angekommen, fiel ihm die Kinnlade herunter – das, was da vor ihm lag, war keine Stadt, sondern ein Dorf. Wo waren die ganzen Hochhäuser, die Fabriken und Schulen? Er griff sich einen älteren Herren, der gerade aus einem grell-gelb gestrichenen Haus herauskam, das die Aufschrift „Lucky Play“ zierte und fragte mit zitternden Stimme: „Ist das Münchberg?“ „Ho“ „Und wo ist ihre Industrie, von der ich im Internet gelesen habe? ‚Münchberg – Stadt der Textilindustrie‘“. „Tja, do senn sa gut zwanzich Johr zer sped“ Mit diesen Worten ließ der Alte Ralf einfach stehen und torkelte langsam in Richtung Innenstadt. Er hatte sich für die ersten Wochen ein Hotelzimmer direkt im Kernbereich gemietet, das er sich selbst mit seinem Stipendium allein ein ganzes Jahr hätte reservieren können. „Jedenfalls wird es nicht lange dauern, bis ich genug Geld zusammen habe, um wieder zurückzufahren“ dachte er bei sich, als er das überraschend schmucke Hotel betrat und zielstrebig auf die füllige Dame hinter der Rezeption zutrat. Sich für die schlimmsten Wortschwälle wappnend sprach er sie an „Hallo, mein Name ist Benz. Ich habe bei Ihnen ein Zimmer gebucht.“ „Einen Moment, bitte, ich werde kurz nachsehen.“ War es denn möglich?! Er verstand diese Frau! Zwar hörte man noch immer ein „D“ anstelle des „T“, aber der Rest war wunderbarstes Hochdeutsch. „Folgen Sie mir bitte, Herr Benz“ „Ach, entschuldigen Sie, aber ich muss Ihnen einfach sagen, wie froh ich bin, eine normale Sprache zu hören!“ „Oje, kommen Sie von weit her? Nun, ich weiß noch, als ich und mein Mann damals aus Berlin rübergekommen sind, hatten wir anfangs auch Probleme mit dem fränkischen Dialekt, aber glauben Sie mir, man gewöhnt sich dran.“ „Warum denn fränkisch? Ich dachte, wir sind in Bayern.“ „Oh, großer Fehler, junger Mann! Sie sind hier natürlich in Bayern, aber die Franken haben davon eine ganz andere Meinung!“ Plötzlich fiel es ihm wieder ein – er hatte davon in einer Vorlesung gehört, die ihm mittlerweile aus einer anderen Zeit zu sein schien: Franken war erst seit 1810 ein Teil von Bayern – damals als „Reparation“ von Napoleon an die getreuen Volksleute gegeben, hatten sich die Franken anscheinend bis heute nicht an diese Situation gewöhnt. Gut, anderes Thema: „Aber sagen Sie: Ich dachte Münchberg wäre eine Stadt?“ „Ja, das sind wir doch auch – 10.000 Einwohner – die größte Stadt im Landkreis Hof.“ „Zehntausend…das ist ja … toll!“ Er bedankte sich bei der freundlichen Rezeptionistin, die, wie sich herausstellte, auch die Besitzerin des Hotels war, brachte seine Koffer auf sein Zimmer, das neben einem schmucken Bett einen Schrank, eine Kommode mit Fernseher und ein eigenes Bad enthielt und legte sich erst einmal hin. Es war alles ziemlich das komplette Gegenteil von dem, was er sich vorgestellt hatte – allerdings wusste er in diesem Moment auch noch nicht, was ihn in den nächsten Wochen erwarten würde.

Kapitel II

„It's so easy to fall in love; it's so easy to fall in love... Einen wunderschönen guten Morgen wünsche ich Ihnen und nun raus aus den Federn und ab in den Sonnenschein." Schlaftrunken rieb Ralf sich die Augen, bevor er mit einer für seine Verhältnisse allzu kräftigen Bewegung den vermaledeiten Radio-Wecker zum Verstummen brachte. Es war Montag und er versuchte, sich kurz zu orientieren: Er war vor zwei Tagen in Münchberg angekommen, einer „Stadt", wie er sie sich garantiert nicht vorgestellt hatte. Keinerlei Industrie, außer zwei kleineren Firmen, die mehr schlecht als recht versuchten, sich der Globalisierung und damit einhergehend dem „Outsourcing der verbliebenen Arbeitsplätze" zu verschließen, marode Straßen und Bauwerke, die das Gesicht des sicher einstmals recht schönen Fleckchens in einen Schatten seiner ehemaligen Selbst verwandelten, sowie eine seltsame Sprache, die aus irgendwelchen etymologischen Gründen, die Ralf noch immer nicht ganz einleuchten wollten, keinerlei harte Konsonanten kannte. Mit all diesen Faktoren hatte er gestern, als er sich auf eine kleine Entdeckungstour gemacht hatte, noch einmal etwas genauer Bekanntschaft schließen können. Vor seinem geistigen Auge ließ er die Geschehnisse Revue passieren:

Nachdem er sich aus dem Hotel herausgewagt und in den überraschend blauen Himmel gestarrt hatte, war er, so jedenfalls konnte er sich vage erinnern, nach rechts abgebogen, um in den Kernbereich der Stadt zu kommen, den er am Tag vorher von der kleinen Plattform am Bahnhof aus gesehen hatte. Nach einigen Schritten kam er an eine alte Steinbrücke, unter der gemächlich ein Fluss – naja, es war eher ein Bächlein oder Rinnsal – dahinfloss. Links und rechts des Gewässers konnte er einige Enten dabei beobachten, wie sie versuchten, der Krumen habhaft zu werden, die die Besucher einer recht schmucken Eisdiele ihnen zuwarfen. Betrübt musste Ralf an sein Hamburg und die Elbe denken: Das Federvieh, das sich hier seiner einfachen Existenz erfreute, musste auf einer der größten Wasserstraßen Deutschlands jeden Tag ums Überleben kämpfen und gegen von Menschenhand erschaffene Monstren ankämpfen, die, wahrscheinlich, um den Eindruck von Sympathie zu erwecken, seltsame Münder an den Bugen trugen, während ihre gewaltigen Schaufeln am Heck alles Leben durcheinanderwirbelten, um die Kolosse durch das Wasser zu schieben. Er stellte sich gerade vor, wie wohl dieses Bächlein, das, wie er von einer Info-Tafel erfahren hatte, den seltsamen Namen „Pulschnitz“ trug, nach einigen Kilometern aussehen würde, als er mit Wucht von hinten an die Brüstung der Brücke gedrückt wurde. „Und hier sehen Sie die sogenannte Pocksbrü...oh, Entschuldigung!“ Er wollte gerade zu einer Schimpftirade ansetzen, in die er endlich seine ganze Enttäuschung über den Anfang jenes neuen Kapitels seines Lebens hätte packen können, als er in zwei der schönsten Augen blickte, die er jemals gesehen hatte: Sie waren braun, wiesen jedoch kleine, helle Sprenkel auf, die den Eindruck erweckten, man würde in einen klaren Abendhimmel blicken, an dem sich langsam die ersten Sterne als Vorboten einer kühlen Nacht zeigten. Nur widerwillig wandte Ralf sein Hauptaugenmerk von diesen beiden Reizen ab und erlaubte seinem Blickfeld, sich auf das ganze Gesicht der Person zu fokussieren, die da vor ihm stand. Es war eine für diese Gegend recht attraktive junge Frau – vielleicht Ende zwanzig, mit schulterlangen, kastanienbraunen Haaren und einem an sich etwas dunkleren Teint, als er ihn bislang in dieser kalten Region im Norden Bayerns – oder Frankens, wie dem auch sei – gesehen hatte. „Ist alles in Ordnung mit Ihnen?“ „Hmm?...Äh, was?“ Nur langsam konnte Ralf sich vom Anblick vor ihm lösen und sein Mundwerk, das er gerade noch rechtzeitig gedrosselt hatte, wieder in Betrieb nehmen. „Ob mit Ihnen alles in Ordnung ist, habe ich gefragt!“ „Oh ja, natürlich, einen so sanften Stoß halte ich schon aus. Ich meine, eine derart zarte Berührung... also ein solcher Stupser macht mir nichts!“ Tiefe Dankbarkeit überschwemmte ihn, als die Frau vor ihm sich ein leichtes Schmunzeln verkniff, ihm stattdessen die Hand ausstreckte und sagte: „Nichts für ungut! Wollen Sie sich meiner Führung anschließen? Sozusagen als kleine Wiedergutmachung für den Stoß, die Berührung oder wie Sie es nun auch nennen möchten?“ „Ja, liebend gerne!“ sagte Ralf mit eventuell etwas zu viel Elan in der Stimme, drückte sich an den wartenden Touristen vorbei und stellte sich in die hintere Reihe, um den Ausführungen der liebreizenden Person, die er vor sich sah, begierig zu lauschen, wobei sie ihm wahrscheinlich auch von der Herstellung der berühmten Matjes-Filets hätte erzählen können, um ihn ganz in ihren Bann zu ziehen. Nach einigen Momenten des betretenen Schwelgens war Ralf wieder klar genug im Kopf, um sich eine ernste Frage zu stellen – genauer gesagt, sogar zwei: 1. Wer war dämlich genug, als Tourist gerade in diese Stadt zu kommen? Und zweitens: Warum waren derart viele Menschen derart dämlich, dass man es sich sogar leisten konnte, hier geführte Rundgänge anzubieten? Er schüttelte diese Gedanken aus dem Kopf und gebot sich, seine Aufmerksamkeit wieder dem betörenden Wesen vor sich zu schenken. Es berichtete gerade davon, dass das Stadtwappen Münchbergs, das man auf der Vorderseite jener Brücke sehen konnte auf der Ralf vor wenigen Momenten gleich zweimal der Atem gestockt war, und das einen auf einem Berg thronenden Mönch darstellte, viele Menschen zu der Annahme verleitete, der Namen der Stadt sei auf ein Kloster zurückzuführen. Allerdings konnte das bis heute trotz tiefgreifender Recherchen niemand nachweisen. „Die Münchberger Geschichte ist generell eine sehr lange – schon seit dem frühen 11. Jahrhundert lassen sich in unserer Region erste Siedlungen nachweisen, wobei neben der Erstnennung einer kleinen Mönchsklause im noch heute danach benannten Zell aus den Jahren 1000 ein hier an der Pulschnitz gelegener Turmhügel zur Verteidigung der vorhin bereits erwähnten Furt existiert hat.“ *Um 1000? Natürlich war Hamburg noch knapp vierhundert Jahre älter und doch ist es faszinierend, dass sich derart früh erste Menschen in dieser gottverdammten Einöde niedergelassen haben!* Immerhin reichte es Ralf schon nach einem Tag und einer Nacht, doch wenn er sich vorstellte, dass sich vor mehr als 1000 Jahren Siedler in genau diese Gegend verirrt (wie sonst hätten sie hierher kommen sollen?) hatten und tatsächlich geblieben waren, weckte das sein Interesse als Historiker, dass er beschloss, nicht nur allein aufgrund seiner möglichen Erfolgsaussichten bei der hübschen Gästeführerin mit dem Grüppchen mitzugehen – Geschichte aus dem Mund einer alles andere als mittelalterlich anmutenden Schönheit – was konnte es besseres geben?

Die Führung dauerte noch knapp eineinhalb Stunden, wobei die Gruppe eigentlich spätestens nach jeweils fünfzig Metern anhielt, um etwas über Stadtbrände, alte Wehranlagen, berühmte Bierbrauereien oder die mittlerweile im Sterben inbegriffene Textilindustrie zu erfahren. *Schade, dass diese derart interessante Historie so versteckt in den hintersten Ecken und Winkeln der Stadt schlummert!* Die Stimme der Gästeführerin holte Ralf aus seinen Gedanken: „Und damit sind wir am Ende unseres Rundgangs angekommen! Haben Sie noch Fragen?" Die Besucher, vermutlich erschlagen von derart viel Infos, schauten abwechselnd die freundliche Dame lächelnd und ihre Uhren besorgt an und schüttelten energisch mit den Köpfen. „Gut, dann bedanke ich mich für Ihre Aufmerksamkeit und wünsche Ihnen noch einen schönen Aufenthalt!" Ralf hatte nach der Führung Mühe, sich durch die Menge zur Gästeführerin hindurch zu kämpfen, die sich gerade mit einigen älteren Damen unterhielt und sich anhören musste, dass der Rundgang derart interessant gewesen sei, dass man die Zeit ganz vergessen hatte, man nun jedoch dringend noch auf ein schönes Stückchen Torte zur nahen Konditorei marschieren möchte. Und apropos „Torte“: Solche Leckereien wie hier, habe man ja sonst noch nirgends gegessen und das, obwohl man schon einige Städte besucht habe. „Entschuldigen Sie bitte, aber ich hätte noch eine Frage zur Kirche: Neogotik oder Spätbarock?“ fragte Ralf dazwischen und erntete dafür erschrockene Blicke der älteren Besucherinnen, die sich daraufhin schleunigst aus dem Staub machten, sowie einen dankbaren Augenaufschlag der jungen Schönheit. „Danke! Ich verstehe immer nicht, warum sie einem ihre ganze Lebensgeschichte erzählen müssen, sobald man ihnen einmal Interesse vorgeheuchelt hat! Ich bin übrigens die Susanne, Susanne Schuberth! Aber sag‘ doch ruhig Susi!“ „Gerne, Susi, mein Name ist Ralf Benz und ich muss zugeben, dass ich eine derart interessante Führung selten erlebt habe! Und das sage ich nicht nur, weil ich hoffe, dass wir uns noch irgendwo zu einem gemütlichen Kaffee zusammensetzen könnten.“ „Da sage ich nicht nein, meine Kehle ist sowieso total ausgetrocknet und ich denke doch, dass ich einen Dialekt herausgehört habe, dem man hier bei uns nicht allzu oft über den Weg läuft – Köln, stimmt's?“ Das war ein herber Schlag! Ralf hätte vieles durchgehen lassen – friesisch, norddeutsch, platt… aber dass er sich auch nur in einigen Details so anhören sollte, wie die beinahe durchgehend lallenden Kölner, die, das musste er jedoch zugeben, eines der schönsten Gotteshäuser haben, das er jemals gesehen hatte, traf ihn tief. „Hamburg“ erwiderte er nur knapp, um seine Enttäuschung zu verbergen. „Ah, bist du hier, weil du den Ursprung eurer Elbe sehen willst?“ Es wurde ja immer schlimmer! Hatte er sich womöglich in der anfangs derart klug wirkenden Frau getäuscht? War er wieder einmal geblendet von Sex-Appeal auf einen Strohschädel hereingefallen, wie es ihm in Hamburg schon einige Male passiert war?! „Ähm, naja, die Elbe entspringt ja eigentlich im Riesengebirge in Tschechien…" „Na das weiss ich auch, aber die Saale, die bei Barby als einer der mächtigsten Zuflüsse in die Elbe mündet, die entspringt bei uns – jedenfalls in unserer Nähe." *Pfuh, nochmal Glück gehabt!* „Ach, das wusste ich nicht! Aber wie wär's, wenn wir uns beim Kaffee noch ein wenig darüber unterhalten würden?" „Gerne, also du musst wissen, dass die Saale…" und so fing es an – was folgte, war ein beinahe dreißigminütiger Vortrag über diese ominöse Saalequelle, die sich im Münchberger Stadtwald befand, der in der Nähe von Zell lag, was wiederum oftmals zu Streitereien geführt hatte, da sich die Bewohner des kleinen Anrainerdorfes immer wieder illegal Holz daraus gestohlen hätten, was man jedoch meist toleriert hatte, da man im Gegenzug einige Stadtangestellte aus ihren Reihen rekrutieren konnte, die sich dann für wenig Geld um den Wald kümmerten und und und. Unterbrochen wurden die Ausführungen, deren Sprudeln selbst Ralf irgendwann vorkam, wie ein kleiner Bachlauf, der innerhalb kürzester Zeit zu einem wahren Strom angewachsen war, lediglich von seinen vereinzelten „Ach!" und „Das ist ja interessant!"-Rufen dazwischen. „…und letztendlich fließt sie, wie bereits erwähnt, bei Barby in die Elbe. Aber ich quatsche andauernd nur von der Saale! Entschuldige bitte, aber sobald mich ein Thema interessiert, kann ich einfach nicht mehr aufhören, den anderen davon zu erzählen – meine Schüler beschweren sich auch schon andauernd darüber!" Schüler? Konnte es sein, dass dieser anziehende Informations-Bachlauf eine Lehrerin war? „Unterrichtest du etwa hier in Münchberg?" „Oh ja, ich bin Lehrerin an der Grundschule in Zell, vertrete aber derzeit eine kranke Kollegin am Gymnasium hier in der Stadt. Warum?" „Nun, dann sind wir sozusagen Kollegen! Ich bin gestern aus Hamburg angereist, um am Gymnasium Englisch und Geschichte zu unterrichten!" Zwar hatte Ralf einen erneuten Wortschwall erwartet, doch blieb sein Gegenüber relativ ruhig – beinahe ein wenig zu ruhig im Vergleich zu den wahren Tiraden, die vorher aus ihrem Mund geströmt waren. „Ist alles in Ordnung?" fragt er verwundert. „Oh, jaja, ich wundere mich nur gerade, was einen derart gut aussehenden Mann aus Hamburg gerade in unsere Ecke hier verschlägt!" Nun war es an Ralf, eine leichte Rötung in den Wangen zu unterdrücken und ein wenig auszuholen – so berichtete er von seinem bisherigen Lebensweg, vom Entschluss, eine zeitlang in Bayern zu unterrichten, bis er genügend Geld beisammen haben würde, um nach Hamburg zurückzukehren, von seinen ersten Kontakten mit der bayerischen, bzw. der fränkischen Sprache und so weiter und so fort. Aus dem anfänglich bloßen Zuhören war eine abwechslungsreiche, interessante Diskussion entstanden und so tat es Ralf nur noch mehr leid, als er seiner neuen Kollegin nach beinahe vier Stunden, die er mit ihr erst auf einer Reise durch die Geschichte der Stadt und dann auf einem Ausflug durch seine eigene, jüngere Vergangenheit verbracht hatte, zum Abschied die Hand hin streckte, die diese jedoch vehement ausschlug, ehe sie ihn vorsichtig an sich drückte. Betreten waren die beiden schließlich getrennte Wege gegangen.

Mit einem leichten Lächeln hatte sich Ralf an diese gestrigen Vorkommnisse erinnert und so war seine Laune schon bei weitem besser, als er sich aus dem Bett schwang, seine Jeans und einen schlichten Pullover anzog und zum

Frühstück in den Essenssaal stapfte, der, vermutlich aufgrund der für Lehrer üblichen, frühen Tageszeit, noch recht leer war. Genüsslich biss er von seinem frischen Brötchen mit Marmelade ab und las gedankenverloren die Zeitung, die sich, wahrscheinlich wiederum als kleiner Seitenhieb gegen die „Annexion Frankens durch die Bayern" vor 200 Jahren „Frankenpost" nannte. Nach zwei Seiten über die Abläufe in der Welt, richtete das Blatt seinen Fokus auf die Geschehnisse vor der sprichwörtlichen eigenen Haustür, berichtete von Vereinssitzungen und allerlei Lokalnachichten sowie von den nächsten Veranstaltungen in den beiden nächsten größeren Städten Hof und Bayreuth. Dafür, dass er hier in die Provinz aller Provinzen gekommen zu sein glaubte, hatte sein erstes Bild, das er sich davon gemacht hatte, schon beträchtlich gelitten: Nicht nur, dass die Geschichte der Region ihn vor allem nach der gestrigen Stadtführung mehr interessierte als einiges, was er aus Hamburg gewohnt gewesen war, es schien auch eine gewisse kulturelle Szene hier zu geben. Theater und Kinos, Festspiele und Podiumsdiskussionen wurden im „Event-Kalender" der Zeitung ebenso beworben, wie Konzerte namhafter Künstler, darunter die Gruppe „Status Quo", die im Zuge ihrer aktuellen Tournee tatsächlich auch in Hof Halt machte. Eine Kurzgeschichte, die in einer für ihn vollends seltsamen Sprache verfasst war, von der er jedoch glaubte, dass es eventuell der Versuch gewesen sein könnte, den fränkischen Dialekt niederzuschreiben, schloss die Zeitung ab. Nach diesen ersten positiven Überraschungen des noch jungen Tages packte Ralf seine Tasche zusammen, schob die bereits in den Wochen vor seiner Abreise vorbereiteten Unterlagen hinein und machte sich zu Fuß auf den Weg zu seiner neuen Arbeitsstelle.

Das Gymnasium Münchberg war die nächste Überraschung: Ralf hatte einen, wie viele Gebäude in der Stadt, leicht maroden Bau erwartet, den man in den 60er Jahren aufgrund fehlender Alternativen und des damals vorherrschenden schlichten Baustils aus Beton irgendwo in die Landschaft gepflanzt hatte. Was er nun vor sich sah, glich dieser Befürchtung jedoch in keiner Weise. Er stand vor einem schmucken, in einem leichten Gelb-Ton gestrichenen Gebäude, das rund um die großen Sprossenfenster wunderschöne Umwandungen aus Granit aufwies. Es erhob sich über zwei Stockwerke empor und wurde bekrönt von einem kleinen Dachreiter aus Kupfer, dessen Grün man selbst von der Autobahn aus erkennen konnte, wie man ihm später erzählte. Das ganze Ensemble war eines der schönsten Jugendstil-Bauwerke, die er jemals gesehen hatte und so begann er beschwingten Schrittes den Aufstieg hinauf zum Hauptportal. Das kleine Vestibül hinter der Doppeltür diente als eine Art Akklimatisierungszone zwischen dem historischen Äußeren und den modernen Innenräumen: Zwar prangte an der Wand noch ein alter Steinblock, in den man mit geschwungen Buchstaben die Lettern „ERBAUT 1910“ eingemeißelt hatte, doch glänzten die Wände darum herum vor allem schlicht und teilweise gar ein wenig kalt. Ralf wandte sich nach rechts und steuerte auf die Tür mit der Aufschrift „Sekretariat“ zu, als diese sich plötzlich schwungvoll öffnete und er nur durch einen beherzten Sprung nach hinten verhindern konnte, dass sie ihm mit voller Wucht gegen die Nase knallte. „He, passen Sie doch auf, Sie…“ er verstummte, als er das vertraute Gesicht von Susi vor sich sah, die sich gerade von den Sekretärinnen verabschiedete und sich ihm anschließend erschrocken zuwandte. Die weit aufgerissenen Augen verengten sich im nächsten Moment zu kleinen Schlitzen, an deren Seiten sich tiefe Lachfalten bildeten: „Also irgendetwas machen wir zwei verkehrt, wenn ich dir immer erst wehtun muss, damit wir uns sehen!" Nachdem Ralf sich bei den drei freundlichen Damen im Sekretariat angemeldet und ein erstes Treffen mit dem Direktor vereinbart hatte, bot sich Susi an, ihn kurz durch die Schule zu führen. „Sehr viel hat sie nicht mehr mit ‚meinem' Gymnasium gemeinsam. Der gesamte Komplex ist erst vor zwei Jahren grundlegend saniert und damit einhergehend modernisiert worden, wobei vor allem die neuen White-Boards eine große Herausforderung an all jene Kollegen sind, die vorher noch mit den guten alten Tafeln gearbeitet haben. Wie dem auch sei: Als ich hier zur Schule gegangen bin, waren die Gänge rosa – ebenso wie die Fassade zur Hofer Straße hin – die Türen waren blau und stammten aus dem gleichen Jahr, wie der sogenannte Altbau, der Gott sei Dank unter Denkmalschutz steht! Ansonsten hätten sie den wahrscheinlich auch noch verhunzt." „Naja, bei aller Liebe zum Alten, sind doch manche Neuerungen nicht zu verachten" wollte Ralf ansetzen, doch da fiel ihm Susi bereits ins Wort. „Du kennst eben die alte Schule nicht. Beeckmann, der das Gebäude entworfen hat, hatte alles exakt durchgeplant und für jede Tür einen eigenen Aufriss mit der exakten Farbgebung erstellt! Auch der Turm, der mittlerweile ein Ziffernblatt trägt, war ursprünglich zu einem komplett anderen Zweck gedacht: Er diente als eine Art natürliche Ventilierung, da man durch an seinen Seiten angebrachte Klappen einen Luftaustausch bewirken konnte. Mittlerweile haben sie die Öffnungen verschlossen und wir brauchen jährlich Unmengen an Strom von diesen bescheuerten Windmühlen, die sie mittlerweile überall hinstellen, um die Klima-Anlagen am Laufen zu halten." „Welche Windmühlen denn?!" „Naja, diese seltsamen Dinger, die man mittlerweile überall sieht – offiziell heißen sie ‚Windkraftanlagen'." Ralf kannte diese Riesen der modernen Technik nur zu gut: Auch im Norden Deutschlands waren sie teils scharenweise eingefallen und hatten ganze Felder und Wälder in Beschlag genommen. Es wunderte ihn, dass man gerade hier schon so weit war, was die regenerativen Energien anging. „Der Landkreis Hof ist derzeit der, was die Energiewende angeht, fortschrittlichste in ganz Bayern" führte Susi aus, „wobei die Windräder so ziemlich das einzige sind, was wir aus München bekommen. Geld fließt jedenfalls keines mehr in unsere Gegend." Nun begann für Ralf ein langsamer Prozess der Erkenntnis, was das Verhältnis von Franken und Bayern anging. Nicht nur, dass letzteres sich die einstmals preußischen Gebiete nach den Napoleonischen Kriegen einverleibt hatte, man blickte auch mit einer gewissen Skepsis auf die heutige Regierung in München, die, um es mit den Worten der Schaffnerin zu sagen, die Ralf auf seinem Weg hierher kennenlernen durfte, allein bis zur Donau blickte und alles, was dahinter lag, großzügig überging – so sich die Gebiete nicht für den Bau der tatsächlich ziemlich hässlichen Windkraftanlagen anboten.

„...aber was soll man machen, stimmt's?" „Äh, ja, sicher." Wieder einmal hatte Ralf sich derart seinen eigenen Gedanken hingegeben, dass er sich nicht mehr auf Susis Worte konzentrieren hatte können – ein Effekt, den er bereits bei seiner gestrigen Stadtführung mit der hübschen Kollegin mehrmals bemerkt hatte. Mit Blick auf die Uhr mussten sich die beiden letztendlich voneinander trennen – auf Susi wartete eine fünfte Klasse, mit der sie heute eine erste Kurzgeschichte lesen wollte, und Ralf hatte in zehn Minuten das einführende Gespräch beim Direktor, zu dessen Büro er sich langsam schlendernd auf den Weg machte. Ein metallischer Gong signalisierte das Ende der ersten Doppelstunde und wie bis auf die letzte Sekunde getimt flogen mit einem Mal alle Türen entlang des hell erleuchteten Gangs auf und Heerscharen von Schülern ergossen sich in die Flure. Ralf, der bis zu diesem Moment, die Tür zum Direktorat immer fest im Blick, geglaubt hatte, sich noch ein wenig umsehen zu können, merkte mit einem Mal, dass es bei diesen Gegenströmungen etwas länger dauern würde, um sich bis zum Ende des Gangs zu kämpfen, weswegen er froh war, gerade noch pünktlich an das dunkle Holz klopfen zu können. „Ah, der Herr Benz! Na, wie gfälld's Ihna denn bei uns?“ *Oh...mein...Gott! Bitte nicht, sag' mir bitte nicht, dass dieser Mensch sich nun im fränkischen Dialekt unterhalten möchte!* „Keine Angst, ich bin des Hochdeutschen ebenso mächtig, aber gerade, wenn man viel mit den Kindern zu tun hat, kommt man immer leicht in den Dialekt. Sie werden sehen, dass die Kleinen auch Ihnen noch etwas beibringen können werden!“ *Nein, ganz sicher nicht!* Entschieden wehrte sich Ralf gegen die Vorstellung, sich in ein paar Wochen genauso anzuhören wie all jene „Ureinwohner“, die eine Sprache benutzten, für die sich in Hamburg Kleinkinder schämen würden. Allein der unnötige Gebrauch des Verbs „tun“ stellte seine Härchen auf. „So, nun setzen Sie sich aber erst einmal hin. Ich du Bescheid gehm, dassmer in der nächsden Zeit net gschderd wern wolln!“ *Da, schon wieder dieses vermaledeite „tun“.* Zu Ralfs großer Freude wurde der Rest des Gesprächs wieder im Hochdeutschen bestritten und nach knapp dreißig Minuten fühlte er sich an der Schule, jedenfalls, was den Rektor anging, mehr als herzlich willkommen.

Die ersten Stunden an diesem Tag verliefen allesamt ohne größere Probleme, da sich die Schüler, nachdem sie Ralfs Schwierigkeiten mit dem Fränkischen erkannt hatten, ins Hochdeutsche wechselten und nur einige Dialektfetzen mit einbauten. So konnte er beruhigt und mit sich selbst mehr als zufrieden, was die Bewältigung der ersten größeren Aufgabe in diesem Lebens-Intermezzo anging, den Weg zurück in sein Hotel antreten. Dort angekommen empfing ihn die freundliche Besitzerin mit einem leicht betrübten Blick, was Ralf, den sie schnell zu sich gewunken hatte, keine sonderlich große Hoffnungen auf die insgesamt vierte positive Überraschung an diesem Tag machte. „Herr Benz, es tut mir wirklich schrecklich leid" setzte sie an, als sich die beiden in den Essenssaal gesetzt hatten, „aber wir dachten nicht, dass Sie länger als eine Woche bei uns bleiben würden. Als wir nun jedoch gesehen haben, dass Sie noch keinen Zeitpunkt angegeben haben, an dem Sie uns verlassen wollen und wir noch einmal unsere Datenbank nach Ihrer Reservierung gefragt haben, mussten wir feststellen, dass Sie anscheinend für längere Zeit Gast unseres Hauses bleiben wollten." „Äh, ja, aber worauf wollen Sie denn bitte hinaus?" „Nun, Herr Benz, wie Sie vielleicht wissen, feiert die Stadt in diesem Jahr das 650. Jubiläum der Stadtrechtsverleihung und verständlicherweise sind alle Hotels in Münchberg schon seit einiger Zeit komplett für die erwarteten Gäste reserviert. Ich kann nur wiederholen wie leid es mir tut, aber Sie müssen wohl oder übel zum nächsten Wochenende aus ihrem Zimmer ausziehen." Es musste ja so kommen – ein Tag, der mit derart vielen positiven Überraschungen begonnen hatte, hätte unmöglich ohne eine schlechte Nachricht enden können. Ralf, dem es nach mehreren Versuchen endlich geglückt war, die rührige Dame zu beruhigen, stapfte in sein Zimmer, warf seine Tasche in die Ecke und sich aufs Bett und schaltete den Fernseher ein. *So ein Mist! Ich habe nicht einmal ein Auto, um irgendwo anders ein Zimmer zu nehmen und jeden Tag zu pendeln – und die Busse werden hier wahrscheinlich nicht im Fünfminuten-Takt fahren, wie in Hamburg. Ich könnte…* die Melodie von Miss Marple, die Ralf sich als kleine Ehrerbietung für die Filme mit Margret Rutherford besorgt hatte, riss ihn aus seinen Gedanken. Zwar leitete er Anrufer, die ihre Nummer unterdrückten, grundsätzlich auf die Mailbox, doch war ihm im Moment sogar irgendein Vertragsangebot lieber, als sich weiter mit seiner Situation auseinandersetzen zu müssen. „Benz!" „Hi Ralf, hier ist Susi! Ich hoffe, du bist nicht sauer, aber die Damen vom Sekretariat waren so freundlich, mir deine Nummer zu geben – hast du Lust, dich heute Abend mit mir zu treffen? In der Kirche findet ein Bach-Oratorium statt und ich dachte, das wäre der perfekte Weg, um dir zu zeigen, was Münchberg kulturell zu bieten hat. Weißt du, wir…" „Susi", fuhr er dazwischen, „sei mir nicht böse, aber mir ist heute nicht nach Bach." „Oh, ok, gab's Probleme an der Schule? Ich weiß, die Kleinen können manchmal ein wenig aufgedreht sein, aber daran gewöhnt man sich schon." „Nein, es hat nichts mit der Schule zu tun, es ist nur…" Und dann erzählte er ihr alles – angefangen bei den ersten Erlebnissen in Münchberg, die er bei ihrem gemeinsamen Gespräch im Café fürs Erste ausgelassen hatte, bis hin zum Rausschmiss aus dem Hotel. „Hmm, da habe ich eine ziemlich gute Lösung für dich im Angebot!" „Und die wäre?!" „Ganz einfach: Ich habe dir doch schon mal erzählt, dass ich aus Zell stamme. Nun, meine Familie war dort einmal Teil der ‚High-Society' und uns gehören noch immer einige Grundstücke und das alte Wirtshaus meines Urgroßvaters. Es ist zwar kein Sterne-Hotel, aber ich denke, du könntest dich wohlfühlen." Ralf kam ins Grübeln… Zell, ein Dorf, das wahrscheinlich noch einmal eine gehörige Stufe unter Münchberg anzusiedeln war, würde sicher mit noch mehr Kulturschocks auf ihn warten, als er sie sowieso schon erlebt hatte. Er verzog beinahe angewidert das Gesicht, während er an die „ländliche Idylle" denken musste, aber auf der anderen Seite: Welche Möglichkeiten hatte er sonst noch? Immerhin hätte er für die nächste Zeit ein Dach über dem Kopf und hinzu kam, dass er Susi so um einiges näher sein würde – mit ihren ellenlangen Ausführungen würde er schon zurechtkommen und manches, was sie aus der Geschichte der Region von sich gab, machte tatsächlich Lust auf mehr. „Aber wie soll ich dir dafür jemals danken?" „Ganz einfach: Lad mich morgen zum Essen ein und wir besprechen die Einzelheiten. Und heute begleitest du mich zu Bach."

Kapitel III

Langsam wand sich der weiße Schleier um die jungen Knospen und Äste der alten, knorrigen Bäume und setzte seine Reise durch das dichte Unterholz fort. Eine kleine Maus starrte, aufgeschreckt von der plötzlich über sie hereingebrochenen Kälte, die er mit sich brachte, verängstigt in die Dunkelheit und streckte ihre feine Nase in die Höhe, ganz so, als ob sie eine Bestätigung suchte für die Präsenz einer Macht, die sie mit ihren anderen Sinnen nicht wahrnehmen konnte. Als selbst ihr ansonsten zuverlässigstes Organ versagte, ließ sie ab von der reichen Beute, die sie in Form mehrerer Nüsse soeben vorgefunden hatte, und eilte zurück in den Bau. Das Nebelgespinst setzte indessen seine Reise fort, die es nicht nur an den Rand des alten Fichtenwaldes, sondern auch zum Ende seiner eigenen Existenz führen sollte.

„Das ist jetzt aber nicht dein Ernst, oder?!" entgeistert blickte Ralf auf das alte Gemäuer, das sich vor ihm erhob und ihn aus den toten, verglasten Augen zu mustern schien. Am späten Nachmittag hatte er seine Sachen im Münchberger Hotel ein für alle Mal gepackt und war – unter vielzähligen Entschuldigungen der Besitzerin, der die ganze Sache noch immer mehr als unangenehm zu sein schien – zusammen mit Susi in Richtung Zell aufgebrochen, wo sie letzten Endes nach einem kleinen Berglein am Marktplatz angelangt und exakt vor dem ruinösesten Haus entlang der gesamten Straße zum Stehen gekommen waren. „Wieso? Du bist doch Historiker! Das ist dreidimensionale Geschichte zum Anfassen" wollte Susi gerade ansetzen, als Ralf sie harsch unterbrach „Das ist ein dreidimensionaler Albtraum. Sei mir bitte nicht böse, aber ich glaube, wenn ich unter einer Brücke geschlafen hätte, könnte ich mich sicherer fühlen, am nächsten Tag noch ein Dach über dem Kopf zu haben!" Vorsichtig machte er einige Schritte auf die alte Holztür zu, die ihm, wie das ganze Gebäude, zu demonstrieren schien, dass er hier mehr als unerwünscht sei. „Ich meine… schau's dir doch nur mal an! Die Fenster sind wahrscheinlich aus den ersten Jahren des vorigen Jahrhunderts und das hier", er klopfte mit seinem rechten Fuß vorsichtig gegen eine riesige Putzblase neben der Tür, die sich daraufhin einem Bovisten gleich öffnete und ihre Samen in alle Winde verstreute – große Teile davon auf Ralfs Schuh, „ist ein deutliches Zeichen dafür, dass man wahrscheinlich seit eben jener Zeit nichts mehr an dieser Bude repariert hat!" Entmutigt schaute er sich am Marktplatz um und ließ enttäuscht seine Schultern hängen, bis er eine beinahe ebenso traurige Haltung angenommen hatte, wie manches der alten Häuser, die sich, müden Zeugen einer bewegten

Vergangenheit gleich, träge aneinanderschmiegten. „Der Marktplatz steht komplett unter Denkmalschutz!“ erklärte Susi ihm daraufhin stolz unter geschickter Missachtung seiner mehr als deutlichen Körpersprache, „Er wurde nach dem letzten großen Ortsbrand im Jahre 1831 genau so errichtet und seitdem nicht mehr verändert!“ „Sieht man“ seufzte Ralf, um damit ein wenig deutlicher auf seine Misere hinzuweisen und in der Hoffnung, sie würde ihm anbieten, auf seiner fortgesetzten Suche nach einem neuen Heim wenigstens die erste Nacht bei ihr verbringen zu können. Susi indes war zwischenzeitlich schon wieder ganz in ihrem Element: „Also das Herzstück ist sicher unsere Kirche! Sie stammt aus dem gleichen Jahr, wie der gesamte Markt und wurde aus Granit vom Waldstein errichtet. Das ist unser Hausberg, weißt du?! Wobei wir eigentlich zwei haben, denn der Haidberg auf der anderen Seite der Ortschaft gehört auch noch mit dazu. Übrigens ist der magnetisch, was schon Alexander von Humboldt herausgefunden hatte und was den Zellern zu ihrem Spitznamen verholfen haben dürfte: Wolkenstierer!“ Verdutzt blickte Ralf sie an; zwar hatte er – zu seiner Schande einmal mehr – nur die Hälfte der Informationen, die Susi ihm gerade gegeben hatte, verarbeiten können, aber beim letzten Wort war er hellhörig geworden. „Und was genau soll das bedeuten?“ „Naja, man erzählt sich, dass es in der Region einst eine große Dürrekatastrophe gegeben haben soll, die die Menschen schon an den Rande des Ruins gedrängt hatte, als die Zeller beschlossen, sich im Wirtshaus“, theatralisch deutete sie auf das Gebäude vor ihnen, „zu treffen, um zu beraten, wie man verfahren könnte. Nach mehreren Vorschlägen ist schließlich einer mit der Idee gekommen, dass man die Wolken einfach näher zusammenschieben müsste, damit sie abregnen könnten und so zogen die Zeller mit langen Stangen hinauf zum Haidberg, um zu ‚stieren'. Tatsächlich fing es nach einer Woche unermüdlicher Arbeit endlich an, zu tröpfeln und so hatten die Zeller die Region gerettet. Was schaust du jetzt so doof?!" Ralf hatte sein Gesicht unbewusst zu einer der besten Imitationen einer „Scream-Maske" verwandelt, die Susi jemals zu Gesicht bekommen hatte und starrte sie an, wie ein Vater, der einem Kind gleich eröffnen müsste, dass es in diesem Jahr keine Kekse mehr für den Weihnachtsmann backen müsste, bevor er ansetzte „Stieren...mit Stangen in den Wolken stieren...?! Jiiiiaaa." „Naja, das ist natürlich nur eine Sage, aber es gibt den Spruch, dass jede dieser althergebrachten Geschichten einen wahren Kern enthalten soll, der bei dieser mit Sicherheit der Haidberg ist. Immerhin lenkt er tatsächlich die Gewitter von der Gemeinde ab und dient so als eine Art natürlicher Blitzableiter." „Hör zu, Susi, bei allem Respekt gegenüber eures Aberglaubens, aber" weiter kam Ralf nicht mehr, da sich ein großer Tropfen kühlen Nasses direkt auf seiner Nase niedergelassen hatte und dort in tausende kleiner Partikel zerstäubt war. Entnervt blickte er nach oben: „Echt jetzt?!" „Nun, anscheinend, mögen es die Wolkenstierer nicht, wenn du sie beleidigst" versuchte Susi ihre gerade aufgestellte Hypothese zu untermauern, als sich bereits mit einem leisen Rumoren das nahende Gewitter ankündigte. „Naja komm, jetzt schau'n wir erst einmal rein!" Mit einem kleinen Ruck stemmte Susi den alten, rostigen Schlüssel in das klaffende Maul der Tür und drehte ihn bedächtig um die eigene Achse, bis sich mit einem leisen Knarzen ein Riegel im Inneren des modrigen Holzes nach oben hob und der Eingang sich in eine schwarze Dunkelheit öffnete. „Oh, das hatte ich ganz vergessen – einen Moment!“ schnell war Susi um die Ecke gebogen, wo der Weg in einen kleinen Hof zu führen schien, und dort in der größeren von zwei wackeligen Scheunen verschwunden. Aus dem Inneren hörte man ein verdächtiges Knirschen, als sie mit leicht brachialer Gewalt die Porzellan-Sicherung in die Fassung schraubte und mit einem Mal das gesamte Haus in einem dämmrigen Schimmer zu leuchten begann. „Diese Idioten haben wieder alle Lampen brennen lassen, als sie abgezogen sind!“ „War hier etwa vor kurzem schon jemand untergebracht?“ „Nein, nein! Aber manchmal macht sich die Jugend einen Spaß daraus, hier ein wenig herumzuschnüffeln und in den dunklen Ecken nach allerlei Geheimnissen zu suchen, die sich dort angeblich verbergen sollen!“ Ralf, der für einen Tag schon genügend von Bräuchen und Aberglauben gehört hatte, drang entschlossenen Schrittes in das alte Gemäuer und schloss hinter Susi die Tür – gerade noch rechtzeitig, denn schon im nächsten Moment fielen erste Tropfen auf die mit Blech beschlagenen Fensterbretter zum Marktplatz hin.

Fasziniert blickte er sich um: Auch, wenn das Haus von außen aussah, als würde es die Abrissbirne geradezu anflehen, ihm endlich den Gnadenstoß zu versetzen, ähnelte es im Inneren mehr einem Museum: Durch einen kurzen, dunklen Korridor hindurch führte der Weg der beiden zuerst in die alte Gaststube, die dominiert wurde von einem jener riesigen alten Kachelöfen, die mittlerweile auch in den Hamburger Kneipen Einzug hielten, da sie gerade in den kalten Wintermonaten dazu einluden, doch noch ein halbes Stündchen länger zu bleiben und ein weiteres Bierchen zu genießen. *Oh Mist, jetzt fange ich auch schon an mit diesen verdammten Verniedlichungen, die sie hier andauernd benutzen!* Um den Ofen führten mehrere

Holzstäbe, die, so erkannte Ralf anhand einiger Anschauungsobjekte recht schnell, dazu dienten, Socken und andere Kleidung zu trocknen, während man sich an den massiven Eichentischen, die Narben so manches heißen Kartenspiels zeigten, über Gott und die Welt unterhielt. „Komm mit, ich zeig dir, wo du dich einrichten kannst!" Schnell führte Susi den immer noch verwundert dreinblickenden Ralf eine alte Holztreppe hinauf, die jeden ihrer Schritte mit einem schmerzverzerrten Ächzen quittierte, in das erste Obergeschoss. „Diese beiden Türen direkt vor dir führen in den Saal. Bis vor fünfzig Jahren hatte jedes Wirtshaus einen größeren Raum für Festlichkeiten aller Art, aber dann hat man Zwischenwände eingezogen und Gästezimmer daraus gemacht. Hier ist das Gott sei Dank nie passiert! Und das ist deine Stube." Erwartungsvoll öffnete Ralf die Tür, auf die Susi mit einladender Geste gezeigt hatte. Was wohl dahinter sein mag? Eine schöne, alte Schlafzimmereinrichtung aus den 1920ern? Moderner Kitsch aus den 50ern? Oh Gott, hoffentlich keine 50er!

Alles, wirklich alles – selbst die 50er Jahre – hätten Ralf besser gefallen, als das, was er sah: Nichts, außer einem Bett, das man mehr schlecht als recht aus einigen alten Teilen zusammengeschustert zu haben schien, ehe man es, um ihm wenigstens einigermaßen den Eindruck von Stabilität verleihen zu können, an die Holzverkleidung der Wand genagelt hatte. Das Scream-Gesicht kam wieder durch, als Ralf sich vorsichtig in Susis Richtung drehte, die sich bereits auf den Weg zur dem Bett gegenüberliegenden Wand gemacht hatte, wo noch ein weiterer Einrichtungsgegenstand hing, den Ralf partout nicht gebraucht hätte: Ein alter Regulator hielt sich wacker an einer alten Eisenschraube fest, die augenscheinlich einiges Gewicht zu tragen hatte. „Und was genau soll das jetzt bitte?!" Susi hatte gerade das kleine Türchen geöffnet und einen großen Schlüssel herausgezogen, den sie nacheinander in zwei Löcher steckte und mit einem lauten Klacken drehte. „Naja, das ist der Brauch! Solange das Haus bewohnt ist, müssen alle Uhren laufen – ansonsten bedeutet das, dass bald etwas Schlimmes passieren wird!" Wie hatte er sich nur so täuschen können?! Wahrscheinlich war der erste Eindruck, den Ralf in Münchberg von Susi erhalten hatte, als sie ihm weismachen wollte, die Elbe entspringe im Fichtelgebirge, voll und ganz richtig gewesen – die Frau hatte nicht mehr alle Tassen im Schrank! „Und wie soll ich bei dem Krach bitte schlafen?" Mit einem gleichmäßigen Tacken hatte sich das Pendel durch einen gekonnten Schwung in Bewegung gesetzt. „Das schaffst du schon! Man gewöhnt sich an alles – aber hast du kurz eine Uhrzeit für mich?" „Viertel vor sieben." „Du meinst: ‚Dreiviertel Sieben'." „Nein, ich meine: Viertel vor Sieben." „Ja, mag sein, dass man das bei euch im Norden so sagt, aber bei uns heißt es ‚Sechs, Viertel Sieben, Halb Sieben und Dreiviertel Sieben'" erläuterte sie, während sie die filigranen Zeiger entlang des emaillierten Ziffernblatts bewegte und jeweils kurz an exakt jener Zeitstelle anhielt, die sie gerade nannte. „Da fällt mir ein, dass ich um viertel Acht noch einen Termin habe! Fühl dich ganz wie daheim, Ralf, aber tu' mir bitte einen Gefallen und lass' die Uhr laufen." „Ja aber…" zu mehr kam er nicht mehr, denn Susi war genauso schnell in einer kleinen Staubwolke verschwunden, wie sie ansonsten die historischen Fakten aneinanderreihte.

Ein leises Knacken riss Ralf aus seinen Gedanken und brachte ihn dazu, sich langsam umzudrehen. Nichts Gutes ahnend starrte er auf die Uhr, in deren Innern sich mit einem leisen Surren ein Hämmerchen hob, kurz verweilte und anschließend mit einem lauten Knall auf einem missgestimmten Gong landete, wo es wiederum einige Millisekunden liegen blieb, ehe es sich erneut anhob. *Klasse! Suuper! Ganz toll! Ich krieg hier drin noch die Krise.* Die Schultern noch weiter nach unten hängend, als vorhin der Fall, drehte er sich langsam auf dem Absatz um und stapfte nach unten, um seine Koffer zu holen. Er hatte gerade die Wehklagen der Treppe hinter sich gebracht und wollte sich nach den Griffen seiner Taschen beugen, als sein Blick auf die offengeblieben Tür zur Wirtsstube fiel. Interessiert ließ er seine Utensilien erst einmal stehen und erkundete den vorhin nur kurz betrachteten Raum, in dem die alten Glühbirnen mittlerweile bei einem nahen Einschlag eines Blitzes in die Leitungen leicht zu flimmern begannen. Draußen trommelte der Regen mittlerweile im Stakkato auf das Blech und auch die Tropfen auf den Scheiben stimmten mit dumpfen Schlägen mit in die seltsame Symphonie ein. Vorsichtig tastete Ralf sich vorwärts, am alten Kachelofen, aus dem ein beinahe mystisch anmutender Gesang, verursacht vom in den Schornstein pfeifenden Wind, an sein Ohr drang, vorbei in Richtung der ehemaligen Küche. Die Glühbirne in diesem Raum schien schon vor einiger Zeit ihren Dienst quittiert zu haben und so war das gesamte Ensemble aus alten Gerätschaften zum Kochen und Backen in ein eigenartig, bläuliches Licht gehüllt, das nur dann einem kurzen, hellen Schein wich, wenn ein weiterer Blitz sich seinen Weg vom Himmel in Richtung Erde suchte. *Natürlicher Blitzableiter – dass ich nicht lache!* Neben den eigenartigen Werkzeugen, die an einer der Stirnseiten der Küche hingen, erkannte Ralf plötzlich, als die Szenerie erneut vom Himmelsleuchten erhellt worden war, eine kleine, unscheinbare Holztür, die mehr einem schlichten Bretterverschlag glich, denn einem unüberwindbaren Hindernis, so dass er beschloss, sich auch dahinter ein wenig umzusehen – wer weiß, vielleicht gab es in dieser Bruchbude noch irgendwo eine gute Flasche gereiften Weins abzugreifen? Nach diesem Tag hätte er ihn sich sicher mehr als redlich verdient! Im Dunkeln nach einigen Anhaltspunkten suchend, mit denen er sich orientieren konnte, um die Tür wiederzufinden, tastete er sich, die Arme weit von sich gestreckt, langsam voran und bekam nach einigen Sekunden tatsächlich etwas eisernes zu fassen, das eine Art Riegel zu sein schien. Er ließ seine Finger an das linke Ende wandern, wo sie über einen Bügel bis zu einem großen eisernen Kasten, vermutlich ein altes Vorhängeschloss, streiften. Mit einem plötzlichen Ruck ließ Ralf das ominöse Objekt los, wandte sich in die entgegengesetzte Richtung und steuerte zielstrebig auf die alte Gaststube zu, die er schnellen Schrittes durchquerte, ehe er die leidende Holztreppe emporstieg und sein Zimmer betrat. Im zweiten Koffer, dessen Inhalt er ungeduldig auf dem „Bett" entleert hatte, fand er endlich, wonach er gesucht hatte: Eine Taschenlampe. Er sprang die Treppe hinunter, eilte wieder in die Küche und steuerte auf die Tür zu, während er mit einem leisen Klicken einen kleinen Lichtkegel an die Wand zauberte, der den schweren Vorhang der Finsternis durchbrach. Mit der Lampe im Mund untersuchte er den Riegel an der Tür, der tatsächlich mit einem alten Schloss gesichert war, dessen massiver Bügel seine Hoffnung auf einen guten Tropfen zum Ausklang des Abends innerhalb weniger Sekundenbruchteile verschwinden ließ. Mutlos fasste er den Sperrmechanismus mit beiden Händen und zog, sich seine Niederlage schon eingestehend, langsam und gleichmäßig daran, als er merkte, dass der anfänglich deutlich spürbare Widerstand zu schwinden schien. Das Schloss war nicht verriegelt, sondern der Bügel lediglich in die Falle geschoben worden, ohne dass diese eingerastet war. Allein der Rost, der sich während der letzten Jahrzehnte am alten Eisen festgesetzt hatte, erschwerte das Öffnen des Mechanismus, doch letztlich gab er den Widerstand auf und den Riegel der Tür frei. Stolz schwang Ralf ihn auf die Seite, zog den Verschlag mit beiden Händen auf und stemmte sich, nachdem die Öffnung groß genug geworden war, mit aller Kraft dagegen. Beinahe so, als wollte die Tür ihn auf einen großen Fehler hinweisen, den er im Begriff war zu tun, wehrte sie sich bis zum Schluss vehement gegen seine mittlerweile aufgebotene Kraft, bevor sie mit einem letzten Quietschen nach rechts schwang und den Blick auf eine alte, aus Granitstufen erbaute Treppe freigab, die in ein schwarzes Maul zu führen schien, dessen Gaumen selbst die Taschenlampe nicht beleuchten konnte. Vorsichtig, einen Schritt vor den anderen machend, setzte Ralf seinen Erkundungsgang entlang der alten Stiege fort, die ihn letztendlich in ein großes, aus Granit und Backsteinen gemauertes Gewölbe führte, das in der Mitte auf monumentalen Säulen ruhte. Einem römischen Atrium gleich überspannten die Bögen den gesamten Raum und liefen in den leicht schiefen Wänden aus, zu deren Füßen sich der einstmals weiße Putz in großen Häufen gesammelt hatte. Beeindruckt ließ Ralf den Kegel seiner Taschenlampe durch den Raum streifen, wobei das Licht auf den überall verstreuten Holzregalen seltsame Muster malte, wenn es auf eines der leeren Einweckgläser fiel. Am anderen Ende des Raumes erkannte er – was er selbst nicht für möglich gehalten hätte – tatsächlich eine eiserne Ablage mit einigen grünlichen Weinflaschen darauf. Er ging direkt darauf zu und wollte schon die Hand nach einem der verstaubten Artefakte ausstrecken, als sein Fuß sich plötzlich verkantete und er sich nur durch einen beherzten Sprung nach vorne vor einem Fall auf die kalten Granitfliesen retten konnte. „Was zum…“ Ralf drehte sich um und erkannte auf dem Boden eine eiserne Kiste, deren Deckel kunstvoll bemalt war, sodass man meinte, es handle sich dabei um schön geschnitztes Holz – allein die Abschürfungen, die das gesamte Objekt wie Narben einer bewegten Vergangenheit überzogen, trübten die früher sicher einmal täuschende Illusion. Während er sich langsam zur Kiste hinunter beugte, erkannte Ralf, dass tatsächlich ein kleiner Schlüssel aus ihrer Vorderseite herausragte. Mit einem leisen Klicken und einem kurzen Scharren, als der alte Mechanismus die beiden Haken freigab, die den Deckel vorher noch fest auf dem Korpus gehalten hatten, schwang er nach oben und gab eine Staubwolke frei, deren Geruch Ralf an den Dachboden seiner Großmutter in Hamburg erinnerte, den er als Kind nur allzu gern auf der Suche nach dem Heiligen Gral durchforstet hatte – Indiana Jones hatte es ja vorgemacht. Es war jener typische, eventuell sogar leicht modrige Gestank, der vielen alten Objekten anhaftete, der sich in Ralfs Nase jedoch keineswegs unangenehm bemerkbar machte. Zu seiner großen Enttäuschung war die Kiste, die mehrere eiserne Fächer zu enthalten schien, die man einstmals vermutlich zur Aufbewahrung verschiedener Geldstücke verwendet hatte, leer. Enttäuscht wollte Ralf das Objekt schon wieder abstellen, als ein kurzer Blick auf die äußeren Maße ihm verriet, dass sich unter dieser Einlage noch etwas anderes befinden musste. Er packte das erstaunlich leichte Gebilde aus Blech an beiden Seiten und hob es ohne große Anstrengung hoch. Tatsächlich gab es den Blick frei auf ein weiteres, diesmal größeres Fach, in dem sich allerlei Unterlagen türmten, die sich nach einem ersten Überfliegen als Rechnungen und Kostenverzeichnisse entpuppten. Er wollte den Stapel schon wieder in die Kiste legen, als ihm ein kleines, in Leder gebundenes Büchlein auffiel, das mit einer Schnur verschlossen war. Behutsam legte er die Dokumente auf die Seite, griff in die Kiste und holte es heraus, wobei sich die alte Tierhaut nur widerwillig vom bereits verrosteten Boden löste. Geschwind wrang Ralf die Schnur um seine Hand und klappte es in der Mitte auf. In der Erwartung, darin ebenfalls nur Zahlen und Namen vorzufinden, überblätterte er die Seiten, die zu seiner großen Verwunderung eng mit einer recht schönen Handschrift beschrieben waren. *Daran könnte sich manch einer ein Beispiel nehmen.* Er ließ das Büchlein zufallen und hob diesmal nur den Deckel hoch. Auf der ersten, von Feuchtigkeit wie Alter leicht angegriffenen Seite fand er nur zwei Buchstaben und eine vierstellige Zahl: *E.S. 1865*

Schnell packte Ralf die anderen Unterlagen wieder in die Kiste, griff sich das Buch und wandte sich dem Treppenaufgang in die Küche zu. Ein letztes Mal streifte das Licht seiner Taschenlampe die alten Glasflaschen mit dem begehrten roten Traubensaft, bevor sie unangetastet in jenen Schlaf zurückfielen, dem sie bereits allzu lange Zeit anheimgefallen waren.

Kapitel IV

20. April 1865

Heute habe ich von Vater endlich das lang ersehnte Tagebuch bekommen, wobei ich nun, da ich es in Händen halte, nicht mehr sicher bin, was ihm anzuvertrauen ich mir meines Versteckes, das ich dafür gefunden habe, sicher genug bin. Gerade die neugierigen Augen Stefans machen wir ein wenig Sorgen, denn immerhin will ich ihm nicht noch mehr Neuigkeiten liefern, die er gegen eine Scheibe Gelbwurst eintauschen kann, was sein Lohn für alles ist, was er an Klatsch und Tratsch an unsere Nachbarin verrät. Ich werde mich deswegen zu Beginn ein wenig bedeckt halten! Doch ist mittlerweile die Nacht sowieso schon über uns hereingebrochen und da ich merke, dass das Schreiben beim Schein der Öllampe, die ich, im Bette sitzend, neben mir stehen habe, meine Augen über Gebühr anstrengt, werde ich es für heute bei diesen ersten Überlegungen belassen.

23. April 1865

Oje, so viel nun zu den guten Vorsätzen: Habe ich mir selbst geschworen, jenem vor mir liegenden Büchlein alles anzuvertrauen, was mich während des Tages beschäftigt hat, so muss ich sehen, dass bereits zwei Tage ohne Eintrag verstrichen sind. Ich will daher wenigstens kurz rückblickend niederschreiben, was mir aufgefallen ist. Am vergangenen Freitag kam unser Nachbar, Otto Hoffmann, von der gegenüberliegenden Metzgerei zu uns – einmal mehr war er vor den stechenden Augen und bohrenden Fragen seiner Frau geflohen, die ihn dabei erwischt zu haben glaubte, wie er sich mit dem Ittners Hans bei uns ein Bier zu viel genehmigt hat. Nachdem er die Stube betreten hatte, ließ er sich direkt beim Fenster, seinem Stammplatz nieder, blickte kurz hinaus und rief Vater danach zu, er solle doch die Vorhänge etwas schließen. Auf meine Nachfrage hin, warum, antwortete er nur kurz angebunden: „Damit iich des bleeda Gsicht ned säng muss!" Ich schaute vorsichtig hinaus und erkannte, dass seine Frau einmal mehr von der anderen Straßenseite zu uns herüberblickte und die Mauern auf der Suche nach ihrem Mann beinahe zu durchbohren schien!

Am Samstag haben wir uns schließlich mit Hilde und Berta auf den Weg zum Feld draußen beim Hirtentrabweg gemacht, um die ersten Kartoffeln zu legen. Zwar waren sich Vater und Großvater nicht einig, was den geeigneten Zeitpunkt angeht, da Großvater der Meinung war, man dürfe sie, streng nach den Regeln der Alten, erst im Krebs säen, da sie, ebenso wie das Tier auch, verkehrt herum wachsen – soll heißen, nicht in den Himmel, zum Herrgott streben, sondern nach unten, in das Reich des Beelzebub. Vater allerdings wollte von diesem „dahmischen Gewäsch“, wie er es nannte, nichts wissen. Ich selbst bin mir allerdings nicht sonderlich sicher, ob nicht trotzdem etwas dran ist, an den ganzen althergebrachten Regeln – immerhin ist auch in unserem Haushalt nichts Schlimmes mehr passiert, seit wir diesem grässlichen Zigeuner aus Weißdorf, der uns seit mehreren Tagen belagert hatte, einen Schutzbrief abgekauft haben. Ich denke, dass es einfach auch eine Frage des Glaubens in diese Dinge ist, der letztendlich zu ihrer Wirkung führt. Hoffen wir aber, dass unsere Kartoffeln trotz des frühen Legens in diesem Jahr gut treiben werden und uns der Mairegen das Kraut nicht allzu bald verwelken lässt. Nun jedenfalls sitze ich wieder hier, auf meiner Bettstatt, blicke hinaus in den Hof, wo Vater sich gerade noch um die beiden zahmen Ochsen kümmert, die einmal mehr die Arbeit von drei Pferden wacker verrichtet haben, und muss wieder an ihn denken. Heute früh, bei der Andacht in St. Gallus, saß ich ihm in der Empore direkt gegenüber und nur die Orgel trennte uns voneinander. Er schaute mir mehrmals direkt in die Augen und einmal zwinkerte er mir sogar zu, woraufhin ich, mir keiner anderen Möglichkeit bewusst, schnell zu Boden blickte, bevor der Pfarrer Beutner noch etwas ahnte. Er mag uns ja sowieso nicht mehr leiden, seit die Nachbarin, das alte Tratschweib, ihm davon berichtet hatte, dass sie uns im Benkers-Kessel beim Spazieren gesehen hätte. Gott sei Dank hat Vater bislang noch nichts davon mitbekommen! Wenn er wüsste, dass ich mich mit ihm treffe, dessen Familie er doch so wenig leiden kann, würde er mich wahrscheinlich noch vom Hof jagen. Aber nun genug der Worte – meine Augen schmerzen bereits wieder und die Hände sind von der gestrigen

Arbeit noch derart wund, dass sie die Feder kaum zu halten vermögen. Ich werde beides ein wenig ausruhen und hoffe, heute wieder von ihm zu träumen – sobald meine Haut die seine berührt, ist es egal, wie rau und schwielig sie ist!

25. April 1865

Ich kann mein Glück kaum fassen! Heute habe ich ihn endlich wieder getroffen – draußen beim Waldhirten. Wir hatten schon gestern verabredet, dass er mich um acht Uhr erwarte und ich unter dem Vorwand, noch ein wenig Beeren pflücken zu wollen, heimlich zu ihm eilen solle. Gott sei Dank hat Richter damals die kleine Hütte erbaut – wenn ich daran denke, wie Großmutter mir immer erzählte, dass sie ihn einstmals gar arg verspottet hatten, weil er glaubte, tatsächlich noch Gold dort oben finden zu können, wird mir ganz wehleidig! Immerhin ist es seine Hütte, die uns nun einige ungestörte Momente vergönnt.

Schon von weitem sah ich heute wieder das schwache Licht durch die Fenster scheinen, als ich endlich den steilen Weg hinter mich gebracht hatte. Er empfing mich mit offenen Armen, schmiegte sich an mich und hauchte mir einen leichten Kuss auf die Wange. Diesmal ließ ich ihn, sicher, dass uns niemand dabei beobachten konnte, gewähren und so küsste er mich schließlich auf den Mund. Es war herrlich, doch wenn ich nur daran denke, wie töricht wir gewesen sind – sobald uns jemand gesehen hätte, wäre das nächste Thema der Tratschweiber für die folgenden zwei Wochen festgestanden. Das einzige Problem, nachdem wir uns verabschiedet hatten, war, wie ich meinen Eltern die trotz allem bis in die Nacht dauerende Beerensuche erklären sollte, doch kam mir Gott sei Dank der Hahns-Thomas-Hann zu Hilfe, der in der Stube wieder eine seiner Geschichten zum besten gab: Er sei, so erzählt er, am Haidberg gewesen, wo er in der Nähe des Teufelsbrunnens plötzlich ein Rascheln aus dem Wald neben dem Weg gehört und sich daraufhin sofort versteckt hatte. Er war gerade hinter einen Felsen in Deckung gegangen, als dreißig Hirschen über den Pfad gelaufen waren, in deren prächtigen Geweihen man einen Ster Holz hätte lagern können. Auf mehrmalige Nachfrage Vaters hin, der solche Erzählungen aus Hans Mund nur allzu gut kannte, wurden aus den dreißig erst zwanzig und anschließend zehn Hirsche, ehe der Schinder aus der Oberzell hereinkam und sagte, dass es am Haidberg gar keine Hirsche mehr gäbe. Letztendlich brachte Hans seine Geschichte mit den Worten „Also ich wass net; graschelt hots auf jeden Foll im Gebüsch!“ zu einem Ende, wie beinahe alle seine anderen Erzählungen ein ähnliches aufweisen. Diesmal jedoch war ich froh über seine Anwesenheit – konnte ich so doch ungesehen in mein Zimmer huschen, wo ich sogleich diesem Büchlein von meinem Abenteuer berichtete. Ich dürste schon danach, ihn am Samstag endlich wiederzusehen!

27. April 1865

Heute war ein aufregender Tag für Vater! Er war zu Wolfrum eingeladen worden, um dem dort vor drei Jahren gegründeten Turnverein beizutreten. Schon ewig hoffte er auf eine entsprechende Nachricht, die er heute endlich vom Vorsitzenden persönlich überreicht bekommen hatte. Abends ging er schließlich zu Wolfrum hoch, wobei Mutter zeterte, dass er so nur den alten Kontrahenten in die Hände spiele, der uns unsere Gäste zu vergraulen suchte – dabei ist mir einmal mehr bewusst geworden, wie schwierig es werden wird, ihr zu eröffnen, dass mein Liebster ebenfalls aus einem Gasthaus stammt, das mit unserem schon seit Jahren um die Kundschaft buhlt. Selbst, wenn sich die beiden Männer beim Brauen oben im Kommunbrauhaus über den Weg laufen, giften sie sich nur an – ach, warum nur muss immer alles so schwer sein in Zell!

30. April 1865

Ich habe gesündigt – und der Herr weiß es bereits! Heute konnte ich es an den Augen des Pfarrers beim Gottesdienst sehen. Der Herr sieht alles und bestraft solche Untaten, wie wir sie begangen, sofort! Ich hoffe nur, es kommt nichts dabei raus. Wenn ich allein daran denke, welch Qual es für mich wäre, welch Schmach für meine Eltern! Ich kann allein beten, dass mir aus dieser schönen Zusammenkunft beim Waldhirten mit ihm kein größerer Nachteil erwächst, als ich ihn sowieso schon habe! Ach weh, selbst zum Schreiben fehlt mir heute die Kraft – die Augen sehen, voll von nassem Schleier, selbst beim noch recht hellen Abend die Seiten nicht!

„Hmm", mit geschürzten Lippen hatte Ralf den letzten Eintrag auf dieser Seite des kleinen, ledernen Büchleins noch einmal überflogen. Anfangs dachte er, allein einige langweilige Niederschriften und Gedanken eines jungen Mädchens aus dem 19. Jahrhundert in der Hand zu halten, die sicher Aufschlüsse über das Leben zur damaligen Zeit hätten geben, jedoch noch lange keinen hinter dem Ofen hervorlocken hätten können. Nun jedoch schien die ganze Sache ziemlich interessant zu werden und auch wenn Ralf keine der genannten Personen kannte, so konnte er dennoch ein gewisses Interesse am plötzlich geänderten Schreibstil der jungen Frau nicht verhehlen. Mit einer leichten Anspannung griff Ralf nach der gewellten Ecke der nächsten Seite, beinahe schon gierig darauf, zu erfahren, wie sich die Unbekannte in den folgenden Tagen in der kleinen Gemeinde verhalten hatte, und zuckte im nächsten Moment ungläubig zurück. Schnell blätterte er wieder nach vorne, erkannte die mittlerweile vertraute Schrift und ließ die Seite anschließend mit einer leichten Bewegung seiner Hand wieder zurückfallen: Nichts, kein einziger Buchstabe gab ihm Einblicke in das Seelenleben des jungen Mädchens – nur das dreckige Gelb des Papiers starrte ihm entgegen und quittierte seine Neugier, so schien es ihm, mit einem höhnischen Grinsen. Gerade, als er das Büchlein auf seinen Schoß sinken ließ und sich kurz den Gedankengängen hingab, die es in seinem Kopf ins Rollen gebracht hatte, klopfte es laut an der Haustür. „Was zum…?!" genervt stand er auf und stieg behände die alten Stufen hinunter, die jeden seiner Schritte derart laut kund taten, dass auch der späte Gast an der Tür es gehört haben muss, da das Klopfen mit einem Mal verstummt war. Während er durch die Gaststube hin zur Haustür eilte, wurde ihm klar, dass eben dort, an jenem kleinen Fenster, durch das er die letzten grauen Wolken am Himmel eben in Richtung Münchberg abziehen sehen konnte, einst der vor seiner Frau geflohene Nachbar gesessen hatte. *Traurig, dass aus den Herzen der kleinen Dörfer mittlerweile größtenteils leer stehende Ruinen geworden waren.* Bei diesem Gedanken hatte er die Haustür erreicht, die Klinke nach unten gedrückt und einen ersten Blick nach draußen gewagt, als Susis Gesicht sofort alle seine Aufmerksamkeit auf sich zog. „Hi!" „Auch hi – was machst du denn derart spät noch hier? Ich dachte, du hättest einen Termin um viertel Acht?" „Ja, aber der hat nicht allzu lang gedauert, wie anfangs befürchtet. Darf ich rein kommen?" „Aber klar – immerhin ist es sowieso dein Haus!" Aus dem Augenwinkel sah Ralf, während er die alte Holztür hinter ihnen zuzog, das Schild am Giebel des gegenüberliegenden Gebäudes mit der Aufschrift „Metzgerei Hofmann". *Sieh einer an! Es scheint tatsächlich noch einige alteingesessene Familien in Zell zu geben!*

Auf dem Weg zurück in die Gaststube, wo Susi gerade dabei war, im alten Kachelofen ein kleines Feuer anzuschüren, hörte er, dass sie einmal mehr voll und ganz in ihrem Element zu sein schien „hab ich gesagt, dass das ja nicht meine Schuld wäre! Immerhin war er es ja, der unbedingt dieses dämliche Auto kaufen musste und jetzt braucht er sich gar nicht darüber aufzuregen, wenn ich damit ebenso wenig zu tun haben will, wie mit ihm. Oder was meinst du?" „Äh…aber ja! Auf jeden Fall" brachte Ralf in der Hoffnung heraus, dass sie sein Unwissen über das momentane Thema ihres Gesprächs nicht bemerken würde. Sein Plan schien aufzugehen: „Danke! Ich meine: Warum regt er sich überhaupt so darüber auf?! Immerhin war es nicht meine Idee, sich noch ein neues Auto zu kaufen, wenn wir sowieso schon derart oft miteinander gestritten haben, was allerdings auch nicht meine Schuld war! Immerhin lässt der einen nie zu Wort kommen!" „Willst du was trink…" „Verstehst du was ich meine? Ich hasse es, wenn Leute auf mich einreden, wie ein Wasserfall!" „Ja schon, aber willst du nicht vielleicht doch was trinken?" „Gut, ich mache das auch manchmal, aber ich achte doch wenigstens darauf, dass auch mein Gegenüber einmal seine Meinung zu einem Thema sagen kann, oder nicht?! Du, hast du was zu trinken da?" „Ja, sicher!"

Letzten Endes saßen die beiden also, aller Schwierigkeiten in der Kommunikation zum Trotz, bei einem guten Glas Rotwein – eine der Flaschen aus dem Keller hatte tatsächlich einen recht schmeichelnden Tropfen enthalten

– vor dem alten Ofen und schwelgten ein wenig in Erinnerungen und Vorstellungen, wie wohl einst das Leben in diesem Zimmer, wie im gesamten Ort verlaufen sein mag. „Manchmal, wenn ich hier bin, wünsche ich mir, meinen Urgroßvater noch kennen gelernt zu haben“ begann Susi eine Reise tief in ihre eigene Familiengeschichte. „Er war der letzte, der hier tatsächlich neben der Bauerei noch eine Wirtschaft betrieben und sogar eigenes Bier gebraut hat!“ „Wann ist er denn gestorben?“ „Er ist 1944 im Krieg an der Ostfront gefallen. Damals machte man auch hier bei uns in Zell den Alten wie Jungen weiß, dass das arisch-deutsche Volk den Untermenschen in Russland überlegen sei und so zogen letztendlich vor allem diejenigen, die die Kämpfe zwischen 1914 und 1918 nicht am eigenen Leib erlebt hatten und demnach nicht wussten, was sie erwartete, einmal mehr frohgemut und zuversichtlich an die Grenzen des Reiches. Mein Urgroßvater jedoch war anderen Schlags: Er hatte schon dem deutschen Kaiser gedient, was er anscheinend auch stets stolz betont hatte, und wollte nun dem Reich zu eben jener Stellung verhelfen, die ihm in seinen Augen von vornherein vorgegeben worden war – ab 1939 stand er unter Waffen. Fünf Jahre Krieg…das will ich mir gar nicht vorstellen.“ „Es ist immer schlimm, wenn Menschen einander dermaßen hassen, dass sie letztendlich zu den Waffen greifen“ fügte Ralf kleinlaut hinzu „aber noch tausendmal dramatischer und trauriger wird es, wenn sie es tun, nur weil ihnen jemand den Befehl dazu gegeben hat!“ „Und was bleibt dann von einem?! In Zell erinnert ein Kriegerdenkmal oben beim ehemaligen Brauhaus an die Gefallenen, aber ansonsten hat man sie längst vergessen…“ Nach einigen Minuten wagte Ralf einen erneuten Blick in Susis Richtung und fragte, ganz gleichgültig, als wollte er die melancholische Stimmung ein wenig aufheitern: „Sag mal: Weißt du noch mehr aus deiner Familiengeschichte?“ „Ich denke doch, so ziemlich alles, was man darüber wissen kann! Ich hatte das Glück, dass mein Großvater in einem recht hohen Alter gestorben ist, weswegen er sich an vieles aus seiner eigenen Jugendzeit auch hier im Wirtshaus erinnern konnte – geboren worden ist er 1922. Aber warum willst du das denn wissen?“ Genau vor dieser Frage hatte Ralf sich gefürchtet – sollte er ihr sagen, welchen Fund er im Keller gemacht hatte? Immerhin war es ein Stück von Susis eigener Familiengeschichte – auf der anderen Seite jedoch wusste er nicht, wie sie damit umgehen würde, zu erfahren, dass er in diesem persönlichsten Dokument ihrer eigenen Ahnin herumgestöbert hatte… „Naja, ich möchte eben gerne ein wenig mehr über die Menschen wissen, die hier, in meinem ‚neuen Heim‘, wenn man es so nennen will, gelebt und gearbeitet haben!“

„Hmm, lass mich nachdenken“ fing Susi an und man konnte förmlich sehen, wie sie ihre ganze Aufmerksamkeit auf jene Erinnerungen zu lenken suchte, die ihr vermutlich einst ihr Großvater anvertraut hatte. Mit einem Mal erhellte sich ihr Gesicht, sie wandte sich Ralf zu und sagte nur kurz angebunden: „Ich habe eine bessere Idee! Ich kann's dir zeigen!“ Gemeinsam stiegen sie die alte Treppe nach oben, wobei sie, um das arme Geschöpf zu schonen, das heute vermutlich mehr hatte aushalten müssen, als die zwei Jahrzehnte vorher zusammen, immer mehrere Stufen miteinander nahmen. Susi ging an Ralfs Stube vorbei und steuerte direkt auf eine kleine Tür am Ende des Gangs zu, die vermutlich früher einmal weiß lackiert gewesen war. Bedächtig drehte sie den Schlüssel herum und betrat gemeinsam mit Ralf ein kleines Zimmer, dessen Wände übersät waren mit alten Photographien, Zeichnungen und Plänen. Auf einen davon, einen überdimensionalen Straßenplan, hielt sie zielstrebig zu und blieb, nachdem sie das Glas notdürftig mit einer alten Tischdecke abgewischt hatte, andächtig davor stehen. „Das, mein Lieber, ist Zell anno 1852!" Vorsichtig trat Ralf näher und suchte den Plan geschwind mit den Augen ab – er war überschrieben mit den Worten „Situationsplan" und schien tatsächlich handgezeichnet zu sein, wobei jedes Haus exakt im Grundriss wiedergegeben worden war. Entlang einer breiten Straße, dem heutigen Marktplatz, gruppierten sich die einzelnen Häuser allesamt mit der Giebelseite nach vorn und mit gelb umrandeten Gebäuden, die Ralf, nachdem er die Legende studiert hatte, als Scheunen identifizieren konnte, auf den Seiten. „Wir sind hier" erläuterte Susi erstaunlich kurz angebunden und deutete auf eines der größten Anwesen, das die Nummer 41 trug. Neben zwei kleinen gelben Scheunen konnte Ralf auf der Rückseite des Grundstücks auch einen lang gestreckten Garten und eine Art Rampe erkennen. Susi, die seinen rätselnden Blick bemerkt hatte, fügte an „Das ominöse Ding da hinten war der Kegelschub. Eine asphaltierte Bahn, bei der sich sonntags immer die Highsociety traf, um eine ruhige Kugel zu schieben, wenn du es so ausdrücken willst. Außerdem kannst du sehen, dass meine Familie einst zu den Großgrundbesitzern gehört hat! Alle Felder, die die Nummer 41 tragen, gehörten zu diesem Anwesen hier. Von der Straße nach Walpenreuth bis hin zum Hirtentrab." Ralf, der diesmal mehr als überrascht von Susis präzisen Aussagen gewesen ist, drehte bedächtig seinen Kopf, in dem gerade eine Erinnerung Gestalt anzunehmen versuchte. „Hirtentrab? Meinst du den Hirtentrabweg?" „Ja genau! Der heißt so, weil dort früher der sogenannte ‚Haidhirte' die Schafe der Bewohner aus der Unteren Zell, also dem unteren Teil des Dorfes, hinauf zum Haidberg getrieben hat! Daneben gab es auch noch den Waldhirten." In Ralfs Schädel, der von allzu viel Rotwein sowieso schon ein wenig schwer geworden war, begannen die Überlegungen sich rasend schnell abzuwechseln: „Waldhirte? Von dem habe ich auch schon etwas geles...gehört! Der hieß doch Richter, oder?" „Nein, wie kommst du denn da drauf? Die Waldhirten heißen schon seit dem 19. Jahrhundert Braun und wohnen oben in den sogenannten ‚Waldhäusern', in deren Nähe sie auch die Schafe der Oberen Zell hüteten. Früher gab's mal einen Hohlweg nach oben, aber der ist mittlerweile verfüllt und durch eine moderne Straße ersetzt worden. Eigentlich schade drum, aber was will man gegen den Fortschritt und die Bequemlichkeit der heutigen Generationen machen?! Aber jetzt musst du mir schon sagen, woher du so viel aus der Geschichte eines Ortes kennst, in dem du gerade einmal einen Tag wohnst!" „Naja, ich habe vorhin, als ich mich draußen ein wenig umgesehen habe, die nette Metzgerin von gegenüber getroffen" spann Ralf sich kurzerhand eine Lüge zurecht, die jedenfalls für ihn recht plausibel klang. „Aja, das hab' ich mir schon gedacht, dass der nicht entgangen sein wird, was hier vorgeht! Die Metzger waren in Zell schon immer die beste Anlaufstelle für Gerüchte aller Art und verbreiteten sie manchmal schneller, als die Zeitung es hätte tun können! An sich sind's aber wirklich extrem nette Menschen. Im Übrigen kannst du ihr Haus auch schon auf diesem Plan erkennen!" Susi zeigte auf ein weiteres graues Rechteck, das sich nahtlos in die Reihe der anderen geometrischen Formen einreihte. „Und das hier oben war früher auch mal ein Wirtshaus – Wolfrum hießen die, glaub ich. Mittlerweile ist das Gebäude aber abgerissen und durch einen Neubau ersetzt worden. Eigentlich schade, wenn man bedenkt, dass solche Einrichtungen früher einmal das Herz einer jeden Gemeinde gewesen sind. Heute haben wir nur noch drei Gaststätten." Zwar wurde sich Ralf bewusst, dass er vor einer Stunde noch genau den gleichen Gedanken gehabt hatte, doch fügte er trotzdem an „Naja, ich meine schon, dass drei Wirtshäuser bei – wie viel Einwohner habt ihr? 2000? – mehr als ausreichen!" „Ja, das schon, aber wenn du dir überlegst, dass wir früher einmal elf Stück hatten und die Zeller sich sogar beschwert haben sollen, als die Regierung einem zwölften keine Konzession mehr erteilen wollte, erscheinen drei trotzdem recht wenig." Ralf kam ein verwegener Gedanke – sollte er es wirklich wagen? „Trotzdem finde ich, dass das eindeutig zu viel gewesen sind! Immerhin werden sie sich wahrscheinlich auch alle hier am Markt befunden haben, oder?" „Naja, nicht alle: Soweit ich weiß, gab es hier an der Hauptstraße nur den ‚Weißen Ochsen', der ja selbst noch heute existiert, dann ‚Das Rote Schloß' – darin befinden wir uns übrigens gerade! – ‚Zur Saalequelle' auf der gegenüberliegenden Seite und eben die Wirtshäuser der Familien Wolfrum und Hoffmann. Ok, sind doch einige!" feixte sie grinsend. „Aber wenn du mehr darüber wissen willst, solltest du dich einmal in unserem kleinen Dorfmuseum umsehen und dir die Einwohnerlisten ansehen." „Hmm, na vielleicht am nächsten Wochenende..." Grübelnd blickte Ralf sich im Raum um, ehe er bei einem seltsam scheinenden Bild ins Stocken kam. „Was ist das?" „Was? Das? Das ist eine Ansicht dieses Anwesens – schick, gell?" „Nein, ich meine das Foto daneben – es sieht irgendwie so aus, als würde eine Person darauf fehlen." „Wie fehlen?!" „Naja, sieh‘ doch mal!“ Vorsichtig hatte er den Rahmen aus dem Dschungel von anderen Photographien der verschiedensten Ären heraus gehoben und hielt ihn nun ins gelbliche Licht der alten Deckenlampe. Tatsächlich waren darauf nur drei Personen abgebildet – ein älterer Herr, eine Frau und ein kleiner Knabe, neben dem sich eine weiße Fläche befand. Ganz so, als hätte jemand etwas aus der Abbildung herausgeschnitten. „Oh, das meinst du…“ riss Susi ihn aus seinen Gedanken – ihre Stimme hatte plötzlich einen seltsamen Unterton angenommen und ihr anfangs so aufgeregter Blick war einem leeren Starren gewichen. „Das ist die größte Sünde, die diese Familie jemals begangen hat“ seufzte sie, während sie Ralf das Photo beinahe ruppig aus der Hand nahm und auf den Tisch legte – verkehrt herum. „Aber wieso haben s…“ „Das ist eine lange Geschichte. Die Kurzfassung lautet, dass die Schwester meines Ur-Ur-Großvaters die ganze Familie beinahe in den Ruin getrieben hätte!“ „Wie hieß sie?“ „Elfriede. Elfriede Schuberth – warum?“ Susis Ton klang mittlerweile sogar leicht gereizt und so kam Ralf zu dem Schluss, dass er ihr wahrscheinlich lieber ein ander Mal von seiner Entdeckung berichten würde. Allerdings wusste er nun den Namen des jungen Mädchens, dessen Tagebuch er in seinem Zimmer hatte liegen lassen. Ob jedoch jene von ihr begangene „Sünde“ ein derart großes Problem gewesen sein könnte, dass selbst Susi als Angehörige der fünften Generation noch ungehalten darauf reagierte, wusste er nicht zu sagen. Heute würde er keine genaueren Einzelheiten mehr erfahren – Susi hatte das Zimmer bereits in Richtung Untergeschoss verlassen und war gerade dabei, sich ihre Jacke anzuziehen, als Ralf dazukam. Das Stöhnen der Treppe schien die Stimmung jedenfalls in seinen Ohren perfekt zu untermalen. „Susi, es tut mir Leid, wenn ich dich mit meinen Fragen irgendwie verärgert habe, aber" „Nein, nein, es ist schon gut. Aber für heute bin ich einfach zu müde – wir sehen uns morgen in der Schule, ja? Mach's gut!" Sie stürmte zur Tür hinaus und ließ Ralf allein im Gang zurück. Nur das Ticken der Uhr in seinem Zimmer störte die völlige Ruhe im Haus, das sich gerade von der Aufregung der letzten Minuten zu erholen schien. Was mögen diese alten Mauern wohl erlebt haben, als Elfriedes Eltern 1865 von ihrer Liaison mit dem geheimnisvollen Verehrer erfahren hatten? Und noch wichtiger: Was war aus dem Mädchen selbst geworden, wenn man es sogar aus den damals beinahe unbezahlbaren Photographien schnitt? Ralfs Neugier war geweckt, allerdings war er sich auch darüber im Klaren, dass er bei der Beantwortung jener Fragen nicht mit Susi rechnen konnte, die anscheinend noch immer allzu subjektiv über die Vorgänge vor beinahe 140 Jahren dachte. Er würde sich morgen nach der Schule einmal im „Museum" umsehen – vielleicht enthalten die von Susi angesprochenen Listen ja auch irgendwelche Hinweise über dieses „Geheimnis" … und notfalls müsste er sich eben an die Metzgerin von gegenüber wenden. Er löschte das Licht, stieg die Treppe nach oben und ging in sein Zimmer. Nachdem er sich fürs Bett fertig gemacht und den Wecker in seinem Handy auf 7.00 Uhr programmiert hatte, wollte er sich gerade unter die Decke legen, als er kurz innehielt. Er blickte einen Moment lang grübelnd zu Boden, schwang die Beine noch einmal herunter und ging zur alten Uhr, deren Zeiger mittlerweile 11 Uhr bedeuteten. Entschlossen öffnete er die kleine Tür und hielt das Pendel an. Mit einem Mal war es beinahe erschreckend still im gesamten Haus, um das allein der Wind strich, als letzter Bote des abgezogenen Sturms bereits vom nächsten, drohenden Unheil kündend. *Alles Aberglauben* waren Ralfs Gedanken, ehe er sich ins Bett legte und überraschend schnell einschlief.

Kapitel V

Nur langsam schoben sich die leicht bläulich scheinenden Wolken über den nächtlichen Himmel und gaben den Blick auf die weiße Mondscheibe frei, deren Licht den alten Fichtenwald in eine mystische Szenerie verwandelte. Vorsichtig schob sich das Nebelgespinst auf seiner Reise voran und bedeckte den klammen Boden vollkommen mit seiner kalten, alles Leben erstickenden Existenz. Vor ihm tauchten plötzlich zwei weiße Säulen auf, die auf merkwürdigen Konsolen ruhten, derer sich ein leichtes Zittern bemächtigt hatte.

Andächtig drehte Ralf sich um, konnte jedoch außer einzelnen Bäumen, die, hölzernen Wächtern gleich, sein Blickfeld abschirmten, nichts erkennen. Um seine Füße waberten dichte Nebelschwaden, die aus den Tiefen der Erde zu kommen schienen und sich stetig über den Waldrasen schoben, der durch die Feuchtigkeit, die sich auf den Halmen abgesetzt hatte, hier und da gespenstisch funkelte. Allmählich schienen seine Augen sich an die Dunkelheit zu gewöhnen und er konnte erkennen, dass sich zu seinen Füßen, die seltsamerweise in keinerlei Schuhen steckten, ein kleiner Bach ergoss, der leise seine lange Reise antrat und in der endlosen Finsternis verschwand. Da er nicht wusste, wie er aus diesem Dickicht herauskommen könnte, wagte sich Ralf langsam einige Schritte nach vorne, vorbei an den mächtigen Stämmen und dem Bachlauf folgend immer tiefer hinein in den schwarzen Schlund des nächtlichen Waldes. Mittlerweile hatten sich erneut tiefgraue Wolken vor den Mond geschoben und kein Laut drang mehr aus den Baumwipfeln. Nicht einmal Eulen, die Begleiter eines jeden nächtlichen Wanderers, waren mehr zu hören und auch das nun nur noch kleine Rinnsal war gänzlich verstummt – lautlos floss es dahin. Ralfs Blicke wanderten seinen flachen Graben entlang und entdeckten an seinem Ende einen merkwürdig geformten Stein, der beinahe an einen jener urtümlichen Kleiekotzer erinnerte, wie man sie aus den Mühlen des 19. Jahrhundert kennt. Aus diesem Exemplar jedoch drangen keinerlei Getreidereste, sondern es tropfte gemächlich kristallklares Wasser, dessen bloßer Anblick Ralfs Kehle dermaßen austrocknete, dass er begierig auf die Quelle zulief, um einige Schlucke davon zu nehmen. Er hatte gerade seine Hände ausgestreckt, um die ersten Tropfen des köstlichen Nass aufzufangen, als die Flüssigkeit mit einem Mal zäher aus dem Stein zu kriechen schien. Erschrocken zog er seine Hände zurück und reckte sie in Richtung des wolkenverhangenen Himmels, wo sich eben ein kleines Fenster auftat, das das Licht des Mondes von Neuem auf die Erde wandern ließ. Seine

Haut klebte förmlich und in der nächtlichen Dämmerung erkannte Ralf, dass er keineswegs erfrischendes Wasser an den Fingern abperlen ließ, sondern dass sie über und über besudelt waren mit dunkelrotem Blut. „Was zum…“ Ein gellender Schrei unterbrach seine Gedanken, die innerhalb einiger Sekundenbruchteile verflogen waren – ebenso wie die Spuren des Lebenssaftes, die er eben noch betrachten konnte. Er drehte sich in die Richtung, aus der er die heißere Stimme vernommen hatte und erkannte eine schmale, aus Holz gezimmerte Hütte, durch deren einziges Fenster er zwei Gestalten erahnen konnte, die sich beinahe liebevoll in den Armen zu halten schienen. Mit einem Mal jedoch verdüsterte sich die Szene: Die beiden Personen trugen einen ungleichen Kampf aus, den die größere schnell für sich entscheiden konnte und die kleinere langsam niederrang. Ralf wollte zur Türe der Hütte eilen, doch erhob sich vor ihm lautlos ein durchsichtiges Gespinst feinsten Nebels, das immer dichter wurde und einen Vorhang vor seinen Augen bildete, der ihn wegtrug aus dem finsteren Wald nahe der Quelle und an einen neuen Standort brachte, von dem aus er den zweiten Akt dieser unweltlichen Aufführung besehen konnte.

Wieder war er allein, doch beschien diesmal der Mond in seiner vollen Pracht die seltsame Szenerie um ihn herum: Er kauerte vor einem glockenförmigen Stein, der auf dem Kopf zu stehen schien und dicht bewachsen war mit allerlei Kraut und Gräsern. Langsam begannen die Halme sich im Wind zu wiegen, ehe sie von den Wurzeln heraus zu zittern schienen. Ein lautes Donnergrollen ertönte tief aus dem Inneren des mächtigen Felsens, der sich auftat und zwei Gestalten auf den Boden spie, die sich geflink aufrappelten, um auf die flache Kante des Blockes zu klettern. Eine davon war Ralf aus vielerlei Abbildungen und Zeichnungen nur allzu vertraut: Sie hatte eine rote, ledrige Haut, die sich über den sehnigen Körper spannte und in zwei riesigen Flügeln auf dem Rücken des Ungeheuers auslief. Der kahle Schädel, aus dem zwei glutrote Augen die gesamte Welt einem unredlichen Richter gleich zu verurteilen schienen, wurde bekrönt von krummen Hörnern, die sich wie Speere gen Himmel wandten, um jenen anzuklagen, der den gefallen Engel einst in das Reich der Hölle verbannt hatte. Vor ihm saß der Leibhaftige, Satanas, der Teufel. Mit lautem Dröhnen griffen seine knorrigen Krallen hinunter in den Felsen und zogen seltsame, eiserne Objekte hervor, die der Beelzebub zwischen sich und der anderen Person aufzuteilen schien. Der alte und gar zu gebrechlich wirkende Mann nahm sie mit flinken Händen auf, hielt sie vor die schwachen Augen, in denen ein kurzes Flimmern zu erkennen war und schleuderte eine der Karten mit gewaltiger Kraft vor sich auf den Steinblock, von dem Funken aufsprühten, die die gesamte Szenerie mit einem Mal in gleißendes Licht tauchten. „Rot ist Trumpf!" dröhnte die Stimme des Alten, ehe es am Teufel war, eine seiner Karten auszuspielen. „Nun denn, dann spielen wir mit Feuer!" kam es aus der Richtung des Höllenfürsten, der Ralf plötzlich seinen Kopf zugewandt hatte und ihn mit einem bohrenden Blick anstarrte. Mit lautem Lachen warf er seinen Kopf in den Nacken, streckte die Hände zum Himmel empor und gebar aus seinen Fingern lange, züngelnde Flammen, die den Felsen mitsamt den beiden Kartenspielern umschlossen und mit sich fortrissen in das finstere Reich der ewigen Verdammnis. Vor Ralfs Augen indes erhob sich aus den lodernden Flammen ein neues Bild: Eine mächtige Burg, aus deren Dächern ebenfalls der feurige Dämon quoll und feinste Aschepartikel in den Nachthimmel schleuderte. Mit lautem Knarzen stürzten bereits die ersten Balken auf die Erde nieder und begruben die einstmals stolze Anlage Stück für Stück unter sich. Wieder hörte Ralf aus den Tiefen des Gemäuers jene verzerrte Stimme, die um Hilfe zu rufen schien, und setzte sich in Bewegung. Nur langsam konnte er sich an den verkohlenden Balken vorbeikämpfen und schaffte es gerade rechtzeitig, einem großen Steinblock auszuweichen, der vom Torhaus in die Tiefe stürzte. Seine Arme schützend vor das Gesicht haltend näherte er sich einem kleinen Portal, in dem er den Eingang zum Inneren der Burg zu erkennen glaubte. Die Hitze brannte elendig auf seiner unbedeckten Haut und kleine Glutfunken, die im aufziehenden Feuersturm tanzten, sanken auf ihn nieder. Endlich am Fuße der Treppe angelangt, die hinauf zum Tor führte, erkannte er, dass die Lage aussichtslos geworden war: Aus dem Zugang zur Burg schlugen, wie auch aus den darüber liegenden Fensteröffnungen, bereits die zehrenden Arme des Infernos, die einen kurzen Blick freigaben auf die Umrisse eines jungen Mädchens, das, ganz in weiß gekleidet, die Hände hilflos in Ralfs Richtung streckte. „Hilf mir!" drang es an sein Ohr, ehe die gesamte Szenerie in sich zusammenbrach und Dunkelheit seinen Körper umfing.

Schweißgebadet wachte er auf und blickte sich gehetzt um: Der gelbliche Schein einer nahen Straßenlaterne warf den Umriss des Fensters auf den alten Bohlenboden, auf dem Ralf auch seine Decke erkennen konnte, die er vermutlich im nächtlichen Kampf gegen die Alben aus dem Bett geworfen hatte. Vorsichtig richtete er sich auf, starrte in die Dunkelheit, in der er die Tür hinaus zum Gang wähnte und lauschte angestrengt hinein in die endlose

Stille. Langsam begann sein Herzschlag sich zu beruhigen und auch seine Atmung flachte allmählich wieder ab. *Es war alles so verdammt echt!* Gebannt hob er seine Hände, die eben noch glänzten vom rötlichen Blut eines Menschen – nichts. Die Brandblasen, die er überall an seinen Armen hätte finden müssen, waren verschwunden, ebenso wie das Echo des Hilferufs jenes kleinen Mädchens, das in der alten Hütte und dem Portal der Burg gestanden hatte. Vorsichtig, darauf bedacht, nicht aus dem wackligen Bettgestell zu fallen, angelte Ralf nach seiner Decke, als er ein leises Knarzen aus Richtung der Türe hörte. Sofort hielt er in seiner Bewegung inne, da er befürchtete, die von vornherein nicht sonderlich vertrauenserweckende Konstruktion, in der eben noch die Reise in eine furchtbare Welt des Leidens unternommen hatte, könnte unter ihm zusammenkrachen, doch auch nun, verharrend in der Dunkelheit, hörte er ganz klar aufeinanderfolgende, beinahe klagend klingende Laute. *Die Treppe!* schoss es ihm durch den Kopf. Zu keiner weiteren Bewegung fähig, klammerte er sich an das weiße Laken, das er ungeschickt über seine nackten Beine geworfen hatte, als der alte Eisengriff an seiner Türe sich langsam bewegte. Ein leichtes Zittern erfasste das knorrige Holz, als es andächtig zur Seite schwang und den Blick freigab auf ein seltsames, weißes Licht, das im Gang zu schweben schien. Zielstrebig hielt es auf Ralf zu und mit einem Mal schalteten sich tief in seinem Innern die rudimentärsten Urängste des Menschen ein, die seinen gesamten Körper von Kopf bis Fuß lähmten, ihn unfähig machten selbst zur kleinsten Bewegung. Das gespenstische Licht kam immer näher, wobei die Temperatur um es herum um mehrere Grad zu sinken schien. Plötzlich, als es bereits das Fußende des Bettes erreicht hatte, hielt es inne und Ralf konnte eine Art Kugel in seinem Inneren erkennen, von der ein weißes, reines Leuchten ausging, wie er es selbst am klarsten Tage noch nie gesehen hatte. Der Schein des Objektes hatte sich mittlerweile im ganzen Zimmer ausgebreitet und längst die Schatten der gelben Straßenlaterne überlagert – auf der linken Seite des Regulators hatte sich ein langer, pechschwarzer Auswuchs gebildet, der die Wände in Richtung Fenster entlang kroch und dort versank: Der gespenstische Schatten schien zu zittern, ähnlich den Händen des alten Mannes, den Ralf vor wenigen Augenblicken noch beim Kartenspielen auf dem Steintisch gesehen zu haben glaubte, als sich mit einem lauten Knall die Mechanik der alten Uhr wieder in Bewegung setzte. „Hilf mir" klang es aus den Tiefen des kalten Lichtes, ehe die Kugel sich zusammenzog und innerhalb eines Lidschlages vollkommen verschwunden war. Vorsichtig wollte Ralf seinen Kopf auf das Kissen betten, doch hatte sich da bereits eine gnädige Ohnmacht seiner letzten Kräfte bemächtigt und ihn in einen nun gänzlich traumlosen Schlaf befördert – ungehört schlug die Uhr die dritte Stunde des neuen Tages.

„Ralf? Kannst du mich hören?! RALF!" Nur langsam konnte er die schweren Lider öffnen und es dauerte eine Weile, bis sich die anfangs verschwommenen Schemen vor seinen Augen zu einem klaren Bild gewandelt hatten, in dessen Mitte sich ein wunderschönes Gesicht befand, das, eingerahmt von den hellen Strahlen der durch das verstaubte Fenster scheinenden Sonne, beinahe aussah, wie das eines Engels. In der Befürchtung, es könnte sich dabei nur um ein weiteres Trugbild handeln, streckte er vorsichtig seine Hand aus, um es zu berühren, als sich die Illusion mit den Worten „Jetzt nimm gfälligst deina Griffl aus meim

Gsicht“ von selbst entzauberte. Es war das erste Mal, dass Susi ihn im fränkischen Dialekt angesprochen hatte, und auch jetzt schwenkte sie sofort wieder ins Hochdeutsche: „Ralf, hast du eigentlich eine Ahnung, wie spät es ist? Es ist Montag, es ist Dreiviertel Zwölf und du hättest schon um 8.00 Uhr an der Schule sein müssen!“ Ihre Stimme nahm einen weicheren Ton an, als sie hinzufügte: „Ich hab‘ mir schon Sorgen gemacht, das Gewitter könnte dir das Dach über dem Kopf weggeblasen haben, da du dich nicht einmal bei mir gemeldet hast. Ist alles in Ordnung?“ „Jaja, es war nur… ich fühle mich nicht besonders…“ „Das sehe ich auch – du schaust aus, als hättest du die ganze Nacht kein Auge zugetan! Hat dich die Uhr etwa trotzdem so gestört? Soll ich sie anhalten?“ „NEIN!“ brach es harscher aus ihm heraus, als er wollte, weswegen er, nachdem er Susis verdutzten Blick gesehen hatte, sofort besänftigend hinzufügte: „Nein, danke dir – daran lag's nicht. Ich denke einfach nur, dass der ganze Stress der letzten Tage ein wenig zu viel für mich gewesen ist. Der Umzug und dann der Kulturschock…“ „Naja, wie du meinst – auf jeden Fall habe ich schon mal in der Schule angerufen und den netten Damen vom Sekretariat erzählt, du hättest starkes Fieber und würdest deshalb die nächsten zwei Tage im Bett bleiben. So bekommst du wenigstens keinen Ärger wegen unentschuldigter Vernachlässigung Schutzbefohlener.“ *Die gute Susi – sie redet zwar viel, denkt dafür aber auch an alles!* „Und was machen wir jetzt?“ „Naja, ich würde vorschlagen, du ziehst dir erst mal was an, danach gehen wir in die Gaststube und frühstücken beziehungsweise essen zu Mittag.“

So kam es, dass Ralf gerade in einem alten Wirtshaus, einem der Dreh- und Angelpunkte jedweder ländlicher Gemeinde, das erste Mal mit Susi ein ruhiges Frühstück genießen konnte, für das seine „Vermieterin" einiges zusammengetragen hatte: Es gab noch warme Brötchen, Marmelade, Natur-Honig von einem nahen Bauernhof und frische Wurst vom Metzger gegenüber. „Dir ist aber schon klar, dass du wenigstens den nächsten Tag hier drin bleiben musst, oder?" schmatzte Susi ihn an, während sie genüsslich in ihre Stulle biss. „Wieso?!" „Ralf, du scheinst noch immer nicht begriffen zu haben, wo du momentan bist. Schau her: Wenn in Zell jemand erfährt, dass du – wenn auch nur angeblich – krank bist, was ich gerade der Metzgerin erzählt habe, dann weiß das innerhalb kürzester Zeit der ganze Ort. Kannst du dir vorstellen, wie ich dastünde, wenn ich auf der einen Seite im heimlichen Korrespondenz-Zentrum herumerzähle, dass ich mich um dich kümmern muss, und du eine Stunde später quietschfidel über den Marktplatz läufst? Außerdem haben mir alle Besserungswünsche für dich mitgegeben und sieh mal" sie zog eine dicke Scheibe einer monoton fleischfarbenen Wurst heraus, „sogar eine Scheibe Gelbwurst hat man mir für dich mitgegeben!" „Na und was soll ich dann den ganzen Tag über machen? Hier drinnen bekomme ich ja klaustrophobische Zustände und außerdem..." Gerade rechtzeitig hatte er sich wieder in den Griff bekommen – was genau hätte er Susi überhaupt erzählen wollen? *Heute Nacht hatte ich erst einen der realistischsten Albträume, die mir jemals untergekommen sind, und kurz danach schwebte eine seltsame Kugel durch das Haus! Und übrigens ist das wahrscheinlich alles nur passiert, weil ich diese seltsame Uhr angehalten hatte.* Nein, er würde dieses Geheimnis für sich behalten, sein Bett heute in einem der zahlreichen anderen Zimmer aufschlagen und diese ganze Sache vergessen. „Außerdem was?" „Ähh... und außerdem bräuchte ich, wenn überhaupt, wenigstens irgendeine Lektüre! Immerhin habt ihr ja nicht einmal einen Fernseher in dieser Bruchbude." „Hmm, na das lass mal meine Sorge sein!" Mit einem leichten Grinsen biss sie wieder in den letzten Rest des Brötchens und wechselte zu profaneren Themen.

Nach dem, für Ralfs Geschmack beinahe etwas zu reichhaltigen Frühstück, zog Susi ihn schnellen Schrittes über die alte Treppe hinauf in den ersten Stock, wobei das arme Wesen einmal mehr heftigst gegen ihren jugendlichen Elan protestierte. Oben angekommen, wandte sie sich diesmal nach links und steuerte auf eine Tür zu, die direkt neben der zu Ralfs Zimmer lag und in einen kleinen Verschlag führte, der über und über vollgestopft war mit Kartons und Kisten aller Art. „Du als Historiker hast doch bestimmt Interesse an einigen der grundlegendsten Werke der oberfränkischen Literatur, oder?" Ralf schoss sofort eine mehr als langweilige Episode aus seinem Schulleben durch den Kopf, in dessen Verlauf er mehr als einmal Bekanntschaft mit *dem* oberfränkischen Poeten schlechthin gemacht hatte. *Oh Gott! Bitte nicht Jean Paul, bitte nicht Jean Paul, bitte nicht…* „Jean Paul! Schau her – hier haben wir seine Novellen, dort seine Erzählungen und irgendwo müsste auch noch ein Bändchen mit kürzeren Werken sein…" „Susi, sei mir nicht böse, aber ich bin nicht unbedingt ein Freund allzu langer Schachtelsätze, bei denen man am Ende nicht mehr weiß, was am Anfang überhaupt gestanden hat!" „Hmpf, na dann müssen wir für dich Kulturbanausen eben etwas anderes suchen" hörte er aus einem der hintersten Winkel des kleinen Zimmers, wo Susi gerade dabei war, einige der Kisten mit lautem Gezeter umzuschlichten „…habe ich denen schon hundert Mal gesagt, dass sie hier drinnen Ordnung machen sollen!" Ein lautes Knallen übertönte für kurze Zeit ihre einmal mehr sehr detaillierten Ausführungen „...schon damals der Meinung gewesen, dass man das ein wenig sortieren müsste! Aha, schau mal einer an!“ Sie kam mit einer bereits leicht vermoderten Holzkiste aus dem Schatten direkt auf Ralf zu, der beide – die eine durch das Umräumen, die anderen durch die hier oben verbrachten Jahrzehnte – ziemlich staubigen Erscheinungen mit leicht gerümpfter Nase musterte. „So, darin müsste ein wenig leichtere Kost für dich sein – wenn du schon den großen Dichterfürsten unserer Region nicht zu schätzen weisst!“ Mit einem dumpfen Schlag landete das altersschwache Holzkonstrukt direkt vor Ralfs Füßen, der sich nach Susis Vorbild auf die Knie begeben hatte, um die von Feuchtigkeit und Dreck nicht mehr allzu ansehnlichen Bände zu durchstöbern und zu sortieren. Nach knapp 20 Minuten hatten sie einen kleinen Stapel mit lesbaren Werken zusammengetragen, der neben dem mit vergilbten und zerfledderten Blättern beinahe mickrig aussah. „Schau mal einer an! Das habe ich schon ewig nicht mehr gesehen!“ Freudestrahlend griff Susi nach einem kleinen, in einfache rötliche Pappe gebundenen Buch, auf dessen Vorderseite Ralf nur einige verschnörkelte Buchstaben erkennen konnte, ehe sie den fragenden Blick, den er gerade aufsetzen wollte, bereits beantwortete: „Des Waldsteins Wunderblume! Das ist ein Theaterstück von Christian Sümmerer, der lange Jahre Redakteur beim Münchberg-Helmbrechtser Wochenblatt gewesen ist. Zum 400sten Jubiläum der Zerstörung der Waldsteinburg hatte er 1923 erstmals die sogenannten „Waldsteinfestspiele“ initiiert, die dermaßen erfolgreich gewesen sind, dass man im darauffolgenden Jahr noch ein zweites Stück zur Aufführung brachte, in dem er allerei Sagen und Anekdoten aus unserer Region verarbeitete. Mit über 100 Freiwilligen hat er damals eine richtige Naturbühne gebaut, siehst du?" Sie hatte mittlerweile noch ein kleines, rotes Leporello aus der Kiste gezogen, in dem diverse schwarz-weiße Postkarten zu sehen waren, die anscheinend verschiedene Szenen aus dem 1924 aufgeführten Stück zeigten. „Sümmerer hat damit eine Tradition begründet, die beinahe sieben Jahre anhielt. Leider wurde er nur ein Jahr nach der zweiten Aufführung im Jahr 1925 nach München berufen und die Festspiele schliefen Anfang der Dreißiger Jahre ein. Erst 1998 hat man sie mit eben diesem Stück wieder ins Leben gerufen und seitdem führt man im Zweijahres-Rhythmus immer neue Geschichten auf, die die Schauspieler selbst schreiben. Dabei ist ihnen persönlich aber immer noch die „Wunderblume" das liebste von allen." „1924? Das hört sich verdächtig schnulzig an!" „Naja, es ist eben eine Liebesgeschichte, um die herum Sümmerer einige kleinere Szenen gebaut hat – und viel Gesang! Das muss dich ja aber nicht stören – ich jedenfalls habe das Textheftchen in meiner Jugend bestimmt zwanzig Mal gelesen und konnte bei der Neu-Aufführung 1998 alle Sätze mitsprechen. Es ist einfach eine grandiose Ehrenbezeugung gegenüber unserer Heimat, in der du ja nun auch wohnst, weswegen ich dir dringend raten würde, dir das Büchlein einmal zur Brust zu nehmen! Fang' doch am besten gleich damit an – ich muss sowieso nochmal in die Schule, um meine Intensivierungsstunde zu organisieren." Sprach's, stand auf und flog die Treppe hinunter, nicht ohne Ralf mit den Worten „Was anderes bleibt dir ja sowieso nicht übrig" noch einmal auf seine momentane Misere hingewiesen zu haben.

„Scheiße" langsam stand er auf, griff sich mit einer etwas zu harschen Handbewegung das kleine Heftchen, dessen Einband daraufhin einen schmerzverzerrten Ton von sich gab und schlurfte langsam die Treppe hinunter in die Wirtsstube. Auf dem Tisch stand noch immer das Päckchen Kaffee, das Susi für sein verspätetes Frühstück mitgebracht hatte und so setzte er auf dem Camping-Kocher in der Küche ein wenig Wasser auf, ließ es durch das herrlich duftende Pulver laufen und sich mit dem Buch auf einer der bequem aussehenden Eckbänke nieder, die er gleichsam als Fußablage missbrauchte. Er nahm einen Schluck der heißen Köstlichkeit, schlug die erste Seite des kleinen Booklets auf und begann mit einem langen Seufzer die Geschichte eines jungen Schäfers Konrad zu lesen, der bei einem Mann namens „Feilenhauer" wohnte und unsterblich in die Tochter des Ritters Rüdiger von Sparneck verliebt war, die seine Emotionen zwar teilte, ihn aber aufgrund der Standesunterschiede niemals würde heiraten können. *Ach du Schande! Da wäre mir ja Jean Paul noch lieber gewesen.* Der Feilenhauer hatte Konrad zwischenzeitlich eröffnet, dass eine geheimnisvolle Blume ihm den Weg zum Herz seiner Liebsten ebnen würde, woraufhin dieser sich auf eine Reise hinauf zum Waldstein begeben hatte. Nachdem er damit geprahlt hatte, vier Bären mit seiner bloßen Hand erwürgt zu haben – *träum nur weiter!* – schlief er schließlich erschöpft ein und bekam daher nicht mit, wie sich allerei Sagengestalten um ihn herum austobten: Wichtel, Feen, sogenannte „Holzfraala" und … Teufel? Vor Ralfs innerem Auge erstand von Neuem die unheimliche Szenerie am Fuße des glockenförmigen Steins, auf dem der Beelzebub mit irgendwelchen Objekten aus Metall herumhantiert hatte. Mit einem Mal war Ralf wieder voll bei der Sache, blätterte ein paar Seiten zurück zum Anfang der Szene und las sie noch einmal durch. Tatsächlich fand er eine Anmerkung im Text: „Teufel spielen mit eisernen Karten.“ *Das kann doch nicht…* Begierig las er weiter – konnte es womöglich sein, dass dieser Sümmerer *seinen* Traum mit in das Stück eingearbeitet hatte. Außer der kurzen Anweisung für die Schauspieler, die die dahinterliegende Geschichte anscheinend alle kennen mussten, fanden sich im Text jedoch keinerlei weitere Hinweise darauf, was genau es mit den kartenspielenden Teufeln auf sich gehabt haben könnte. Enttäuscht legte er das kleine Heftchen auf die Seite, als vor seinem geistigem Auge plötzlich das Bild eines Buches auftauchte, das er angewidert auf den Stapel mit den anderen, verschimmelten Bänden gelegt hatte. *Hatte es nicht irgendetwas mit Sagen im Titel? Wenn Sümmerer sich tatsächlich nur auf lokale Erzählungen beim Verfassen seines Stückes gestützt hatte, müsste doch auch die Szene mit den kartenspielenden Teufeln in einer Sagensammlung auftauchen?* Etwas zu schnell stand er auf und stieß mit seinem Kopf an die über ihm hängende Trockenstange, von der sich einige der alten Socken in einer kleinen Staubwolke lösten und zu Boden fielen.

Im ersten Stock angekommen, steuerte Ralf zielstrebig auf den Haufen alter, zerfledderter Bücher zu, den er begierig auseinanderklaubte. Tatsächlich fand er nach einigem Stöbern ein von Stockflecken übersätes, an den Rändern bereits mit einer leichten Behaarung überzogenes Büchlein mit dem Titel „Sagen aus Bayerns Nordostgebieten“ von einem gewissen Andreas Reichold. Er schlug es direkt beim Inhaltsverzeichnis auf und überflog die dort aufgelisteten Geschichten, wobei es ihm vorkam, als würde er eine Kurzzusammenfassung des Stückes aus Sümmerers Feder vor sich haben: „Von Holzfraala und Moosweiblein“, „Die Fee auf der Waldsteinschüssel“, „Der

Gnomenkönig“ und da: „Die Kartenspieler auf dem Teufelstisch“. Ralf stockte kurz der Atem, als er zur angegebenen Seite vorblätterte und begann, die ausführliche Schilderung einer angeblich wahren Begebenheit zu lesen:

> Ein Bauernbursche aus Zell hatte sich beim Taubentausch zu lange in Weißenstadt auf dem Markt aufgehalten. Schon lange war es dunkel; da erst machte er sich mit seinem Taubenkasten auf den Heimweg. Da es eine Vollmondnacht war, benützte er den Weg über den Waldstein, den er ja gut kannte. Als er in die Nähe des Teufelstisches kam, hörte er von dort her eigentümliche Geräusche. Aber er ging unerschrocken seinen Weg weiter, der ihn direkt am Teufelstisch vorbei führte. Als er nicht mehr weit von dem Granitblock stand, da sah er vom Vollmond hell beleuchtet darauf zwei Gestalten sitzen, die so etwas wie glitzernde Fächer in den Händen hielten. Es waren glühende eiserne Spielkarten. Er blieb stehen und sah zu, was da vor sich ging.
>
> Der eine sah aus wie der leibhaftige Teufel, mit Fledermausflügeln und Pferdefuß. Und der andere war der alte Feilenhauer. Der Geflügelte zog eine Karte aus seinem Fächer und knallte sie dröhnend auf den flachen Stein, so dass die ganze Umgebung erbebte. Da hüpften unter der Felsplatte lauter kleine geflügelte Gestalten hervor. Die warteten nur darauf, die Karten an sich zu nehmen. Nun nahm der Feilenhauer seine Karte, legte sie

gewichtig neben die andere und zog beide an sich. Da schrien die Kleinen so gotteslästerlich, dass dem Burschen die Ohren gellten. Die beiden spielten Karten auf dem Teufelstisch, wie er schon öfter hatte erzählen hören. Jedes Mal, wenn der Feilenhauer einen Stich einstrich, jammerten die Kleinen. Nahm aber der Geflügelte die Karten an sich, dann johlten sie überschwänglich.

Auf einmal flatterten die Tauben im Kasten des Bauernburschen ganz verängstigt. Da schlug die Kirchturmuhr in Weißenstadt ein Uhr – und mit einem Male waren die Geflügelten wie von Zauberhand verschwunden. Nur der Feilenhauer saß noch auf seinem Platz. Schnell setzte der Bursche seinen Heimweg fort. Ohne mit jemandem über das Erlebte zu sprechen, ging er zu Bett.

Als er am nächsten Tag früh am Morgen im Wald Moosstreu zusammensuchte, kam ihm der Feilenhauer entgegen. „Hast Glück gehabt, dass du das Maul gehalten und uns nicht beschrien hast. Sonst hätten dir die Spießgesellen den Kragen umgedreht!“ Schmunzelnd sagte er das und ging seiner Wege.

Und wie jeder weiß: Noch heute sind oben auf dem Teufelstisch die Abdrücke der glühenden eisernen Spielkarten zu sehen, mit denen dort der Feilenhauer und der Leibhaftige gespielt haben.

Kapitel VI

Gewisse Ähnlichkeiten mit einem Tisch hatte der seltsam geformte Felsturm auf dem Waldstein tatsächlich, das musste Ralf zugeben - und dennoch regte sich tief in seinem Innersten ein gewisser Widerstand gegen den Glauben, dass hier oben tatsächlich der Teufel höchstselbst mit eisernen Karten gespielt haben soll. Vermutlich handelte es sich bei dieser Geschichte nur einmal mehr um den Versuch der einfacheren Bevölkerung (um es vorsichtig auszudrücken), Dinge zu erklären, die sie ansonsten nicht würden verstehen können. Und dennoch, aller Rationalität zum Trotz, umspielte eine geheimnisvolle Aura diesen Ort inmitten des Waldes, an dem keinerlei Laut aus dem gut gefüllten Biergarten nur wenige Meter unterhalb zu dringen vermochte. Beinahe vorsichtig tastete sich das Sonnenlicht durch die Blätter, die sich hin und wieder langsam im Wind wiegten. Ihm kamen manche der Gedichte in den Sinn, die der Autor der „Wunderblume" in seinem Werk benutzt hatte, um just jene beinahe magische Stimmung zu beschreiben. „Es ist im Wald ein tiefer Zauber, drum geh mit Vorsicht du hinein…"

…Er hätte nicht herkommen sollen, hätte die ganze Sache einfach auf sich bewenden lassen und keinen Gedanken mehr darauf verschwenden dürfen, doch waren die Erinnerungen an den Traum – und allen voran an die seltsame Erscheinung im Anschluss daran, noch immer derart stark, dass er der Sache einfach nachgehen musste – allen Warnungen Susis über die Geschwätzigkeit der Dorfbewohner zum Trotz. Daher hatte sich Ralf, obwohl er in seinem Innersten spürte, dass die ganze Sache vermutlich nicht unbedingt zum Erfolg führen würde, nach der Lektüre des verstaubten Büchleins auf die Suche nach einer Wanderkarte gemacht, jedoch nur eine gefunden, die zur „Hermann-Göring-Quelle" oder dem Rudolf-Hess-Weg führte, und sie mangels scheinbarer Aktualität schnell wieder beiseitegelegt. Schließlich war es ihm am einfachsten erschienen, die Einheimischen nach dem Weg zum ominösen Waldstein zu fragen, wobei sicher niemand besser über die Gegend Bescheid wusste, als die Metzgerin von gegenüber. Immerhin sei sie – wie hatte Susi es genannt? – die „Lokalzeitung" des Ortes. Mit aller gebotenen Höflichkeit hatte Ralf ihr daher sein Anliegen angetragen, musste jedoch zugeben, dass ihm die ausführliche Wegbeschreibung in keiner Weise weitergeholfen hatte, woran vermutlich auch der Umstand Schuld gewesen war, dass eine zweite Dame im Laden auf den frisch gemachten Fleischkäse wartete, was zu einigen „Turbulenzen" in der Unterhaltung führte:

„No des is ka Broblem, mei Guuder! Do genga sa eifoch die Schdross do nauf, gell, nochert quern sa die Haupbdschdross noch Hannerschreith und um, beim Oddn Dieter, haldn sa sich links."

„Schdimmd denn des, dass denn sei Dochder widder gheiert hot?"

„No freilich, wassd denn du des nonich?! Obber iich muss jo zugehm, dassmer ihr erster suwieso net gfalln hot. Der wor su eigebillt!"

„Entschuldigung, die Damen, aber wo genau wohnt denn dieser „Otto Dieter"?

„Wer soll denn etzt des widder sa? Kennst du denn, Monika? Ich hob gedocht, Sie wolldn nauf na Woldschdaa?!"

„Naja schon, aber Sie sagten doch gerade, ich solle mich bei einem Otto Dieter links halten, oder nicht?"

„Achsu, na Oddn Dieter maana Sie! No der wohnt do, wu frieher amoll die Flessa gwohnt hamm, unterhalb vo die Lorenz, gecherieber vom ehemolichen Haus vo die Riepold."

„No, die hamm jo middlerwaaln a nei gebaut, gell?"

„Nojo, des is fei aa scho widder einiche Zeit her..."

Ralf hatte es schließlich aufgegeben, den Ausführungen der beiden Damen weiterhin zuzuhören und sich einfach auf den Weg gemacht – jedenfalls soweit, wie er die Beschreibung verstanden hatte. Tatsächlich kam er schon nach kurzer Zeit an eine Weggabelung und sah zu seiner größten Erleichterung einen alten Wegweiser, auf dem in abblätternder Farbe „Waldstein" geschrieben stand. Zugegeben, er war ein wenig aus der Übung, doch hätte er es nicht für möglich gehalten, dass der Aufstieg ihn derart mitnehmen würde. Vollends außer Atem war er schließlich am Gipfel angekommen und postwendend in die gut besuchte Ausflugsgaststätte eingekehrt, die, glaubte man den Werbeanzeigen, die stolz die alten DM-Preise zeigten, schon seit einiger Zeit die „Sommerfrischler" aus dem Norden hier oben willkommen hieß. Ralf konnte nicht umhin, die Menschen dieses Landstriches kurz zu beneiden – die Natur war einzigartig: Durch die grünen Blätter der alten Bäume bahnte sich hin und wieder ein vereinzelter Sonnenstrahl seinen Weg, ehe er schließlich bunte Formen auf den gekiesten Boden des Biergartens malte. Kurz schloss Ralf die Augen und dachte an seinen letzten Ausflug durch die Hamburger Straßen zurück, den Lärm der vorbeirasenden Autos, das Gezeter der Anwohner, den Smog menschlicher Existenz. „Derf ich Ihnen nuch wos brenga?" Eine groß gewachsene Frauengestalt, deren T-Shirt in tiefstem Dialekt darauf hinwies, dass ihr „Dirndl in der Wäsch'" war, hatte sich vor die kitzelnden Sonnenstrahlen geschoben und starrte Ralf auffordernd an. „Äh, nein, danke! Ich muss noch weiter zum Teufelstisch. Wissen Sie zufällig, wo ich den finden kann?" „Do genga sa eifoch den Wech do nauf und nochert rechts. No säng sa na scho!" Kurze Zeit war Ralf, der seine Frage mit Erinnerung an die letzte Wegbeschreibung, die er erhalten hatte, bereits bereut hatte, ein wenig verwirrt ob der ungewohnt klaren Angaben, doch brachte er im nächsten Moment ein „Herzlichen Dank" heraus und machte sich auf den beschrieben Weg.

Tatsächlich fand er den Sinn seiner Reise nach kurzem Fußmarsch vor sich: Inmitten des wuchernden Waldes erhob sich stolz ein Tisch aus grau-weißem Granit, an dem die seit seiner Entstehung verflogene Zeit einige Spuren hinterlassen zu haben schien. Tiefe Furchen zogen sich beinahe wie Wunden aus alten Kämpfen über die raue

Oberfläche, auf der hier und da kleine Flechten um ihr Überleben kämpften. Auf dem Kopf des Riesen, der Ralf majestätisch von oben herab zu mustern schien, sprossen grüne Inseln feinen Grases, das der Szenerie den Anschein verlieh, seit einigen Jahrzehnten in einem Dämmerzustand zu liegen. Die anfängliche Freude über die gelungene Suche jedenfalls hielt nicht allzu lange an, denn wie genau dieser Stein Ralf nun bei der Deutung des seltsamen Traumes weiterhelfen sollte, wusste er auch jetzt nicht genau, wo er ihn endlich in natura vor sich sah. Außer einer kleinen Info-Tafel, auf der exakt jene Geschichte geschrieben stand, die er bereits aus dem Büchlein vom Dachboden kannte, fanden sich keinerlei Hinweise. „Das war's dann also – na wenigstens habe ich jetzt meine Ruhe! Es war ohnehin selten dämlich, dem ganzen Blödsinn überhaupt nachzugehen", wobei er zugeben musste, dass die Natur hier oben einen ganz besonderen Reiz hatte. Gerade ihm als Stadtkind kam die Luft beinahe unverschämt sauber vor und auch die Ruhe abseits der Wege hatte etwas für sich. Nur für einen kurzen Moment ließ er den Waldsteinzauber, wie Sümmerer es genannt hatte, noch einmal auf sich wirken, schloss die Augen und blickte seinen dahinrennenden Gedanken hinterher. „Gell, mir hamms scho schee!" bellte plötzlich eine tief sonore Stimme in seinem Rücken und riss ihn aus den abschweifenden Tagträumen. Erschrocken drehte er sich um, riss die Augen ein wenig zu schnell auf und starrte direkt in das grelle Licht der Nachmittagssonne. Erst langsam schälten sich aus dem satten Gelb erste Konturen einer Gestalt, die andächtig vor ihm stand. Nach mehrmaligem Blinzen bildeten sich immer feinere Details der Erscheinung heraus und so erkannte Ralf schließlich ein faltiges, hinter einem grauweißen Bart verborgenes Gesicht, dessen hellblaue Augen neugierig zwischen den verstrubbelten Haaren herausblitzten. „Äh, na auf jeden Fall" beeilte er sich die vermeintlich rhetorisch gemeinte Frage seines Gegenübers zu beantworten, was diesem einige freundliche Falten um die Augen zauberte. „Ach, Sie senn obber net ver do, odder? Su wie Sie redn?" „Nein, nein, Gott bewahre, ich komme aus dem Norden, wohne aber derzeit unten in Zell, solange ich in Münchberg unterrichte." Blitzschnell hatte der Alte in ein einigermaßen verständliches Hochdeutsch gewechselt: „Na, dann sind Sie bestimmt der junge Mann, der im „Roten Schloss" wohnt, nicht wahr?" „Äh, ja – wobei ich ehrlich gesagt nicht weiß, woher wir uns kennen sollten?" „Keine Sorge, wir kennen uns überhaupt nicht, aber Sie haben sicher schon mitbekommen, dass Neuigkeiten sich in Zell recht schnell verbreiten; dank unserer internen Flüsterpost. Sei's drum: Ich freue mich sehr, dass wir uns an einem so wunderbaren Tag zum ersten Mal begegnen und uns noch dazu hier oben treffen – mein Name ist Albert Unglaub und ich bin der, ja ich denke, man könnte es „Orts-Chronist" nennen." „Freut mich sehr, Herr Unglaub! Ich denke, ich habe am Dachboden einige Bücher von Ihnen gefunden! Kann das sein?" Lachend schüttelte der Alte den Kopf, „nun ja, es gibt in Zell vermutlich keinen Haushalt, der keins davon hätte – immerhin wurden sie vor einiger Zeit mehr oder weniger verschleudert. Aber wichtig ist doch in erster Linie, dass die Menschen sich mit ihrer Vergangenheit auseinandersetzen können und nicht, viel mit irgendwelchen Arbeiten zu verdienen, die nur für einige wenige wirklich interessant sind." Ralf musste zugeben, dass ihm der Kauz aus irgendeinem Grund sympathisch war; er hatte etwas an sich, das auf der einen Seite wunderbar zur fränkischen

Verschrobenheit zu passen schien, mit der er mittlerweile mehr als genügend Erfahrungen gemacht hatte, ihm jedoch andererseits auch unheimlich tiefgründig vorkam. Hinzu kam, dass er scheinbar recht viel über die Region wusste. In seinem Hirn spulte Ralf einige der nur kurz betrachteten Buchtitel ab: „Ortsgeschichte von Zell", „Sagen und Geschichten der Waldsteinregion", „Geschichte des Großen Waldsteins". Mit jedem Werk, dessen er sich erinnerte, begann ein Gedanke in seinem Hinterkopf mehr und mehr Gestalt anzunehmen, doch wollt er die Sache vorsichtig angehen lassen. Immerhin würde das Gerücht, der Neue aus dem Norden hätte nicht mehr alle Tassen im Schrank und sähe Gespenster dank der – wie hatte Hr. Unglaub es vorhin genannt? „Internen Flüsterpost" – recht schnell die Runde gemacht haben. „Sagen Sie", fing er seine gedehnte Frage an, „wissen Sie zufällig etwas über die Geschichte des Gasthauses, in dem ich untergebracht bin? Das ‚Rote Schloß'?" „Hachje, darüber könnte man stundenlang erzählen, aber am interessantesten dürfte für Sie sicher sein, dass es einst der bedeutendste Gasthof im ganzen Ort gewesen ist – zusammen mit dem „Weißen Ochsen" von Hafenrichters. Sicher könnte Ihnen jeder der älteren Generation unzählige Anekdoten aus der berüchtigten guten alten Zeit erzählen, die sich hinter den Mauern abgespielt haben. Ich weiß noch gut, als damals der Hoffmoos Otto zur Tür hereinkam und…"

Das lief anders, als erwartet, wobei Ralf sich nicht mehr ganz sicher war, wie er sich das Gespräch überhaupt hätte vorstellen sollen. Sicher war Herr Unglaub ein recht sympathischer Mensch, doch würde er ihm nicht mir nichts, dir nichts eben jene Geschichte erzählen, die Susi vor ihm geheim zu halten versucht hatte. Während der

Alte sich lauthals lachend auf die Schenkel klopfte und irgendetwas von Hirschen am Haidberg erzählte, beschloss Ralf, eine andere Taktik auszuprobieren. „Ähm, entschuldigen Sie, wenn ich unterbreche, aber Sie sagten gerade, dass der Gasthof eine ziemlich lange Tradition vorzuweisen hätte. Wie lange gibt es ihn denn schon?“ „Hmm, das ist wirklich eine gute Frage, auf die ich, um ehrlich zu sein, auch keine genaue Antwort habe. Fakt ist, dass das Haus damals beim letzten großen Ortsbrand zerstört und anschließend komplett neu aufgebaut worden ist, wobei es schon damals eine Wirtschaft darin gegeben haben soll.“ Eine Idee zuckte durch Ralfs Gedanken; könnte es tatsächlich sein, dass der Brand…? „Wann war denn dieses Feuer?“ fragte er unbedarft und handelte sich damit einen kurzen stechenden Blick des Alten ein, der es anscheinend nicht gewohnt war, andauernd unterbrochen zu werden. „1831 wurde Zell beinahe komplett zerstört, nachdem zuerst in einem Privathaus ein kleines Feuer ausgebrochen war, das sich anschließend rasend schnell durch den gesamten Markt gefressen hat. Bis heute weiß man nicht genau, ob es sich dabei vielleicht sogar um Brandstiftung gehandelt haben könnte.“ Verdammt, das war zu früh – für einen kurzen Moment wähnte sich Ralf der Lösung seiner Fragen derart nahe, doch konnte das Feuer keinesfalls irgendetwas mit den Geschehnissen von 1865 zu tun haben, da Elfriede zu jener Zeit noch nicht einmal gelebt haben kann. Es muss irgendetwas anderes mit den Flammen auf sich haben, die er in seinem Traum gesehen hatte. Kaum war das Bild vor seinem inneren Auge aufgetaucht, stellten sich die Härchen auf seinen Armen auf – beinahe so, als wollte sich der Körper gegen die Gefahr wappnen, die irgendwo dort draußen im Wald auf ihn lauerte. „…Feuer eine recht interessante Rolle in der Geschichte des Hauses" brachte der Alte gerade seine Erzählung zu Ende, als Ralf mit einem letzten Blinzeln die Erinnerung an die vergangene Nacht endgültig verdrängte. „Wie war das?" setzte er nach und rechnete bereits damit, wieder einen jener stechenden Blicke aus den eisblauen Augen des Hr. Unglaub abzubekommen, doch schien der ganz im Gegenteil recht geschmeichelt von seiner Frage zu sein. Ruhig erklärte er: „Naja, immerhin kommt der Name des Gasthauses nicht von ungefähr. Sehen Sie, hier:" Während der letzten Worte hatte er sich umgedreht und mit einer ausschweifenden Bewegung das gesamte Areal rund um den Teufelstisch beschrieben. Sein Arm war schließlich mit ausgestrecktem Zeigfinger bei einer alten Mauer hängengeblieben, die den Kampf gegen Zeit und Natur längst verloren hätte, hätte man sie nicht scheinbar erst vor kurzem komplett vom Bewuchs befreit. „Das sind die Reste des echten Roten Schlosses, das 1523 von den Truppen des Schwäbischen Bundes zerstört worden ist. Es diente als Vorlage für den Namen der Gastwirtschaft, wobei die Bezeichnung selbst vermutlich erst im 18. Jahrhundert aufgekommen war. Ursprünglich hieß die Anlage schlicht „Waldsteinburg". Später entschied man dann, dass sich ein „Rotes Schloss" bei weitem besser auf den Postkarten machte und taufte es um. Sümmerer hat darüber ein Stück geschrieben." „Christian Sümmerer, der auch die Wunderblume verfasst hat?" Diesmal waren es weder Ungläubigkeit ob der Unterbrechung des Gesprächs, noch ein geschmeichelter Blick, der aus den Augen des Alten sprach, sondern offene Überraschung. „Sie kennen die Wunderblume? Wie kommen Sie denn dazu?" Tja, das wenn er wüsste – er beschloss, die ganze Sache recht kurz zu machen: „Ich habe das Textheftchen auf dem Dachboden gefunden – zusammen mit den Büchern aus Ihrer eigenen Feder. Daher kam mir der Name gleich bekannt vor." Dass er dabei auf der Suche nach dem Kern seines Traumes gewesen war, verschwieg Ralf seinem Gegenüber lieber – dafür kannte er den Kauz bei weitem noch nicht gut genug.

„Sie müssen bei Sümmerer immer ein wenig vorsichtig sein. Er liebte seine Heimat beinahe abgöttisch und hat daher Fakten auch hin und wieder ein wenig zurechtgebogen, wenn sie nicht in sein Bild passten. Nichtsdestotrotz haben wir ihm wunderbare Gedichte zu verdanken, die perfekt das beschreiben, was jeder von uns fühlt, der sich der Schönheit der Landschaft öffnet. Aber bevor ich nun allzu sentimental werde, mache ich mich lieber wieder auf den Weg: In der Gastwirtschaft wartet mein Stammtisch auf mich und die Herren werden schnell ungehalten, wenn jemand die lebensnotwendigen Termine verpasst. Es war mir eine Freude, Sie kennengelernt zu haben, Herr…?" „Benz, Ralf Benz" entgegnete er flott, fischte aus der Tasche eine seiner selten gebrauchten Visitenkarten, die er dem Alten etwas unbeholfen entgehenstreckte, und schob nach kurzem Zögern noch nach: „Wie genau war denn das nun mit dem Roten Schloss?" „Ach Jungchen, das würde nun zu lange dauern. Kommen Sie mich doch mal besuchen, wenn Sie mehr darüber wissen wollen. Ich wohne unten im Steinbühl direkt an der Saale und meine Tür ist fast immer offen." Verschmitzt zwinkerte er die letzten Worte weg und wandte sich zum Gehen, ehe Ralf, dem es mittlerweile egal war, ob sein Vorpreschen zu impulsiv sein könnte, ihm hinterwarf: „Wissen Sie etwas von einer gewissen Elfriede Schuberth, die ihm „Roten Schloss" gewohnt haben soll?" Ein Zucken durchfuhr den mit einem

Mal straffen, alten Körper, ehe sich Unglaub umdrehte und Ralf einen Blick zuwarf, in dem viel mehr lag, als er hätte begreifen können. Trauer? Wut? Angst? „Tun Sie sich und allen anderen einen Gefallen und lassen Sie solche Dinge ruhen. Es gibt manche Geheimnisse in alten Ortschaften, wie Zell eine ist, die nicht einmal jene komplett begreifen, die sich tief in die Vergangenheit vorgearbeitet haben. Bei einigen Kapiteln ist es gut, dass der Staub des Vergessens sie bedeckt."

Mit diesen seltsamen Worten wandte sich Unglaub schließlich ein für alle Mal zum Gehen und schritt langsam den Weg zum Wirtshaus hinunter. Nach einem kurzen Blinzeln hatte Ralf ihn aus den Augen verloren und fand sich allein vor dem Teufelstisch wieder. Nur die Vögel, die in den Bäumen sitzend den nahenden Abend begrüßten, leisteten ihm Gesellschaft und verwischten mit ihren traurigen Gesängen seine Gedanken.

„Hör mir bloß auf mit dem". Im Schneidersitz saß Susi ihm gegenüber auf der alten Ofenbank in der Wirtschaft, in der einen Hand das frische Brot mit drei Scheiben Schinken von gegenüber („ich duh Ihnen a wengla merra nei, gell?" hallte die Stimme der Metzgerin durch Ralfs Gedächtnis), in der anderen das halbleere Glas mit Wein. „Ich verstehe nicht, was du gegen ihn hast. Auf mich machte er einen recht netten Eindruck." Tatsächlich hatte Ralf keine Ahnung, wie das anfänglich lockere Gespräch rund um ihre beiden Tagesabläufe derart schnell in ein Verhör münden konnte. Eigentlich wollte er Susi damit überraschen, wie wohl er sich am Waldstein gefühlt hatte und wie leicht es ihm insgesamt gefallen war, den Weg hinauf zum Gipfel zu finden. Als er jedoch erwähnte, dass er sich entgegen ihres Rates aus den schützenden Mauern des Hauses entfernt hatte und noch dazu am Fuße des Teufelstisches auf Albert Unglaub gestoßen war, hatte sich die Stimmung innerhalb eines Herzschlags merklich abgekühlt. „Der Unglaub ist ein Spinner. Ja, ich geb's zu, seine Bücher zur Zeller Geschichte sind gut geschrieben, aber der steckt seine Nase überall rein, fotografiert fremde Gärten und Häuser und protokolliert wirklich alles. Wusstest du, welche Frauen 1945 sich den Amerikanern angebiedert hatten?" „Äh, nein." „Siehst du, ich auch nicht, aber seit ich seine Chronik gelesen habe, sehe ich jedes Mal ganz bestimmte Szenen vor meinem geistigen Auge, wenn ich mit den Betreffenden auf der Straße ins Gespräch komme." „Warte, meinst du, er hat ihre Namen in seiner Chronik veröffentlicht?" „Freilich! Das und wer Hitler als Patenonkel hatte, wer nach dem ersten Weltkrieg versucht hat, eine kommunistische Revolution durchzuführen. Alles. Und das ist sein Problem: Er versteht nicht, wo die Grenze zwischen der Ortsgeschichte und den Familiengeschichten der einzelnen Menschen verläuft." Susi konnte einen gewissen Stolz nicht unterdrücken, während sie beim letzten Satz ihren Blick nachdenklich durch die Wirtschaft hatte schweifen lassen. Unter dem Staub, der im Laufe der Jahrzehnte die Erinnerungen verdeckt hatte, schien sich mehr zu verbergen, als Ralf anfänglich für möglich gehalten hatte. „Naja, aber die Vergangenheit ist nun einmal jene der Personen, die in ihr gelebt haben. Du kannst die Menschen nicht ausklammern, wenn du dich mit der Chronik deiner Heimat befasst." „Ja schon, aber manche Dinge sollten einfach nicht an die große Glocke gehängt werden, um alte Streitereien ein für alle Mal zu begraben. Manchmal ist es besser, den Staub des Vergessens liegen zu lassen." Wie auf ein Zeichen hin machte sich eine Flocke von einer der alten

Socken, die am Kachelofen ihr Dasein fristeten und vermutlich seit Generationen darauf warteten, wieder arbeitende Füße zu wärmen, auf den Weg in Richtung Boden. Langsam segelte sie an den beiden vorbei und durchflog dabei auch kurz Ralfs Blickfeld, dem es mit einem Mal so vorkam, als hätte er diesen seltsamen Ausspruch heute schon einmal zu hören bekommen. Plötzlich faltete sich ein Bild vor seinem geistigen Auge auf: Er selbst, während er andächtig den Teufelstisch musterte, der Schatten, der plötzlich in seinem Rücken auftauchte, das freundliche Gesicht … „Genau das Gleiche hat Albert vorhin auch gesagt, als ich…" Verdammt.

„Als du was?" Die Stimmung war nicht mehr allein im Keller, sie lag auf dem Grund des Hafenbeckens von Hamburg, aber nun war es ohnehin zu spät. „Als ich ihn nach Elfriede Schuberth gefragt habe." „DU HAST WAS? Wie kannst du sowas tun? Ich hatte dich darum gebeten, diese Sache einfach auf sich beruhen zu lassen und du rennst zum größten Klatschmaul in ganz Zell, um ihn darüber auszufragen?" „Naja, du sagtest nicht, dass ich…" „Halt die Klappe! Ich lasse dich in meinem Haus wohnen, helfe dir dabei, hier anzukommen, lüge für dich dreist unserem Direktor ins Gesicht und du bringst es nicht einmal fertig, der einfachsten Bitte nachzukommen?" Die plötzliche Wut, die von Susi Besitz ergriffen hatte und nicht allein aus ihren herausgespien Worten, sondern auch aus dem kühlen Blick sprach, der die sonst derart freundlichen Augen zu Grimassen verzerrt hatte, ließ Ralf einen kalten Schauer über den Rücken rennen. „Nun übertreibst du aber! Ich werde ja wohl selbst entscheiden dürfen, wen ich was frage und was nicht!" Auch Ralf war mittlerweile lauter geworden, obwohl er wusste, dass eine solche Situation meist nicht gut zu Ende ging. Oft schon hatte er ähnliche Streits mit einer seiner Freundinnen geführt, was entweder zu einer unbequemen Nacht auf der Couch für ihn führte, oder zur Suche nach einer neuen Wohnung für seine Freundin. So oder so, die Folge war immer mies.

So auch jetzt: Mit Wucht hatte Susi ihr Glas auf den alten Tisch geknallt und sich nicht weiter darum gekümmert, dass einiges an Wein das Holz benetzte – neben den Flecken aus vergangenen Jahrzehnten würden diese neue Spuren menschlicher Existenz nicht weiter auffallen. „Ich hatte wirklich gedacht, dass wir beide uns gut verstehen würden, aber nun ist mir klar, dass du auch nur so bist, wie alle anderen." Mittlerweile stand sie neben ihm und blickte aus kalten Augen auf ihn herab. „Wie meinst du das denn jetzt wieder?" „Arschloch." Sprach's, drehte sich auf den Fersen um und marschierte schnurstracks zur Tür, die im nächsten Moment mit einem lauten Knall ins Schloss flog. Die nach Susis Abgang einsetzende Stille war fast noch schlimmer, als der lautgewordene Streit zwischen den beiden. „Scheiße", Ralf ließ den Kopf auf die Tischplatte knallen und spürte im nächsten Moment, wie sich der Wein langsam seine Haare hinaufkämpfte. „Scheiße!" Er riss den Kopf zurück und erhaschte einen letzten Blick auf den Rücken der Metzgerin von gegenüber, die gerade eben den Laden abgeschlossen hatte. Mit einem Mal wurde ihm klar, welches Gesprächsthema morgen hitzig mit ihren Kundinnen diskutiert werden würde. „Verdammte Scheiße!"

Kapitel VII

Das Wetter des nächsten Tages spiegelte Ralfs Unmut eins zu eins wider: Der Himmel war mit einer grauen Wolkendecke verhangen, aus der hin und wieder Schwaden kleinster Regentröpfchen herunterfielen, die sich auf ihrem Weg zur Erde vereinten und anschließend lautstark auf das Dach des alten Hauses prasselten. Er hatte im Sekretariat der Schule Bescheid gegeben, dass er sich noch ein oder zwei Tage krank melden müsse, woraufhin man ihn darauf hingewiesen hatte, doch bitte seine Krankschreibung mitzubringen, sobald er sich wieder besser fühlte – natürlich hatte er keine. Die Aussicht auf das „klärende Gespräch" mit dem Direktor verschlechterte seine Laune nur noch mehr und so hatte er keinerlei Lust verspürt, überhaupt aus dem Bett aufzustehen. Stattdessen lag er, halbwegs angezogen, auf der Decke, starrte zu den alten Balken empor und hoffte darauf, dass der Regen seine Sorgen bald ebenso wegwaschen würde, wie die in die Jahre gekommene Farbe an der Hauswand. Das Ticken der alten Uhr riss ihn einmal mehr aus seinen trüben Gedanken. Bis jetzt hatte er noch immer keinerlei Erklärung für die seltsame Erscheinung vor zwei Tagen und sich aus verständlichen Gründen auch nicht getraut, mit jemandem darüber zu reden. Mit wem auch? Susi hatte sich heute den ganzen Tag über noch nicht wieder bei ihm gemeldet und ansonsten beschränkten sich seine Bekanntschaften in Zell auf Albert Unglaub und die Metzgerin von gegenüber. Beide sehr nett, jedoch kaum die richtigen Gesprächspartner für einen Mann in seiner Situation.

Er dachte an seine Begegnung mit dem Alten gestern am Waldstein zurück und konnte sich ein Schmunzeln nicht verkneifen – im ersten Moment hatte er wirklich gedacht, der Feilenhauer aus der Sage stünde in persona vor ihm, ehe er sich eines Besseren belehren ließ. *Diese Fichtelgebirgler mit ihrem Aberglauben machen mich noch einmal krank* schoss es ihm durch den Kopf, doch schob sich plötzlich ein anderer Gedanke in den Vordergrund: *Hatte Albert nicht auch ein Buch über die Sagen und Bräuche der Waldsteinregion verfasst? Ja, sicher, der Titel war ihm gestern während des Gesprächs mit dem Alten wieder eingefallen. Vielleicht…* Schwungvoll stand Ralf aus dem Bett auf – vielleicht ein wenig zu schwungvoll, da er sich im nächsten Moment den Schädel an einem der Balken stieß, von dem verhöhnend viel Staub zu Boden segelte. Er rieb sich kurz die pochende Stelle und machte sich auf den Weg in die Kammer, in der er die Bücher auf dem Boden verstreut liegen gelassen hatte. Tatsächlich fand er nach kurzem Suchen das dünne Bändchen zu den alten Erzählungen aus

Zell und Umgebung, schlug es auf und stöberte im Inhaltsverzeichnis nach den Stichworten „Licht“ und „Kugel“. Schnell jedoch fand er seine Vorfreude getrübt: Keinerlei Hinweis auf irgendeine Erklärung zum seltsamen Phänomen fiel ihm ins Auge. Gerade wollte er das Heftchen wieder zuklappen und sich von Neuem ins Bett legen (was sonst hätte er auch tun sollen?), als er über den Begriff „Totenlicht“ stolperte. Schnell blätterte er zur entsprechenden Seite vor und begann die kurze Erklärung unter dem Stichwort zu lesen:

> Totenlichter gelten neben der Wehklage und dem Erdmann als wichtige Unheilsboten im Aberglauben. Ihr Erscheinen wird meist mit der Nachricht des baldigen Todes in Verbindung gebracht, was daher rührt, dass man einstmals eine Kerze neben den aufgebahrten Leichnam stellte, um ihm den Weg ins Jenseits zu erhellen. Taucht jedoch das Licht auf, ohne vorher stattgefundene Beerdigung, verheißt es, dass man es selbst bald nötig haben wird, da der eigene Tod kurz bevorsteht.

Ralf konnte nicht anders, als kurz zu schlucken. *Das darf doch nicht wahr sein!* Gott sei Dank fiel ihm auf, dass der Absatz auf der nächsten Seite weiterlief, sodass er schnell umblätterte und darauf hoffte, noch eine zweite Deutung für die Erscheinung zu finden.

> Sagen beschreiben die Erscheinung von Totenlichtern meist als hellweiße leuchtende Kugel, die sich knapp über dem Boden bewegt und ein leicht pulsierendes Licht von

sich gibt. Zudem soll sich die Temperatur in ihrer näheren Umgebung schlagartig abkühlen, was einen Vorgeschmack auf den baldigen Tod verheißt. In manchen Erzählungen taucht die Kugel jedoch auch als Bote auf und verweist auf einstmals stattgefundene Verbrechen. Nahe der Zigeunermühle bei Weißenstadt, wo sich im 17. Jahrhundert grausige Verbrechen an lagernden Banden zugetragen hatten, soll noch vor fünfzig Jahren hin und wieder ein weißes Licht durch den Wald gestreift sein, um auf die Schandtaten der Ahnen zu verweisen.

Also doch! Ich wusste doch, dass es bei mir noch nicht so weit sein kann – was wäre die Welt nur ohne mich?! Im nächsten Moment war Ralf dieser Anflug von falschem Stolz sofort peinlich, aber es hatte ihn ja glücklicherweise niemand laut sprechen hören. Das Büchlein jedenfalls, das sich mittlerweile wieder müde zu den anderen Werken aus vergangenen Tagen begeben hatte, hatte das bestätigt, was er schon seit jener Nacht vermutete: Irgendetwas Schreckliches war in diesem Haus vorgefallen und jemand – oder etwas? – wollte nun daran erinnern. Dass sich das Schicksal dabei gerade ihn herausgesucht hatte, war entweder Glück, Zufall oder Pech; es würde sich noch herausstellen. Ralfs natürliche Neugier jedenfalls war fürs Erste geweckt und dennoch machten sich Zweifel in ihm breit: Bislang hatte er nie auch nur ansatzweise Anflüge von jenem „Aberglauben“ verspürt, von dem auch in Hamburg noch einige der alten Bewohner mehr oder weniger besessen zu sein schienen. Natürlich kannte er die

Erzählungen über Geister und Dämonen, hatte sie jedoch meist zusammen mit den Märchen der Brüder Grimm in eine Schublade seines Verstandes gepackt, auf die er mit krakeliger Schrift „Unnützes Wissen" geschrieben hatte. Andererseits war das in der vorletzten Nacht Erlebte derart real gewesen, dass sich eine leise Stimme in seinem Hinterkopf zu Wort meldete, die darauf hinwies, die Beschriftung der Lade eventuell ändern zu müssen. Konnte es tatsächlich sein, dass er „Kontakt" gehabt hatte? *Wahrscheinlich so, wie diese Bekloppten, die jedes Jahr auf die Ankunft von Außerirdischen hoffen* schoss eine zweite, lautere Stimme durch seine Gedanken, die er sofort als *Vernunft* erkannte. Sonst in vielen Lebenslangen sein bester Begleiter, vermochte sie diesmal jedoch nicht, die letzten Zweifel auszuräumen und das leise Säuseln der *Ahnung* zu überdecken. *Was wäre wenn…?* Noch während diese Frage durch seinen Kopf geisterte, war eine Idee in einer versteckten Windung seines Hirns gereift. Das Geschwätz der Zeller würde er ohnehin nicht aufhalten können und eine einfache Frage würde ihm sicher niemand übel nehmen – warum also nicht einfach vor der eigenen Haustür anfangen, um damit die *Ahnung* ein für alle Mal zum Schweigen zu bringen? Sobald er Gewissheit hatte, dass sich hinter Elfriedes „Sünde" nur ein kurzes Techtelmechtel mit einem jungen Liebhaber verbarg, dem die Gesellschaft des 19. Jahrhunderts viel zu viel Beachtung geschenkt hatte, würde er endlich wieder ruhig schlafen können – und mit Susi einen Neuanfang wagen. Trotz des miesen Wetters war er daher nicht von seinem Plan abzubringen – immerhin würde der Weg nicht allzu weit sein und ihm fiel derzeit keine Person ein, die ihm besser weiterhelfen könnte, als sie.

„No des is obber a scheena Überraschung! Wos welln denn Sie heit scho widder do? Hot Ihnen die Gelbworschd gschmeckt, wu ich Ihnen eigepackt hob?“ Nach einem kurzen Sprint über den Marktplatz hatte Ralf die alte Ladentür lautstark hinter sich ins Schloss fallen lassen, was das Holz mit einem genervten Knirschen quittierte. Ein am Rahmen angebrachter Kontakt hatte währenddessen über eine Glocke im Nebenraum sein Eintreffen kundgetan und die Metzgerin freudestrahlend hinter die Theke gelockt. Er hatte sich kurz vorher, während er seine Schuhe im Flur suchte, eine Taktik zurechtgelegt, mit der er hoffentlich würde verhindern können, dass das Gespräch allzu schnell auf die gestrigen Geschehnisse kommt. Allerdings stellte sich diese Hoffnung als ziemlich trügerisch heraus: „Iich hob mer fei scho Gedanken gemacht, wie ich gestern gsäng hob, dasssa sich su midder Susi gschdriddn hamm. Mer wass jo immer net genau, wos hinter die Wänd vor sich giehd, obber su wie die dervogerennt is, werds ärcherdswos schlimms gewesen saa, odder?“

Ralf schluckte die gehässige Bemerkung, die ihm auf der Zunge lag, schnell herunter – er durfte die Dame nun nicht mit seiner nordischen Schnauze beleidigen. So begnügte er sich mit einem freundlich-zurückhaltenden Lächeln, nickte kurz und sagte: „Ja, Sie wissen ja, wie das ist. Selbst in den harmonischsten Ehen kommt es hin und wieder zu Meinungsverschiedenheiten.“ „WOS?! EHEN? Etzt song Sa bluus, Sie wolln heiern?!“ „Häh? Nein, das sagt man doch nur so!“ Ein Blick auf die wissend leuchtenden Augen der Metzgerin verriet ihm, was innerhalb der nächsten Tage vermutlich das Sensationsthema des Dorfklatsches sein würde, doch ließ er sich davon nicht weiter beirren. Unschuldig setzte er nach: „Wissen Sie, wir saßen gestern bei einer Brotzeit mit Ihrer leckeren Wurst zusammen und da erzählte mir Susi davon, dass das Haus, in dem ich derzeit untergebracht bin früher einmal eine Gaststätte gewesen ist. Stimmt das?" „No obber freilich! Des wor amoll der Treffpunkt fier die ganza Gmaa! Obber wenn Sa sich fier die Geschichte interessieren, misserdn Sa amoll na Unglaubs-Albert frong. Der kennt sich do nuch besser aus." „Ja, den Herrn Unglaub habe ich gestern auf dem Waldstein getroffen - ein recht sympathischer Kerl!" „Nojo, mir bersönlich waaft der immer aweng er viel - und außerdem steckt er iberoll sei Nosn nei, obwohl na manches Zeich gor nix oogiehd." *Nein, du sagst jetzt nichts dazu! Reiß dich zusammen!* Angestrengt musterte Ralf die ironischerweise anti-fränkisch, weiß-blau-gekachelte Wand im Rücken der rundlichen Dame, bis sich der kurze Kommentar, der ihm bereits auf der Zunge gelegen hatte, wieder in sein Unterbewusstsein zurückgezogen hatte und fuhr mit gelassener Stimme fort: „Hmm, nun gut, da haben Sie sicher auch wieder Recht. Aber sagen Sie: Wissen Sie zufällig etwas über die ehemaligen Besitzer des Gasthofes? Familie Schuberth?" „Och, no des worn jo gaaanz lieba Leid gwesen, gell. Schod, dasssa ihr Lehm irgendwie nie su richdich genießen konnten." Mit einem Mal regte sich die kleine Stimme lauter in seinem Kopf. „Warum das?" „Nojo, mer wass jo nix genaues drieber, obber angeblich soll do vor einichen Jahrzehnten wos bassiert sa, mit dem sa nie su recht feddich geworn senn." *Treffer!* Triumphierend schrie die *Ahnung* nun sogar über die *Vernunft* hinweg und begann bereits, eine neue Schublade in Ralfs Verstand freizuräumen, begierig darauf, sie mit Informationen zu füllen. „Okay, aber was kann denn so schlimm gewesen sein?" Sofort durchzuckte Ralf wieder der Gedanke an das Gespräch mit Susi; sie hatte von Frauen erzählt, die sich allzu schnell an die Hälse der Amerikaner geworfen hatten, oder aber Hitler als Patenonkel bezeichnen durften. Vielleicht war etwas Ähnliches auch mit Elfriede geschehen – natürlich einige Jahrzehnte früher? Er ging kurz sein historisches Grundwissen durch, um herauszufiltern, welche Geschehnisse mit dem Tagebucheintrag in Einklang zu bringen sind, als die Metzgerin ihn wieder zurück in die Realität holte.

„Selbstmörder hoddmer jo nuch nie gern in der Familie ghabt." Das allerdings kam tatsächlich unerwartet. „Wie meinen Sie das?" „Nojo, na oldn Schuberth sei Mudder hot a Schwesterla ghabt, wissen Sa? Und des hot sich sellmoll selber umgebrochd, derzillt mer sich. Warum, wass mer bis heind ned, obber des Gschbräch giehd hald rimm. Wenn Sa verschdenga, wos ich dermit song will." Die *Ahnung* hatte verdutzt aufgehört zu schreiben und hielt den zuckenden Stift angespannt in ihrer Hand. *Habe ich mich getäuscht?* „Nein, um ehrlich zu sein, nicht." „No es gibd hald Leid in Zell, die kenna ihr Goschn net haldn. Und wenn sich nochert a boor vo denna dreffn, fanga sa oo, ieber Godd und die Welt zer lästern. Doderbei kom die Red a scho moll auf die Elfriede." *Zweiter Treffer!* Mit einem leisen Lächeln hatte die *Ahnung* den Stift von neuem angesetzt, um ihr Werk zu beenden. „Na, aber es muss doch einen Grund gegeben haben, warum sich das arme Mädel das Leben genommen hat, oder? Weiß man darüber nichts Genaues?" „Ja wos denken denn Sie, wie long des etzt scho widder her is? Iich hob die jo selber gor net kennt – ober mei Mudder hot mir frieher amoll derzillt, dass es fier die Schuberth selber Seng und Fluch zergleich gwesen is. Aff der ann Seidn muss die Elfriede a ziemlicha Schand ieber ihr Familie gebrochd hom, aff der annern wär des vermutlich net su schlimm gewesen, wie sich selber des Lehm zer nehma. Nedamoll ihr Leich hott mer gfunna. Die is eifoch verschwunden." Mittlerweile hatte *Ahnung* die Schublade mit einigen Informationen gefüllt und drängte darauf, erste Schlüsse ziehen zu können. „Na aber woher will man denn dann wissen, dass sie tatsächlich Selbstmord begangen hat und nicht einfach – keine Ahnung – verreist ist?" „Also dämlich worn die Leid frieher aa scho net, mei Berschla. Mer hot an Brief o ihre Eldern gfunna, wu sa drinna gschriem hatte, dasssa dem Ganzen etzt a End machen werd. Dodraafhie hot mer zwor ieberoll noch ihr gsuchd, wall mer scho des Schlimmsda vermutet hot, ober gfunna hot mer sa hald nimmer. Und seitdem gieht des Geschbräch, wossa ner ghabt hom werd." *Treffer versenkt.* Das war bei weitem mehr, als sich Ralf in seinen kühnsten Träumen ausgemalt hätte – die Metzgerin war wirklich (zusammen mit Albert Unglaub) die heimliche Chronistin der Geschehnisse in Zell. Allerdings brachte ihn das in der Frage nach dem Grund für die Tat Elfriedes noch immer kein Stückchen weiter. „Also da haben Sie mir nun aber wirklich weitergeholfen! Dass ich in einem derart geschichtsträchtigen Haus lebe, hätte ich mir gar nicht vorstellen können." Ralf wollte sich schon zum Gehen wenden, als ihm einfiel, dass es zum einen unhöflich, zum anderen verdächtig gewesen wäre, wenn er nicht wenigstens etwas Wurst mitgenommen hätte. Schnell griff er an seine Jackentasche, musste jedoch feststellen, dass er seine Börse im Nachbarhaus hatte liegen lassen. „Ähm, tja, jetzt habe ich nicht einmal Geld dabei, um mir mein Abendessen zu kaufen!" stotterte er verlegen, doch hörte die Metzgerin ihm gar nicht weiter zu. Sie hatte während des Gesprächs eine kleine Tüte mit allerlei schmackhaften Spezialitäten gefüllt, die sie ihm nun über die Theke reichte und mit den Worten: „Des bassd scho su – a scheena Underhaldung iss mer allemoll lieber!" quittierte. Ralf wusste nicht, was er darauf entgegnen sollte und so schnappte er sich die Tüte und brachte mühsam ein „Schenn Dank" über die Lippen, was sich jedoch eher chinesisch anhörte als fränkisch. Die Metzgerin jedenfalls würdigte seinen Versuch mit einem freundlichen Grinsen und entgegnete gelassen: „Gern geschäng!"

Kaum hatte er die regennasse Straße überquert und die Haustür hinter sich geschlossen, fiel Ralf auf, dass sein Handy, das er intelligenterweise meist Zuhause ließ, wenn er ausging, einen Anruf in Abwesenheit anzeigte. Schnell tippte er die vierstellige Zahl für seine Mailbox ein und hörte kurz darauf die freundlich klingende, jedoch recht unbeholfen sprechende Dame, die ihn darauf hinwies, dass es sich dabei um „eine neue Nachricht" handelte, die sie ihm nun vorspielen würde. Warum genau man diesen ganzen Zirkus brauchte, wollte Ralf nicht recht klar werden, aber gut. „Grüße Sie, Herr Benz! Unglaub, Albert hier. Nach unserem gestrigen Gespräch habe ich einmal meine Akten durchgestöbert und dabei etwas gefunden, das Sie sicher interessieren dürfte. Kommen Sie doch bei Gelegenheit einmal bei mir vorbei, dann gebe ich es Ihnen mit und wir können uns vielleicht noch ein wenig ausführlicher darüber unterhalten. Bis dahin!"

Da sieh mal einer an, langsam schien sich doch das ein oder andere Puzzlestück zusammenzufügen. Ralf beschloss, Albert nicht gleich zurückzurufen, da es ansonsten den Anschein machen würde, er hätte den ganzen

Tag über nichts weiter zu erledigen. Stattdessen schlüpfte er aus seinen nassen Klamotten, packte die Tüte von der Metzgerin aus und verstaute die gesammelten Wurstpreziosen erst einmal im mühsam klappernden Kühlschrank, der schon ein Problem damit zu haben schien, gegen die recht kühle Außentemperatur anzukämpfen. Ein kurzer Gang hinunter in den Keller brachte ein verhältnismäßig neu aussehendes Bier zum Vorschein, mit dem Ralf es sich auf der alten Ofenbank bequem machte, nachdem er seinen Laptop aus dem Schlafzimmer geholt hatte. Die alte Kiste brauchte immer ziemlich lange, um endlich hochzufahren, doch leistete sie ihm bereits seit dem Studium treue Dienste und so hatte er es bisher nicht übers Herz gebracht, sie gegen ein neueres Modell einzutauschen. Das Bier war offen und bereits gut ein Drittel geleert, ehe ihm das Windows-Logo verkündete, dass sein Rechner bald für ihn bereit sein würde. Nachdem der Desktop aufgebaut worden war, klickte er mehrere Male auf das Icon für ein neues Word-Dokument und begann, kaum hatte es beim fünften Versuch endlich geklappt, seine bisherigen Ermittlungsergebnisse zusammenzutragen, wie er es auch während des Studiums dutzende Male getan hatte, wenn es darum gegangen war, historische Aufsätze zu verfassen. *Ahnung* lieferte ihm dabei die wichtigsten Stichpunkte aus der gut gefüllten Schublade des Gedächtnisses: Fakt war, dass ein Mädchen namens Elfriede Schuberth 1865 etwas Schlimmes angestellt hatte – eine Sünde begangen, wie sie es selbst nannte. Ihre Tat war derart schrecklich gewesen, dass sie sich, vermutlich, um ihre Familie zu schützen, schließlich sogar selbst das Leben nahm.

Die anfängliche Euphorie über den Umfang der Resultate seiner Forschungen war schnell verflogen, als er feststellen musste, wie wenige Zeilen daraus entstanden waren. Daher machte er sich sofort daran, noch einige Fragen und Aufgaben zu formulieren, um die Leere der Seite wenigstens etwas zu füllen: „Näheres über Elfriedes Verschwinden herausbringen – Quellen?", „Abklären, was sie unter der „Sünde" verstanden hat.", „Welche Rolle spielt dabei das Feuer – Traum?" Schnell merkte Ralf, dass diese Fragen nichts weiter waren, als die Lösung des gesamten Falles. Wenn er es zusammenbrächte, diese einfach formulierten Aufgaben abzuarbeiten, würde er sicher bald wissen, was genau sich vor über 150 Jahren ereignet hatte. Ein Problem jedoch bestand weiterhin: Er hatte keine Ahnung, wie er es anstellen sollte.

Nachdem ihm der blinkende Cursor in der Mitte seines Dokuments auch nach noch so langem Starren keinerlei Antworten geliefert hatte („Blödes Mistding!") stand er auf, um sich einen Kaffee aus der kleinen Kapselmaschine zu lassen, die er aus Hamburg mitgebracht hatte. Lässig lehnte er sich mit der heiß dampfenden Tasse gegen die Spüle und blätterte geistesabwesend durch die Post, die er überraschend schnell nach Zell nachgeliefert bekommen und zwischenzeitlich in einer ruhigen Minute in der Küche aufgestellt hatte. Dabei fiel ihm auch eine Zeitschrift auf, die er seit einigen Jahren las, obwohl die Qualität der Artikel nicht gerade überragend war, da die Autoren meist für interessierte Laien schrieben und daher immer auf der Suche nach recht reißerischen Themen waren. Allerdings lieferten sie manches Mal gute Aufhänger für entsprechende Schulstunden – immerhin liebten die Kids Fragen wie „Was geschah wirklich mit Hitlers Leichnam?" oder „Jack the Ripper – der Mann hinter dem Mythos". Auch diesmal wechselten sich anspruchsvollere Editorials mit Texten im

Indiana-Jones-Stil ab, was Ralf jedoch genau jene Ablenkung verschaffte, die er gebrauchen konnte. Ein kurzer Beitrag fiel ihm sofort ins Auge: Genau genommen war es nicht einmal ein Artikel, sondern eine jener versteckten Werbeanzeigen, die erst bei näheren Hinsehen ihre wahre Identität preisgaben. Der Autor beschrieb in recht ausführlichen Satzkonstruktionen, wie er sich auf die Suche nach seinen Ahnen gemacht hatte und ihm Ancestry.de dabei geholfen hatte, sie endlich zu finden. Die Seite stellte ein breites Angebot an Dokumenten zur Verfügung, von Unterlagen des Heeres über Ausweisdokumente bis hin zu Kirchenbüchern, die man online durchforsten konnte. *Kirchenbücher! Natürlich!* Wenn jemand Genaueres über die Vorkommnisse geschrieben hatte, dann vermutlich der Pfarrer. Soweit Ralf wusste, gab es in Bayern noch immer die kommunal geordnete Archivstruktur, was heißt, dass sich die Bücher nach wie vor im Pfarramt befinden müssten. Er zog ein altes Telefonbuch aus dem Schrank und suchte unter „Zell“ nach „Pfarrei“. Natürlich passte die Vorwahl nicht mehr und auch die Postleitzahl war mittlerweile eine andere, aber die Hausnummer und der Straßenname kam Ralf bekannt vor: Marktplatz 1. Das Haus musste in der direkten Nachbarschaft zu seinem Domizil liegen. Ein Blick auf die Uhr verriet jedoch, dass es mittlerweile vermutlich zu spät sein würde, den Pfarrer noch mit seinem Anliegen auf die Nerven zu gehen. Er vervollständigte sein Word-Dokument um die Aufgabe „Kirchenbücher nach Elfriede durchsuchen – Pfarramt“, speicherte das Ganze ab und fuhr den PC herunter, was wiederum einiges an Zeit kostete. Mit einem letzten Knacken schaltete sich der treue Gefährte ab und verabschiedete ihn mit den Worten „Bis bald!“

Endlich nahm die Sache Gestalt an! Ralf hatte einen klaren Fahrplan vor seinem inneren Auge erstellt, den er die nächsten Tage würde abarbeiten können, was ihn in eine gewisse Hochstimmung versetzte, die auch von *Ahnung* Besitz ergriffen hatte. Scheinbar hatte die anfänglich leise Stimme nun endgültig über *Vernunft* triumphiert, doch wollte sich letztere dennoch nicht vollends mit der Niederlage abgeben. *Glaubst du wirklich, dass es sich lohnt, dieser Sache hinterherzujagen? Immerhin ist es 150 Jahre her … Und du hast bei weitem andere Probleme vor dir, die deine Aufmerksamkeit nötig haben …* Dagegen konnte auch *Ahnung* mit einem Fingerzeig auf die gefüllte Schublade nichts ausrichten, wie sich Ralf schnell eingestehen musste. In das kurze Gefühl, einen wichtigen Schritt in die richtige Richtung getan zu haben, schoben sich plötzlich die Zweifel ob seiner letzten Unterhaltung mit Susi, deren Verlauf ihm noch immer nachging. Zwar kannte er die junge Frau erst seit einigen Tagen, doch hatte sie es geschafft, schneller Besitz von seinen Gedanken zu ergreifen, als jede andere vor ihr. Ralf fand sich in einer Zwickmühle: Wenn er *Ahnung* nachgab und weitersuchte, würde er Susi nur noch weiter verärgern. Das war eines der stärksten Argumente, die *Vernunft* in diesem ungleichen Wettstreit vorbrachte. Andererseits kannte Ralf *Ahnung* nur zu gut und wusste, dass sie niemals einfach so aufgeben würde, ehe sie nicht endlich in Gewissheit gemündet hatte – zumal er sich während des Studiums immer auf die anfänglich leise Stimme verlassen hatte können. Er beschloss, einen für ihn komplett neuen Weg einzuschlagen und beiden Argumenten zu folgen – wenn er es geschickt genug anstellte, könnte er eventuell seine Beziehung (konnte man es so nennen?) zu Susi kitten und zugleich auch weiter nach dem ominösen

Schicksal Elfriedes suchen. Schnell kramte er sein Handy heraus, wählte die letzte Nummer, die er selbst angerufen hatte und sagte, kaum hatte sich die Stimme am anderen Ende der Leitung gemeldet: „Hi! Lass uns reden.“

Kapitel VIII

Der Abend war schneller hereingebrochen, als man es für möglich gehalten hätte. Mittlerweile hatte der Mond seinen Platz am Firmament eingenommen und sandte sein milchig weißes Licht durch die verlassenen Straßen des kleinen Marktes. Der Regen während des sterbenden Tages hatte die Luft derart mit Feuchtigkeit gesättigt, dass es sich endlich wieder einmal der menschlichen Siedlung nähern konnte: Vorsichtig, beinahe andächtig kroch das Nebelgespinst durch die alten Gassen, wie es sie bereits seit dem Beginn seiner eigenen Existenz immer wieder besucht hatte. Viele Veränderungen hatte es zwischen seinen Wanderungen miterlebt – angefangen von den ersten Häusern, die man vor gut 1000 Jahren dem um sich greifenden Wald abgerungen hatte, bis hin zu den modernen Fahrzeugen, die mittlerweile links und rechts den Marktplatz säumten.

Es war nicht mehr sein Zuhause – nur noch selten wandelte es zwischen den steinernen Gebäuden hindurch und genoss es, wenn hier und da die natrongelben Lichtkegel der alten Laternen auf ihm tanzten und blassgelbe Muster in seine Sphären zeichneten.

Vor dem Wirtshaus „Zum Roten Schloss" vermischte sich die Szenerie mit den zurückhaltenden Strahlen der 40W-Birnen, die die Energiewende vermutlich komplett verschlafen hatten. Hinter den Mauern ging es weniger hoch her, als bei ihrem letzten Aufeinandertreffen und doch hatten Susi und Ralf einiges besprochen. Nach dem Anruf hatte sie sich dazu erweichen lassen, noch einmal in Ruhe mit ihm über verschiedene Dinge zu reden und obwohl sie nach wie vor eine tiefe Abneigung gegen seine „Schnüffelei" hatte, ließ sie sich davon überzeugen, ihn anzuhören. Er hatte derweil ein gemütliches Plätzchen in der Wirtschaft für die beiden hergerichtet, hatte Wein aus dem Keller geholt (und dabei auch den Tisch von der Lache als Zeuge des gestrigen Unheils befreit). Nichtsdestotrotz war das Gespräch verständlicherweise nur schleppend in Gang gekommen:

Die alte Uhr in seinem Schlafzimmer hatte gerade mit einiger Mühe achtmal ihr Hämmerchen auf den Gong fallen lassen, als sich Susi durch lautes Klopfen an der Haustür bemerkbar gemacht hatte. Wortlos reichte sie ihm das klatschnasse Regencape, warf theatralisch die Haare zurück und stolzierte ähnlich der vom Felde kommenden Königin in ihren Audienzsaal. Geboten unterwürfig hatte Ralf die Szene kommentarlos ablaufen lassen, sich ihr gegenüber gesetzt und, nachdem er ein letztes Mal tief Luft geholt hatte, von allem erzählt, was ihm seit seiner Ankunft in Zell widerfahren war. Es war ein gewagter Plan, sie in seine Erfahrungen einzubeziehen und *Ahnung* derart viel Aufmerksamkeit zu widmen, doch hatte er es als einzige Möglichkeit erachtet, sie jedenfalls ansatzweise wieder für sich zu gewinnen. Er berichtete ihr vom Glück, dass er empfunden hatte, als er sie zum ersten Mal gesehen hatte und mit ihr ins Gespräch gekommen war, von der stillen Wärme, die das Haus ausstrahlte, als er es zum ersten Mal betreten hatte, und von der Abenteuerlust, die ihn beim Stöbern in den alten Unterlagen gepackt hatte. Schließlich war er an eben jenem Punkt angekommen, vor dem er sich am meisten gefürchtet hatte: „Du erinnerst dich sicher daran", setzte er an, „was du mir gesagt hast, als du die Uhr wieder angestoßen hast." Fragend blickte Susi ihn unter den zusammengezogenen Augenbrauen heraus an, ehe sie ein langes „Jaaa" hinterherschickte. Während seiner Erzählung war sie immer stiller geworden, hatte teils aus glänzenden Augen zu ihm aufgeschaut, ungläubig den Kopf geschüttelt, sogar manches Mal ein wenig gelächelt. Nun jedoch war sie von neuem in jene Lethargie verfallen, die sie schon beim Eintritt ins Haus versprüht hatte. „Gut, also, pfuh, das ist schwierig, ich, ähm, ich glaube dir jetzt." „Was?" „Ich glaube dir mittlerweile, dass es Dinge gibt, die wir nicht mit unserem aufgeklärten Verstand plausibel deuten können. Dinge, die einfach passieren, ohne dass wir wissen, warum. Dinge, die eventuell sogar ein wenig unheimlich sein könnten". „Okay… und das sagst du mir jetzt, weil…?" Kurz huschte Ralfs Blick durch die offene Tür hindurch zur alten Holztreppe, die in jener Nacht von der Ankunft der gespenstischen Kugel gekündet hatte, ehe er fortfuhr: „Weil ich glaube, dass es in diesem Haus etwas gibt, das schon lange darauf wartet, endlich gelöst zu werden. Etwas, das derart schrecklich ist, dass es erst seine

Ruhe finden kann, wenn es Menschen vom – wie hast du es gestern genannt? – Staub der Vergangenheit befreit haben." Erkenntnis hatte sich in Susis Gesicht breit gemacht: „Ralf, ich mag dich, wirklich; aber ich finde es nicht gut, dass du deine Nase in Dinge steckst, die dich nichts angehen. Und dass du nun anscheinend vom Hauspilz schon ziemlich high geworden bist, macht die Sache auch nicht gerade leichter für mich." Es war sicher im Scherz gemeint, doch passten die angestrengt ernst blickenden Augen nicht ganz zum Tonfall, den Susi beim letzten Satz angeschlagen hatte. „Nein, nun hör mir doch mal zu: Ich hatte einen Traum." „Von bunten Pferden auf einer blauen Wiese?" „Nein, du Dödel", sofort zuckte er zurück – hatte er es zu harsch formuliert? Susi blickte ihn verdutzt an und – begann zu lächeln. „Naja, also was denn dann?" „Gut, ich hatte einen Traum von einer brennenden Burg und kartenspielenden Teufeln und einer Frauenstimme, die mich um Hilfe gerufen hat." Stille breitete sich im Raum aus, kaum war Ralfs Stimme verklungen. Nur das Gebälk des Hauses quittierte seine Erzählung mit einem zufriedenen Knacken, ganz so, als freue es sich darüber, dass ihm nun endlich jemand Beachtung schenkte. Susi hingegen schien von seiner Schilderung weniger angetan. „Ralf, mein Freund, du bist eindeutig zu lange allein geblieben. Wie wäre es mit einem schönen Kakao und dann bringe ich dich ins Bett." „Hör auf, mich zu verarschen! Ich sage die Wahrheit" schnauzte er und setzte gleich in gemäßigterem Tonfall nach: „Susi, es war zu real, als dass es ein normaler Traum hätte gewesen sein können. Ich fühlte die Hitze des Feuers auf meinen Armen, war geblendet vom Rauch. Meine Ohren dröhnten vom Knallen der eisernen Karten auf dem Stein." Andächtig warteten Ralf und das alte Gemäuer darauf, Susis Antwort zu hören – kein Ton drang zwischen den hölzernen Balken über ihren Köpfen hervor. Endlich, nachdem sie ein letztes Mal tief Luft geholt hatte, sagte sie: „Okay, okay. Den letzten Teil kann ich ja einigermaßen nachvollziehen: Du hast die Wunderblume von Sümmerer gelesen und danach von der Geschichte geträumt. Das ist ja soweit noch in Ordnung, aber…“ Sofort fiel ihr Ralf ins Wort, als er merkte, dass sie sich wieder von seiner Sichtweise zu entfernen drohte, „Nein, nein, so war das nicht: Ich kannte dieses Büchlein zu dem Zeitpunkt ja noch überhaupt nicht. Du hast es mir erst am nächsten Tag gegeben.“ Verstehen hellte Susis abschätzenden Blick für einen kurzen Moment auf: „Warte mal, soll das heißen, dass du deswegen derart durch den Wind warst, als du nicht in der Schule erschienen bist? Du hattest schlecht geträumt?“ *Ahnung* war zwischenzeitlich komplett verstummt – die Unterredung mit Susi verlief ganz anders, als sie es Ralf vorhin eingeflüstert hatte, um gegen *Vernunft* bestehen zu können. Nun, die drohende Niederlage vor Augen, bot sie alles auf, was sie bislang in ihrer Schublade zusammengetragen hatte: „Wie oft denn noch: Es war kein Traum. Irgendetwas wollte mir damit eine Botschaft schicken. Susi, in diesem Haus ist etwas Schreckliches geschehen und aus irgendeinem Grund habe ich eine Art … Verbindung … dazu aufgebaut.“ Aus dem Flur ertönte ein leises Knarzen, das die beiden kurz in ihrer Unterredung innehalten ließ. Verdutzt blickte Susi Ralf in die Augen und forschte in ihrer unergründlichen Tiefe nach jenem berühmten Fünkchen Wahrheit, das man oftmals zu finden hofft, wenn das geliebte Gegenüber einem die größte Lüge aller Zeiten aufzutischen versucht. „Also gut. Du hast geträumt; in deinem Traum kamen die kartenspielenden Teufel vor, die vermutlich irgendetwas mit dem Teufelstisch zu tun haben werden, und eine brennende Burg. Dabei wird es sich sicher um das Rote Schloß gehandelt haben. Aber was sollte das bitte mit dir zu tun haben?“ Erleichtert stieß *Ahnung* die Luft aus. Es schien tatsächlich funktioniert zu haben – sie hatte gegen *Vernunft* und Realität bestanden. Nun ging es nur darum, Susi nicht wieder zu verlieren. Schnell setzte Ralf nach: „Das ist die 1-Million-Euro-Frage! Gestern war ich auf dem Waldstein, um mir die ganze Szenerie einmal in natura anzusehen und der „Teufelstisch“ sah genau so aus, wie in meinem Traum. Woher hätte ich ihn bitte erkennen sollen, wenn ich ihn nicht in meinen Gedanken schon einmal vor mir gesehen hätte?“ Zurückhaltend nippte Susi an ihrem Wein, stellte das Glas vorsichtig wieder auf die geschundene Holzplatte zurück und fokussierte mit ihren Augen die leichten Schlieren, die am Rand des Glases herunterliefen.

„Okay, du sagtest, du warst am Teufelstisch. War es dort, wo du auf Albert getroffen bist?“ „Ja, ganz genau! Er hatte sich von hinten angeschlichen und mich in ein Gespräch verwickelt, ehe er meinte, dass es zu diesem Wirtshaus viele Geschichten zu erzählen gäbe und es irgendetwas mit dem „Roten Schloss“ am Waldstein gemein hätte.“ „Du meinst außer dem Namen?“ Susi war noch immer bei ihm, was Ralf mit einer gewissen Sicherheit gegenüber seiner momentanen Lage bestärkte, und fuhr fort: „Woher soll der überhaupt kommen? Ich meine, wie eine stolze Burg sieht der Kasten ja nicht gerade aus, oder?“ Kurz blitzte alter Stolz in Susis Augen auf, der jedoch schnell von dunkleren Gedanken vertrieben wurde. „Nein, da hast du Recht. Heute nicht mehr – aber früher war das anders. Es gab in Zell viele Gastwirtschaften, aber nur zwei davon hatten wirklich Klasse: Dieses hier und der „Weiße Ochse“ etwas die Straße runter. Du wirst verstehen, dass sich die beiden Wirtsleute nicht unbedingt leiden konnten.“ Ralf konnte nicht umhin, seinen Blick kurz in die Vergangenheit schweifen zu lassen. Heute war es für ihn nicht mehr vorstellbar, wie hier, in diesem Raum, die Zeller Bürger zusammensaßen und fröhlich gemeinsam Karten spielten, sich über Gott und die Welt unterhielten, oder angetrunken einen Streit vom Zaun brachen. Ein Zwinkern ließ die Schemen der Vergangenheit schnell verschwinden. „Warum nicht? Ich dachte, hier auf dem Land wären alle immer so froh, sich gegenseitig helfen zu können. Immerhin kennt man sich hier ja wenigstens noch, wenn man in der gleichen Straße wohnt. Nicht so, wie wir Städter – Bestandteile der plumpen grauen Masse.“ Susi schlürfte das kurze Lächeln, das ihre Mundwinkel umspielt hatte, mit einem weiteren Schluck aus dem Weinglas hinunter. „Ralf, auch hier gibt es Konkurrenz. Und wenn zwei Wirtschaften gut laufen, werden die Besitzer alles tun, um die Besucher des jeweils anderen in ihre eigenen Säle zu bekommen. Wir hatten den Gesangverein, im „Ochsen“ saßen die Mitglieder des Chores. Hier traf sich die SPD, dort unten versammelten sich die ersten NSDAP-Anhänger. Alpha und Omega, der ewige Gang der Dinge.“ Im ersten Moment war Ralf, als hätte Susi mit diesem bewusst theatralisch klingenden Anflug von Nostalgie einen Witz machen wollen, doch sprach purer Ernst aus ihrem Blick. „Na schön, na schön, aber zurück zum Namen: Herr Unglaub meinte, es gäbe einen Zusammenhang zwischen dem Gasthaus und der Burg am Waldstein. Was könnte er damit gemeint haben?“ „Nun, die Burg wurde 1523 von den Truppen des Schwäbischen Bundes zerstört. Sie steckten sie in Brand und sprengten die Mauern mit Schwarzpulver. Wie du vermutlich selbst schon erkannt haben wirst, stehen die Mauern dieses Hauses“ dabei umspannte sie mit den Armen einmal den gesamten Raum, ehe sie mit der Faust fest auf die Wand in ihrem Rücken drosch „noch relativ fest.“ „Hmm, das hilft mir auch nicht weiter. Ich werde Herrn Unglaub morgen einmal anrufen – er hat mir eine Nachricht aufs Handy gesprochen und gemeint, er hätte etwas Interessantes gefunden. Mal sehen, was er damit meinte. Vielleicht bringt uns das ja weiter.“ Unbewusst hatte Ralf gleich zwei Fehler begangen: Susi von seinem weiterem Vorgehen zu erzählen und sie darüber hinaus auch noch als Gefährtin zu betrachten. Wütend schlug *Ahnung* die Hände vors Gesicht – wie konnte er nur so dämlich sein! „Uns?“ „Na hör mal, es ist immerhin deine Familiengeschichte, die ich hier erforsche. Dafür bekommen Genealogen normalerweise einen Haufen Geld.“ Endlich fing sie lauthals an zu lachen – wie lange schon hatte Ralf sich wieder auf dieses Geräusch gefreut. „Du bist echt dämlich.“ „Naja, aber immerhin reden wir jetzt wieder miteinander. Susi, es tut mir Leid, wenn ich dir irgendwie wehgetan haben sollte mit meinen Fragen, aber es interessiert mich nun mal einfach, herauszufinden, was damals geschehen ist.“ Angespannt hielt *Ahnung* die Luft an – wie würde sie regieren? „Ralf, ich wiederhole mich gerne: Ich mag dich wirklich, aber lass die Finger davon. Find von mir aus noch heraus, warum genau du von einer brennenden Burg geträumt hast, aber schließ die Sache danach endlich ab und widme dich wieder dem, weshalb du hier bist: Die Schulleitung wird schon langsam neugierig, warum du dich überhaupt hierher versetzen lassen hast, wenn du nie kommst.“ Das war auf jeden Fall mehr, als er sich in seiner Vorstellung ausgemalt hatte: „Ist gut, ist gut. Ich höre auf, nachdem ich von Herrn Unglaub in Erfahrung gebracht habe, was er mir sagen wollte." Wie um seinen Schwur zu besiegeln, hob er sein Weinglas ein wenig zu schwungvoll an und vergoss einige Tropfen des Rebensaftes über der Tischplatte. Schnell, wie ein trockener Trinker, sog sie sie in sich auf, sodass kurze Zeit später nur ein dunkler Fleck vom Malheur zeugte – eine weitere Spur der Geschichte, die hinter den Mauern des alten Hauses verborgen war. Damit wandten sich die beiden schließlich anderen Gesprächsthemen zu, wobei Ralf in Erfahrung brachte, wie schnell Gerüchte in Zell in Runde machten. Tatsächlich sei Susi schon von den ersten zur baldigen Hochzeit beglückwünscht worden.

Draußen, in der Schwärze der Nacht, umspielte das Nebelgespinst träge die Füße eines grauen Schattens, der zwischen zwei der alten Häuser stand, die aus blinden Augen heraus die Straße musterten. Hin und wieder drang lautes Lachen aus den Fenstern des „Schlosses", das ihn in seiner Abneigung nur noch mehr anstachelte. Seine Augen zu schmalen Schlitzen verengt, freute er sich schon darauf, ihn endlich loszuwerden – denn wenn er etwas hasste, waren es Menschen, die in seinen Angelegenheiten herumpfuschten. Er hätte einfach in seinem schönen Hamburg bleiben und die Menschen hier in Ruhe lassen sollen – immerhin hat ihn niemand darum gebeten, Nachforschungen anzustellen. Nun, er würde sich um ihn kümmern müssen. Das war er seinen Ahnen schuldig; immerhin geht nichts über die Ehre der Familie, das wusste er ebenso gut, wie auch die kleine Schuberth. Er hatte schon vor einiger Zeit ein Auge auf sie geworfen, doch hätte er sie niemals auch nur angefasst. Natürlich hätte er sie gerne besessen, doch mit solchen „Personen" gab er sich von vornherein nicht gerne ab, das hatten ihn seine Eltern gelehrt. Nichts geht über die Familie, gar nichts. Mit einem leisen Säuseln des schwarzen Regenmantels verschwand er in der Dunkelheit. In der Pfütze aus traurig-brackigem Wasser hallte für einen kurzen Moment die letzte Spur seiner Existenz nach, ehe sich die Oberfläche wieder beruhigt hatte und im monotonen Schwarz der Nacht versank. Bald schon würde er zuschlagen.

Kapitel IX

Hier oben fühlte es sich wohler, nicht dort, wo Steinbauten, von Menschenhand der Natur abgetrotzte Grundstücke und dekadente Straßenleuchten, die den Siegeszug der Technik über die von Gott gewollte Dunkelheit verkünden, seinen Lebensraum bedrängen, sondern tief in den Wäldern lag seine wahre Heimat. Langsam, andächtig, vorsichtig schob es sich durch das dichte Unterholz und war auf seinem Weg durch nichts und niemanden aufzuhalten. Einem Fluss reinster Seide gleich ergoss es sich über die Flora des schlafenden Waldes und hinterließ nichts, als einen feinen Schleier kleinster Wassertröpfchen auf den Blättern. Selbst hier, inmitten der Natur, hatte der Mensch gewütet und damit begonnen, ihr seinen Stempel aufzudrücken. So war auch die Saale, einst ein kleines Bächlein, das munter aus der mütterlichen Erde troff, um seinen

Weg in Richtung Norden anzutreten, mittlerweile nurmehr ein Schatten seiner einstigen Selbst. In ein enges Bett gedrängt, floss sie dahin, entrissen aus dem Mutterleib, um die liebgewonnene Heimat schnellstmöglich zu verlassen. Langsam umspielte das Gespinst die Spuren menschlicher Existenz: Ein kleiner Bagger stand etwas abseits des Weges, wo man einen neuen Kanal anzulegen gedachte und grelle Lampen die nächtliche Ruhe des schwarzen Waldes störten. Von den Menschen bislang unbeachtet, schälte sich aus der Finsternis die bleich-weiße Kontur eines runden etwas, das das Gespinst auf seiner Reise nur kurz mit einer zärtlichen Berührung liebkoste, ehe es seinen Weg fortsetzte.

Einmal mehr kam sich Ralf am nächsten Tag so vor, als würde die Natur hier oben ihm aus der innersten Seele sprechen. Nach dem gestrigen Treffen mit Susi war er guter Dinge, die ganze Sache bald abschließen zu können, und machte sich um 10 Uhr früh frohen Mutes auf den Weg zu Albert Unglaub, dem, wie er glaubte, letzten Zwischenhalt auf seiner Suche. Bestimmt würde ihm der Alte endlich erzählen, was genau damals vorgefallen war, da er, so war sich Ralf sicher, es schon seit einiger Zeit geahnt, jedoch bislang niemanden eingeweiht hatte. Eventuell stellte sich das Ganze nur als verzweifelte Liebschaft eines jungen Mädchens heraus, das von seinem Verehrer verlassen, den in seinen Augen einzigen Ausweg suchte. Insgeheim hoffte Ralf – und das, obwohl ihm dabei ein ungutes Gefühl die Kehle abschnürte – dass sich der Fall dergestalt auflösen lassen würde.

Zwar hatte er die Hilfe der Metzgerin noch einmal in Anspruch genommen („Och, des is eifoch: Do genga sa die Schdross nunder, nochert bei die Eckbecher links, vom

Hopfn-Haus vorbei und dann immer weider, bissa gecherieber vo die Raadel stenga. Do nochert na Berch nunder und schwuppdiwupp sennsa daddn!"), sich nachher jedoch trotzdem die Adresse im Telefonbuch herausgesucht und auf der kleinen Faltkarte nachgelesen, die er von seinem Ausflug zum Waldstein mitgebracht hatte. Das Unglaub-Haus war ein Prachtstück der Gründerzeit: Ein großer Giebel ragte weit über das steile Dach hinaus in den Himmel empor und ging schließlich in eine verspielte Holzkonstruktion über. Die Fenster waren allesamt frisch gestrichen, aus den Kästen sprossen frische Blumen und ein geschäftiges Brummen aus dem Inneren des Hauses sagte Ralf, dass er Herrn Unglaub vermutlich zu Unrecht als Rentner eingestuft hatte. Tatsächlich erkannte er schon bald den Grund des angenehmen Ratterns: Mehrere alte Druckpressen spien Seiten über Seiten aus den eisernen Schlünden – es schien eine Art Wanderführer zu sein, da Ralf sowohl Karten, als auch farbige Photos erkannte. „Hübsch, nicht?" Wieder einmal hatte sich der Alte ihm von hinten genähert, ohne dass Ralf etwas davon geahnt hätte. „Wir drucken gerade eine Neuauflage meines Büchleins „Wandern rund um den Waldstein"." „Ich hätte nicht gedacht, dass Sie Ihre Werke auch selbst herstellen" musste Ralf zugeben und handelte sich prompt einmal mehr den leicht verdutzt, leicht verächtlich wirkenden Blick Unglaubs ein. „Nun ja, die großen Druckereien geben sich mit solchen Auflagen nicht zufrieden und bevor ich meine ‚Werke', wie Sie es nennen, irgendwo in Tschechien drucken lasse, wo ich doch alles noch hier habe, mache ich es lieber selbst." Ralf konnte nicht anders, er musste einfach fragen: „Gehört Ihnen das hier alles?" und bekam erneut den berüchtigten Blick zu spüren. „Natürlich nicht, das sind alles gemietete

Pressen, die sofort wieder abgeholt werden, wenn ich die nächste Rate nicht zahlen kann", prustete Unglaub, „aber freilich gehört mir das. Meine Familie hatte bereits Anfang des 20. Jahrhunderts eine Druckerei hier eingerichtet, die unter anderem die Lokalzeitungen auf den Markt brachte. Das hier sind die stolzen Zeugen von 90 Jahren Firmengeschichte!" Ralf musste zugeben, dass die alten Maschinen etwas an sich hatten, das ihn sofort für sie einnahm. Er liebte nostalgische Technik - und nun zu sehen, wie sie nach einer derart langen Zeit noch immer zuverlässig liefen, wie die mechanischen Getriebe locker ineinandergriffen und ein sonores Brummen als Garant für die dahinterliegende Qualität bürgt, lockte ihm ein wissendes Lächeln auf die Lippen. Wer wird wohl in 90 Jahren noch mit seinem alten Smartphone derart geschickt umgehen können?

Anscheinend hatte Unglaub seine Gedanken gelesen, denn auch ihm waren die Mundwinkel nach oben gewandert, während aus den Augen wieder jener Glanz sprühte, den Ralf schon am Waldstein gesehen hatte. „Nun gut, mein Freund. Schön, dass Sie es sich einrichten konnten! Wie ich Ihnen bereits auf den Anrufbeantworter" … „Die Mailbox" … „Wie bitte?" … „Beim Handy heißt es Mailbox." … „Papperlapapp! Zu meiner Zeit klingelte das Telefon so lange, bis jemand abhob. Sie können von Glück reden, dass ich mich überhaupt mit diesem Ding unterhalten habe. Das mache ich normalerweise grundsätzlich nicht. Also, wie ihr ‚Anrufbeantworter' schon weiß, habe ich etwas gefunden, das Sie sicher interessieren wird." „Nun, Sie sehen mich gespannt." Kurz blickte Unglaub ihn verdutzt an, hob jedoch anschließend seine Pranke und schlug ihm freundschaftlich auf die Schulter, „Also eines kann ich Ihnen sagen: Schneid haben Sie! Nun kommen Sie mal mit."

Er führte Ralf, der den Schlag selbst Minuten später noch immer spürte, eine enge Stiege hinauf, die bei jedem Schritt, den er auf eines der alten Bretter setzte, unter seinem Gewicht lauthals ihren Protest herausschrie. „Treten Sie lieber auf den Rand – ich weiß nicht, wie lange das Ding noch halten wird" war Unglaubs einzige Antwort darauf. Am obersten Absatz angekommen, standen sie vor einer wunderschön verzierten Tür, die ohne Zweifel aus der Erbauungszeit des Hauses stammen musste. Prachtvolle Kassetten wechselten sich mit geometrisch angeordneten Formen ab, die sich rund um die alte Klinke gruppierten. Unglaub holte einen Schlüsselbund aus seiner Tasche, der in jedem Hollywood-Film locker als Requisit für einen Gefängniswärter getaugt hätte, und steckte einen überraschend schlichten Schlüssel in das Schloss, das kurz darauf mit einem freudigen Klacken aufsprang. Hinter der Tür erwartete Ralf eine komplett neue Welt: Bücherregale gruppierten sich an den Wänden rund um einen alten, hölzernen Schreibtisch. Mit einem Dreh am alten Bakelit-Schalter erwachten unzählige kleine Lampen zum Leben, die die Szenerie sofort in ein anheimelnd gelbes Licht tauchten. Zettel und Blätter quollen hie und da aus dem Meer der Bücher hervor, als suchten sie Halt, ehe sie im Wust des Wissens verlorengingen. Schwungvoll schritt Albert zum Schreibtisch und kramte kurz darauf herum. „Sie wissen, das Genie überblickt das Chaos!" raunzte er Ralf kurz zu, ehe er gefunden zu haben schien, wonach er suchte. Mit einem kleinen Gebinde in den Händen kam er auf den jungen Mann zu, der andächtig im Türrahmen gewartet hatte – niemals hätte er es gewagt, diese heiligen Hallen ohne Aufforderung zu betreten. Auch Unglaub schien jene Achtung vor seinem Lebenswerk erkannt zu haben und ermutigte ihn mit einer kurzen Armbewegung, den letzten Schritt zu wagen. Kaum stand Ralf vollends im Zimmer, umfing ihn die Aura der alten Werke, die das Wissen vergangener Generationen zwischen den ledernen Rücken bewahrten. Es mussten hunderte sein, die sich um ihn herum gruppierten. Beinahe wäre ihm das kleine Heftchen aus der Hand gefallen, als er sie ungläubig herabsinken ließ. „Nana, vorsichtig! Es ist zwar nicht besonders edel, aber dennoch eines meiner kostbarsten Besitztümer" ging Unglaub dazwischen und verhinderte damit das Schlimmste. „Das ist wunderschön" brachte Ralf schließlich heraus und wandte seinen Blick endlich ab von den ihn umgebenden Wundern.

Stutzig besah er sich schließlich das Büchlein in seiner Hand, wobei „Büchlein" beinahe übertrieben war: Vielmehr handelte es sich um eine Sammlung zusammengenähter Blätter, denen man ihr hohes Alter bereits von weitem ansehen konnte. „Sie erinnern sich an die Geschichte des Roten Schlosses? Nun, das ist die mit Abstand bedeutendste Quelle dazu. Nur zu" forderte Unglaub ihn auf, das kleine Geheft vorsichtig zu öffnen. Doch so behände er es auch anstellte, schon im nächsten Moment durchzuckten dunkle Schatten Ralfs Gedanken: Dort war sie, von der altersschwachen Seite heraus starrte sie ihn aus den weit geöffneten Augen an. Der nahende Tod lechzte hungrig an den grau gewordenen Mauern, während das schützende Dach sich bereits bedrohlich zur Seite gelehnt hatte. Deutlich sah er vor sich die Burg aus seinem Traum. „W…was zum Teufel ist das?" „Nun, diese Holzschnitte wurden von einem Kriegsberichterstatter angefertigt, der die Truppen des Schwäbischen Bundes auf ihren Zug durch die fränkischen Landen begleitet hatte. Er schnitt alle 22 zerstörten Anlagen in Holz, um damit deutlich zu machen, was mit den Feinden der Einung geschehen würde, wenn sie es wagten, sich gegen sie aufzulehnen, wie deren Besitzer es getan hatten. Ihnen wird das vielleicht von der Hanse bekannt vorkommen: Gegner werden zur Kooperationen gezwungen und in das neue System gepresst, oder aber rigoros von der Landkarte getilgt. Das, mein Lieber, ist der Niedergang des Roten Schlosses."

Kapitel X

Er hatte das Dröhnen der Maschinen schon immer gehasst – für ihn waren sie nichts anderes, als stählerne Ungetüme, die in den Händen des Alten Lügen und Verschmähungen in die Welt brachten. Schon als er gesehen hatte, welchen Straßen der junge Norddeutsche folgte, hatte er geahnt, wohin es ihn verschlagen würde – postwendend hatte er sich ihm an die Fersen gehängt, um herauszufinden, ob er Recht mit seiner Vermutung hatte; und fand sich einmal mehr bestätigt. Schon immer war es allen voran die gut ausgeprägte Menschenkenntnis, auf die er besonders stolz gewesen ist: Ein einziger Blick aus seinen geübten Augen genügte, um in das tiefste Innere der menschlichen Seele zu schauen und zu erkennen, ob vor ihm ein aufrechter Wanderer auf dem richtigen Pfad, oder aber ein Abtrünniger wandelte, der im Irrgarten des Lebens den falschen Abzweig genommen hatte. Wie verstört hatte es ihn jedoch, als er erkennen musste, dass sich der Norddeutsche gänzlich vor ihm zu verschließen schien – schon mehrmals hatte er ihn beobachtet, wie er mit der kleinen Schlampe allein in der alten Spelunke gesessen und über irgendwelche unwichtigen Dinge des Lebens philosophiert hatte. Einmal mehr musste er schließlich auch auf die Geschwätzigkeit der Metzgerin zurückgreifen, um mehr über ihn herauszufinden, doch gehörte die Alte schon seit langem zu seinen besten Quellen, ohne mit ihrem beschränkten Geist auch nur zu ahnen, welch große Aufgaben sie ihm zu erfüllen half. Bald schon wird das nächste Opfer anstehen, dessen wurde er sich immer bewusster. Das Geheimnis musste gewahrt bleiben – um seiner und auch seiner Familie Willen. Er würde seinen Anteil an der Erfüllung des schweren Erbes ebenso leisten, wie seine Ahnen Generationen vor ihm.

„Ich weiß nicht genau, wie ich Ihre Reaktion deuten soll. ‚Überraschung' würde ich jedenfalls nicht dazu sagen; vielleicht eher ‚Erkenntnis'?" Ralf war sich der Blicke des Alten vollends bewusst, als er das Büchlein langsam auf seinen Schoß sinken ließ und dennoch konnte er nicht verbergen, was der Anblick der brennenden Burg in ihm ausgelöst hatte: Deutlich hatte sich die Szene aus seinem Traum aus dem vergilbten Papier abgehoben, war die Stimme der jungen Frau an sein Ohr geklungen, hatte die Hitze der Flammen seine Haut gekitzelt. „Herr Unglaub, ich denke, es wird Zeit, dass ich Ihnen etwas beichte", setzte er an, verstummte jedoch augenblicklich wieder, als er den Ausdruck zwischen den freundlich lächelnden Falten sah: War es Entrüstung? Zweifel? Unglaube? Vielmehr schien der alte Herr schon seit ihrer ersten Begegnung am

Waldstein etwas geahnt zu haben, was Ralf damals jedoch noch nicht zu deuten wagte. Wusste er tatsächlich über alles Bescheid und wollte nur – wie hatte er es genannt – den Staub des Vergessens absichtlich über der dunklen Vergangenheit des Ortes belassen? Noch einmal setzte er an: „Herr Unglaub, wir beide sollten endlich Tacheles reden. Sie meinten am Waldstein, dass manche Geheimnisse im Verborgenen bleiben sollten und ich nehme an, Sie wissen, dass ich Ihnen dabei nicht zustimmen – sie eben nicht auf sich beruhen lassen kann." „Nun gut, Herr Benz, wie Sie meinen. Ja, Sie haben Recht: Ich habe eine Vermutung, nach was Sie aus sind, wenngleich ich bis jetzt nicht verstehe, warum sich jemand, der Zell bis vor einiger Zeit noch nicht einmal auf der Landkarte gefunden hätte, gerade mit diesem Kapitel der Vergangenheit des Ortes auseinandersetzen will. Wir haben derart viele schöne Ausflugsziele, dass ich nicht wage, eine Auflistung auch nur anzufangen, Sie jedoch wühlen in der Geschichte und stoßen in Regionen vor, an die sich besser niemand wagen sollte. Sehen Sie das als eine Art Warnung an, Herr Benz; ich war einst ebenso wie Sie auf der Jagd nach Verstehen und Wissen, musste jedoch einsehen, dass es manches Mal tatsächlich besser ist, mit dem Strom zu schwimmen, als sich andauernd dagegenzustemmen." „Lassen Sie ruhig meine Sorge sein, was ich auf mich nehme und was nicht, Herr Unglaub. Ich weiß Ihre Fürsorge wirklich sehr zu schätzen, doch muss ich andererseits zugeben, dass Sie mich nun, wo Sie mich extra hierher gelockt und mir das hier" dabei wies er beinahe verächtlich auf das kleine Büchlein auf dem mitgenommenen Schreibtisch – „gezeigt haben, nicht einfach wieder loswerden. Ich will wissen, was damals geschehen ist!"

„Und ich sage Ihnen: Lassen Sie es sein! Nach meinem Anruf hatte ich es postwendend bereut, Sie überhaupt mit dieser Information versorgt zu haben – ich hätte von Anfang an wissen sollen, dass Sie auch nicht anders sind, als alle anderen." „Wie bitte meinen Sie denn das nun wieder?" „Sie wühlen nicht in der Geschichte, um damit einen Beitrag zum kollektiven Gedächtnis unseres Dorfes zu schaffen, sondern aus reinem Eigennutz. Vermutlich wollen Sie sich als großen Helden darstellen, ein Buch über die ‚dunkle Vergangenheit des kleinen Fleckchens Erde' schreiben. Mein Ziel war schon immer gewesen, Zell so darzustellen, wie ich es sehe: Als Heimat unterschiedlichster Menschen, die gemeinsam etwas geschaffen haben, das einzigartig ist: Eine Symbiose mit der Natur, ein Paradies auf Erden." Dabei hatte der Alte beinahe theatralisch die Arme in Richtung der von Jahrzehnten schwarzen Holzdecke gehoben, ehe er sich mit einem schmerzverzerrten Gesicht an die Brust langte. Ralf jedoch würdigte dieser Geste keines Blickes, beinahe verächtlich schnaubte er: „Sagt derjenige, von dem der ganze Ort erfahren hat, wer es mit den GIs getrieben hat!" „Das ist etwas komplett anderes, Herr Benz" die Stimme des Alten hatte einen beinahe schrillen Unterton angenommen, doch fuhr er im nächsten Moment in einem ausgeprägten Bariton fort „das gehört ebenso zur Vergangenheit all dieser Menschen, wie auch der verheerende Brand von 1831 oder die Anekdoten aus den Wirtshäusern. Was Sie jedoch aufzudecken versuchen, führt tief hinab in die dunkelsten Ecken des Verstandes – niemals kann ich zulassen, dass etwas derart grausames ans Tageslicht gezerrt wird; noch dazu von jemandem, dessen wahren Antrieb ich nicht kenne." „Entschuldigen Sie bitte", zwar versuchte Ralf, einen freundlichen Ton zu wahren, doch wurde ihm selbst recht schnell bewusst, dass er damit kläglich scheiterte – er konnte nicht verhindern, dass sich gar eine Art Kränkung in seine Stimme schlich. „Soll ich Ihnen etwas sagen? Wie würde es wohl Ihnen gehen, wenn Sie mitten in der Nacht plötzlich an einem komplett anderen Ort wären? Wenn mit einem Mal Geister und Dämonen um Sie herumtanzen und Ihnen ein Feuer beinahe die Haut verbrennen würde? Und wenn Sie endlich schweißgebadet aufwachen und nur noch den Kontakt zur Realität suchen, finden Sie sich zwar in Ihrem eigenen Bett wieder, doch erscheint wie aus dem Nichts eine unheimliche Kugel vor Ihren Augen? Ich jedenfalls habe soetwas noch nie gesehen: Dieses Licht schien tief in mein Innerstes zu leuchten und dabei Dinge aufzudecken, derer ich mir selbst nicht gewahr gewesen bin; ich habe geweint, Herr Unglaub. Seit Jahren hatte ich einmal wieder ehrliche, aufrichtige Angst. Daher: Nein, ich glaube, Sie können sich meinen ‚Antrieb' tatsächlich nicht vorstellen." Wutschnaubend hatte Ralf die letzten Worte beinahe gebrüllt, was ihm erst bewusst wurde, als der Raum wieder in der bleischweren Stille versank, die sie durch ihren Eintritt gestört hatten. Der Alte starrte ihn aus verwunderten Augen heraus an, ehe sich Verstehen in seinen Blick schlich. „Sie haben es gesehen?" fragte er ungläubig. „Was?! Wenn Sie die eben erläuterte Szene meinen, dann ja – selbst ich könnte mir so etwas nicht ausdenken." „Das erklärt vieles; vermutlich waren Sie deswegen auch derart versteinert, als ich Sie auf dem Waldstein getroffen hatte…Es tut mir wirklich sehr Leid, dass Sie in diese Sache hineingezogen worden sind. Wenn ich gewusst hätte, dass sie sich ausgerechnet Sie aussuchen würde, hätte ich Ihnen gleich unter die Arme gegriffen." Ralf verstand die Welt nicht mehr: War er dennoch richtig beim Alten? Würde er ihm endlich erklären, was genau in jener Nacht vorgefallen war? „Nun, ich bin hier. Fangen Sie an!" Andächtig schmunzelte Unglaub in seinen dichten Bart, „gut, aber zuerst einmal setzen wir uns hin". Schon im nächsten Augenblick segelten einige Papiere protestierend zu Boden, ganz so, als wären sie erzürnt darüber, überhaupt bewegt zu werden.

„Was Sie durchgemacht haben, nennt man Albtraum." begann Unglaub seine Ausführungen, wurde jedoch im nächsten Moment brüsk von Ralf unterbrochen. „Ich weiß selbst, wie man dazu sagt, verdammt – ich unterrichte Kinder! Jedenfalls meistens" schob er kleinlaut nach. „Nun, dann wissen Sie vermutlich auch, woher diese Art von Traum seinen Namen hat?" Ralfs Schweigen war für den alten Mann Antwort genug. „Ahja, aber Kinder unterrichten wollen. Man vermutete, dass sich ein Alb, eine Art Dämon also, auf die Brust des Menschen setzt und ihm ins Gesicht pustet, wodurch dessen schlimmste Ängste sich plötzlich Bahn brechen können." Auf Ralfs verdutzten Blick fügte er milde lächelnd hinzu: „Darf ich Sie etwas fragen? Sind Sie gläubig?" „Natürlich, ich gehe mindestens einmal im Jahr in die Kirche." „Ich habe Sie nicht gefragt, ob Sie Christ sind, sondern ob Sie glauben." „Und worin liegt dabei bitte der Unterschied?" „Mit Verlaub, Herr Benz, aber das sollten gerade Sie als Historiker wissen: Seit Jahrhunderten wurden im Namen Gottes, Allahs oder wie auch immer Sie ihn nennen wollen Kriege gefochten und Menschen getötet. Die Kirchen predigen ihren Anhängern, ein gottesfürchtiges Leben zu führen, während sie sich selbst wahre Paläste geschaffen haben. Alles mit dem Geld, das arme Seelen ihnen in den Rachen geworfen haben, um damit die ihnen vorher eingeredete Angst eindämmen zu können. Und während die lieben Schafe Wasser saufen, um Gott ja nicht zu erzürnen, schlürfen die Hirten teuren Wein." „Lassen Sie mich raten: Sie sind entweder Gnostiker oder Atheist." Leise lächelte Unglaub in sich hinein. „Weder noch, ich bin gläubiger Christ. Erst gestern war ich bei einem Abendgottesdienst in unserem Gotteshaus. Und dennoch denke ich, dass ich mir nicht von der Kirche vorschreiben lassen muss, wie genau ich meinen Glauben definiere. Nun also noch einmal meine Frage, Herr Benz: Sind Sie gläubig?" Es entstand tatsächlich eine kurze Stille, während in Ralfs Kopf zwei Stimmen lauthals gegeneinander anschrien. *Ahnung* hatte mittlerweile an Kraft gewonnen, war genährt worden durch all das, was er während der letzten Tage erlebt hatte und hämmerte nun mit Erkenntnis gegen seinen Schädel. Schließlich sagte er, „ja, das bin. Wenn Sie meinen, dass ich daran glaube, dass es mehr Dinge zwischen Himmel und Erde gibt, als wir zu begreifen in der Lage sind, dann ja. Nach dieser Nacht denke ich das wirklich..." „Sehen Sie, und schon haben Sie Ihre Antwort. Darum hat sie Sie erwählt." „Wer denn zum Teufel nochmal?" „Herr Benz, die Kugel, die Sie gesehen haben, war ein sogenanntes Totenlicht." „Das angeblich auf wandernde Seelen zurückzuführen sein soll, das weiß ich schon." Verwundert blickte Unglaub ihn aus seinen tiefen Augen an. „Und woher, wenn ich fragen darf?" „Ich habe Ihr Buch gelesen, ich geb's zu." Entgegnete Ralf kleinlaut. „Ach, da sieh mal einer an. Nun gut, dann wissen Sie wahrscheinlich auch, dass unsere Ahnen glaubten, solche Erscheinungen würden demjenigen, der sie sehen kann, gerne etwas bestimmtes sagen, von einem Unheil oder einer Ungerechtigkeit berichten, die ihnen widerfahren ist." „Das kommt mir bekannt vor, ja." „Gut, gut. Also, Herr Benz, was meinen Sie, will Ihnen das Licht erzählen?" Einmal mehr ertappte Ralf sich dabei, dass er Vertrauen in den Alten fasste, der ihn aus seinen tiefblauen Augen heraus musterte. Als Ralf seinen Blick erfasste, sah er darin uraltes Wissen schlummern – Erkenntnis, die in der heutigen Welt beinahe niemandem mehr gewahr wird, da sich die Menschen ihrer mehr und mehr verschlossen hatten. Nach einem kurzen Moment sagte er daher: „Ich denke, es hat eine Botschaft von Elfriede Schuberth für mich. Ich hatte kurz vor dem Traum ihr Tagebuch gefunden und darin gelesen, dass sie eine große Sünde begangen haben soll, die ihr sicher nie verziehen werden wird. Daher war ich auf dem Waldstein: Er muss irgendetwas damit zu tun haben." „Sehr gut, Herr Benz! Nun, ich bleibe dabei, dass ich Ihnen nicht genau sagen kann, was damals geschehen ist." „Und warum nicht?!" wieder hatte Zorn sich Ralfs bemächtigt. Warum nur hielt ihn der Alte derart zum Narren? Ähnlich, wie im Paradies eröffnete er ihm erst eine wunderbare Welt des Wissens, nur um sie nach einem kurzen Blick wieder vor ihm zu verschließen. „Weil ich es selbst nicht weiß! Ich fand im Kirchenbuch einen kurzen Eintrag zu Elfriedes Tod, konnte mir jedoch bis jetzt keinen Reim darauf machen, da keinerlei genaueren Informationen dazu angegeben worden waren. Allerdings habe ich eine Vermutung." „Und die wäre?" „Es gibt eine kurze Notiz des Pfarrers, der einige Tage nach ihrem Verschwinden und dem Auffinden des ominösen Abschiedsbriefes eine Andacht für sie gehalten hat. Darin erwähnte er ebenfalls eine Sünde, führte jedoch nicht näher aus, um was genau es sich gehandelt hat, da der Satz plötzlich abbricht." Ralf stutzte: „Ist die Tinte verlaufen, oder was." „Jemand hat einen Teil der Seite entfernt, Herr Benz. Jemand, der nicht wollte, dass die Wahrheit ans Licht kommt." „Nun fangen Sie aber an, zu spinnen! Glauben Sie tatsächlich, es gibt in diesem Kaff eine Verschwörung à la Dan Brown? Die Illuminaten von Zell, oder was?" „Nun, immerhin haben Sie die Erscheinung gesehen, oder nicht? Und ich bin sicher, dass Sie tief in Ihrem Innersten bereits fest davon überzeugt sind, mir glauben zu wollen."

„Angenommen, es wäre so, was bitte soll die ‚Sünde' gewesen sein, wegen der man Elfriede aus der Geschichte tilgen wollte?" „Ich weiß es nicht – aber es muss etwas gewesen sein, dass eine junge Seele in den Augen ihrer Mitmenschen von Grund auf verdorben hat. Sosehr, dass sie bis heute keine Ruhe findet. Und da kommt für mich eigentlich nur eine Sache infrage." Ralf grub tief in seinem Gedächtnis. Die anfangs leise Stimme der *Ahnung* hatte die *Vernunft* mittlerweile vollends übertönt und schrie den Protest lautstark heraus, sodass er schließlich nicht mehr anders konnte, als ihr zu folgen. Alle Puzzleteile, die er bislang gefunden hatte, deuteten auf eine einzige Möglichkeit hin: Der Liebhaber, die Sünde, das schwindende Ansehen von Elfriedes Eltern; schließlich vervollständigte er den Satz: „Sie war schwanger. Unverheiratete Frauen, die Kinder bekommen, wurden der Unzucht bezichtigt und aus der Gemeinde ausgeschlossen, aber das war" „Ja, sagen Sie es ruhig" „das war im Mittelalter der Fall." „und wann glauben Sie, hat das Mittelalter geendet? Mit Luther, Gutenberg, dem Sturz Konstantinopels? Nein, Herr Benz, Sie können die Vergangenheit nicht einfach in Kapitel unterteilen." Mit einer wegwerfenden Handbewegung macht Unglaub seinem Unmut Luft: „Manche Denkweisen haben sich viel länger erhalten, als wir es uns vorstellen können – und dauern teils gar noch an." „Also meinen Sie wirklich, Elfriede sei aufgrund der Schwangerschaft verstorben? Denken Sie, sie hat sich umgebracht, um damit das Geheimnis zu schützen?" „Nein, ich denke, jemand hat ihr etwas Schreckliches zugefügt. Etwas, dass nicht allein ihren Körper, sondern auch ihre Seele nicht verkraften konnten. Geben Sie mir ein wenig Zeit – nachdem ich nun endlich etwas mehr über die Hintergründe weiß, kann ich vielleicht etwas herausfinden, doch ist es noch zu früh, um Vermutungen anzustellen." „Was genau wissen Sie denn? Ich habe Ihnen nur von meinem Traum erzählt." „Genau das; wenn Elfriede dadurch Kontakt zu Ihnen aufnehmen wollte, müssen wir ihr Glauben schenken und der Spur folgen, die sie uns vorgibt. Kommen Sie morgen wieder; vielleicht kann ich Ihnen dann mehr erzählen!" Mit diesen seltsamen Worten wedelte Unglaub mit seiner faltigen Hand in Richtung der Tür, während er sich in einen alten Ledersessel inmitten unzähliger Folianten fallen ließ. Zwar wollte Ralf noch protestieren, ihm sagen, dass er so nicht mit sich umspringen ließ und er ihm immerhin auch alles erzählt hatte, was er wissen wollte, doch ehe er die passenden Worte auf der Zunge hatte, war die Haustür bereits ins Schloss gefallen und er stand vollends alleine da – lediglich das leise Summen der alten Maschinen hallte noch einen Moment lang in ihm nach. Vermutlich hatte der Alte Recht: Ihm blieb nichts anderes übrig, als ihm zu vertrauen und abzuwarten, was er herausfinden würde. Allerdings war bereits im nächsten Moment ein Plan in Ralfs Gedanken gereift, wie er dennoch derweil auf eigene Faust weitersuchen könnte – der Einfall, der beim Schmökern in den Geschichtsmagazinen Gestalt angenommen hatte, brach von Neuem ans Licht. Er blickte sich kurz um und machte sich, nachdem er ganz in der Nähe einen kleinen Wegweiser entdeckt hatte, auf zur Kirche.

Diese Elenden lassen einfach nicht ab, Sünde auf ihre Häupter zu laden! Nicht allein hätte er nun den Alten an der Backe, er würde sich auch um den Jungen kümmern müssen. Schmerzlich verzog er die Augen, schon wieder derart viel zu tun – doch es half nichts: Er würde seine Aufgabe erfüllen. Mit einem leisen Rascheln verschwand er aus dem Gebüsch und machte sich auf den Weg. Einige Meter über ihm legte Unglaub gerade den Telefonhörer an sein Ohr und atmete noch einmal tief durch, während die Technik die Verbindung aufbaute. Ein Leises Klacken zeigte an, dass sein fernes Gegenüber den Anruf angenommen hatte, ohne jedoch ein Wort der Begrüßung zu sagen. „Ich bins. Wir haben ein Problem." Während Albert in kurzen Sätzen schilderte, was genau ihm Ralf einige Minuten vorher erzählt hatte, begann sich der durch die hitzige Unterhaltung aufgewirbelte Staub langsam wieder auf die Bücher zu legen. Nichts entkam der Zeit; ständig schreitet sie voran und verwandelt das, was heute noch schillernde Zukunft war, schon im nächsten Moment zur sehnsüchtigen Erinnerung.

Kapitel XI

Der kleine Markt schien mittlerweile komplett ausgestorben zu sein. Zwar hatte Ralf sich schon immer gefragt, ob überhaupt mehr als jene 20 Menschen in diesem Kaff wohnten, die er während seiner Zeit im Ort kennengelernt hatte, doch war es nun selbst ihm ein wenig zu ruhig auf den Straßen. Es schien beinahe, als hätte sich das Leben komplett hinter die dicken Mauern und blinden Fenster der alten Häuser zurückgezogen. Er war mittlerweile am Pfarramt angekommen – jenem Ort, der ihm vielleicht dabei helfen würde, endlich Licht ins Dunkel zu bringen. Was genau ihn hierher geführt hatte, wusste er selbst nicht sicher zu sagen; immerhin hatte Unglaub ihm glaubhaft versichert, dass sich keinerlei Spuren in den Kirchenbüchern finden ließen. Und dennoch hatte er das Bedürfnis, sich den Eintrag zu Elfriedes Tod selbst genauer anzusehen, da es mit Ausnahme des Tagebuches das Einzige war, das ihre Existenz überhaupt bestätigen konnte und damit auch Ralfs Albtraum nicht zum bloßen Hirngespinst degradierte. Vor der massiven Holztür angekommen, schellte er kurz bei „Pfarrbüro", erhielt jedoch ebenso wenig eine Antwort, wie bei „Pfarrwohnung". Vermutlich war der Geistliche gerade unterwegs, um irgendjemanden entweder von den Sünden zu erzählen, die er sein ganzes Leben über aufgehäuft hatte und die ihm am Betreten des Himmelsreiches hindern würden, wenn er sie nicht sofort bereute. Oder aber, um den weltlichen Gelüsten nachzukommen – immerhin war es Mittag geworden. Auch Ralf spürte mit Blick hinauf zu den großen Zifferblättern der Turmuhr, wie sich ein tiefes Grummeln in seinem Magen ausbreitete und beschloss daher, im direkt neben Kirche und Pfarramt gelegenen „Weißen Ochsen" eine kurze Brotzeit einzulegen. Kaum hatte er die Tür geöffnet, die die seltene Bewegung mit einem lauten Knarzen quittierte, fand er sich in einer anderen Welt wieder. Über alten, abgewetzten Tischen, wie er sie auch aus dem „Roten Schloss" kannte, hingen umgebaute Petroleumlampen, die hin und wieder ein zurückhaltendes Seufzen von sich gaben, wenn ein Luftzug sie kurz in Schwingung versetzte. Dem Staub nach zu urteilen, der sich über die Oberflächen ausgebreitet hatte, waren einige Plätze schon seit Jahren nicht mehr besetzt worden, doch staunte Ralf nicht schlecht, als er in einer Ecke, eingerahmt von zwei alten Bleiglasfenstern, durch die das Licht der Außenwelt nur schwer hindurchzukommen schien, tatsächlich einige Gäste entdeckte, die ihn mit argwöhnischen Blicken musterten.

„Kenndn Sa ament aweng auf die Seidn geh? Ich misserd amoll schnell durch!" quiekte es plötzlich hinter ihm. „Oh Verzeihung!“ mit einem schnellen Schritt nach rechts gab er den Weg für eine kleine Dame frei, die vier Bier für die Wartenden auf einem schweren Tablett von der Theke in Richtung der seltsamen Gesellschaft balancierte. Schwungvoll knallte sie ein Glas nach dem anderen auf die alte Holzplatte, ritzte mit einem Kugelschreiber jeweils einen Strich in die mitgelieferten Filze und drehte sich anschließend zu ihm um: „So, und wos derf ich Ihnen bringa?“ „Äh, ich bin auf der Suche nach einer kleinen Brotzeit. Hätten Sie etwas in der Art da?“ Brüsk blickte die Frau, bei der es sich allem Anschein nach um die Wirtin persönlich handelte, aus ihren zusammengekniffenen Augen heraus an. „No freilich hammer wos do! Mir senn immerhin a Werdshaus – habt ihr des ghert“ rief sie schon im nächsten Moment zu den Gästen in der Ecke „kummt des Kedderla in a Werdhaus und wass net, obs wos zer essn gibt. No Sie semmer jo aaner!“ dabei gab sie ihm einen leichten Klaps auf die Schulter, ehe sie nachschob „donn Sa sich derwall amoll do hindn nohoggn. Ich breng Ihnen gleich die Kaddn.“ und Richtung Küche verschwand.

Kurze Zeit später stand nicht allein ein kühles Wasser vor Ralf auf dem Tisch, sondern es lag auch die in abgegriffenes Leder eingeschlagene Speisekarte vor ihm, die seinen Hunger – das musste er ehrlich zugeben – nur noch mehr anfachte. Eigentlich hatte er gedacht, nur einige Kleinigkeiten in der Auflistung zu entdecken, doch las sich die angebotene Auswahl eher wie die eines großen Hotels: Frische Entenbrust, hausgemachte Rouladen, Hirschbraten. Mit jedem Gericht, das sich in sein Blickfeld schob, wurde Ralf hungriger. Letztendlich orderte er zwei Scheiben Wildfleisch mit Klößen und einer scheinbar selbstgemachten Soße, die ihm die kleine Wirtin recht schnell an den Tisch brachte. Damit schien die Aufmerksamkeit, die er bei seinem Eintreten erregt hatte, wieder abgeflaut zu sein: Auch die vier Gesellen am Ecktisch hatten sich wieder ihren Biergläsern zugewandt und schenkten ihm keinerlei Beachtung mehr, wobei sich zwischenzeitlich jeweils ein weiterer Strich zu seinem Kumpan auf den Bierfilz gesellt hatte. Schließlich dröhnte es aus einer der von Bier und Schnaps rau gewordenen Kehlen: „Iich hob scho immer gewusst, dass des ercherdswenn amoll bassiern werd. Hob ichs eich net gsocht? Irgendwenn kummt alles raus." „Nojo, obber wer rechend denn mit suwos?" fragte ein anderer „nuch derzu bei uns. Ich maan, es det mich jo net wunnern, wenns in Hof odder Boreith gewesen wär, obber o der Soolquell?!" „Nojo, etzt kemmers jo wengstens gor unter die Erdn bringa." Ralf war mittlerweile hellhörig geworden: „Entschuldigen Sie, wenn ich frage." Allein diese kurzen Worte brachten ihm vier verwunderte, im nächsten Moment abschätzige Blicke ein. „Was ist denn geschehen?" „A Leich hammsa gfunna drumm der Soolquell. Scheinds a Maadla, su genau konndmer des nimmer song." „Ach du liebe Güte! Und woher wissen Sie davon?" „Junger Moo, Sie senn in Zell. Do blebbd nichts lang geheim, des missdn sa doch middlerwaaln selber derfohrn hoom." schallte es vom Tresen, von wo aus sich auch die Wirtin in das Gespräch eingeklinkt hatte. Nun, eine Sache fiel Ralf sofort ein, die bis heute niemand zu wissen schien – allerdings wäre das wohl kaum das richtige Thema, um es hier vor fünf wildfremden Menschen anzusprechen. Daher folgte er einer anderen Taktik: „Und gibt es denn schon Vermutungen, was es mit der Leiche auf sich haben könnte. Ich meine, irgendjemand muss sie ja dort oben vergraben haben, oder lag sie einfach auf dem Boden?" „Nana, die wolldn die Quellfassung aweng zammrichdn und beim Ausgrohm hammsa sa nocherd gfunna. Es ist scheinds a gleich die Polizei ghulld worn, obber fier die wor des nix." „Warum? Ich meine, schon öfter von solchen Fällen gehört zu haben und meist fand man wenigstens ansatzweise Indizien für die Identität der Person." „Nojo scho, wennsa denn nuch lebendicha Verwandta hod. Allerdings lichd die Leich wahrscheinlich scho seid gut 120 Johrna do drumm. Su jedenfalls hotzmer der Alfred derzillt und der musses wissen, waller midder Bolizei drieber geredt hot."

„Na Alfred kosd a scho net alles glaam, Werner!" eine siebte Stimme, deren Ursprung Ralf im ersten Moment nicht zu verorten wusste, hatte sich in die Unterhaltung eingeklinkt. Erst nach einem kurzen suchenden Blick, den er durch die gesamte Wirtschaft schweifen ließ, erkannte er schließlich eine Gestalt, die im Durchgang zu einer Art Nebenzimmer zu sitzen schien. Langsam erhob sie sich aus dem Halbdunkel und schob sich in den Schein der andächtig innehaltenden Lampen. Es war eine alte Frau, deren gebückte Gestalt auf ein arbeitsreiches Leben zurückzuverweisen schien. Die schlohweißen Haare hatte sie sich zu einem Knoten am Hinterkopf zusammengebunden, sodass das faltige Gesicht mit der auffallend roten Knollennasse noch stärker in den Fokus rückte. „Denn sei Vodder wor scho a Gimbl und der is aa aaner!" setzte sie in diesem Moment mit einer leicht brüchig klingenden Stimme nach. „Und wen hammer etzt do? Schmeckts Ihnen bei uns?" vollends überraschend und für ihr Alter unheimlich flink hatte sie sich Ralf zugewandt und war an seinen Tisch getreten. Die kleinen wachen Augen musterten ihn argwöhnisch. „Äh, ja, sehr lecker, Frau…?" „Weber, Agnes Weber. Die Chefin hier" half sie ihm auf die Sprünge, zuckte jedoch zusammen, als es aus der Küche schallte „EX-Chefin, Schwiegermutter! Denk dro, dassda die Leid net immer owaafn sollst." „Jaja, oowaafn..." grummelte die Alte und ließ sich schwer auf den freien Stuhl direkt gegenüber Ralfs Platz fallen, wobei sie ein angestrengtes Stöhnen von sich gab. „Sie senn ament der Gung aus Hamburch, gell? Die Uschi hodd mer scho derzillt, dass Sie bei die Schuberth eiquartiert senn." Ralf ertappte sich dabei, wie er seine Kartei nach den erwähnten Namen durchforstete – es war eine Eigenart der Zeller, sich stets mit Vornamen anzureden oder aber, was noch undurchsichtiger war, einen Spitznamen zu verwenden. Schließlich dämmerte ihm, dass es sich bei „Uschi" um die Metzgerin handeln musste, die er bereits als Mittelpunkt jedweder Nachrichtenübermittlung im kleinen Örtchen kennengelernt hatte. So antwortete er schließlich „Richtig, das stimmt!" und setzte kurz nach „Darf ich hinzufügen, dass Ihr Essen wirklich sehr, sehr lecker ist? Ich habe schon ewig keinen derart guten Wildbraten mehr gegessen." „No des freid mich, wenns Ihna schmeckt! Middlerwaaln kumma jo fast kaana Leid mehr zu uns ins Essn. Die meisten wolln bluusner aweng a Bier odder an Kaffee drinken. Wissen Sa, wie iich nuch jung und knackig gwesen bin" (nur mit Mühe konnte sich Ralf ein leichtes Schmunzeln verkneifen) „do hotts in Zell nuch ocht Werdsheiser gehm. Heid senn bluusner mir und die Scherzer iebrich gebliem. Wemmers richdich sieht, hammer demnoch gwunna." „Wie meinen Sie das?", natürlich erinnerte sich Ralf noch an sein Gespräch mit Susi, doch hatte er schon während des Studiums gelernt, sich immer auch die andere Seite anzuhören, ehe er zu einem Urteil kam. „Nojo, Sie kenna sich doch bestimmt vorschdelln, dass mer sich zwischenzeidlich immer aweng middereranner gschdriidn hot, odder? Immerhin wollt mer jo mehra Gäst hoom, als die annern. Des wor besonders bei die Schuberth und die Hafenrichter schlimm." Hafenrichter? Bei diesem Namen glomm eine kurze Erkenntnis in Ralfs Unterbewusstsein auf – Susi meinte doch, zwischen „Rotem Schloss" und „Weißem Ochsen" wäre der Kleinkrieg um die Vorherrschaft im Bierausschank besonders dramatisch gewesen. „Darf ich kurz nachfragen, wen Sie mit Hafenrichter meinen?" „No unnera Vorgänger. Ich glaab, die senn sellmoll aus Weißenstadt rieberkumma, hamm do des Werdshaus iebernumma und nochert o uns obgedredn, nochdem sa sich nimmer recht wohlgfühlt hamm." „Hmm, und das heißt?" „Nojo, mei Mudder hodd des Werdshaus sellmoll iebernumma – des muss vor gut 80 Johrna gwesn saa. Iich selber kenn die Hafenrichter a bluusner vom Seng her. Middlerwaaln lebt jo kaaner mehr vo denna bei uns. Su richdich ookumma senn sa nie in Zell und nochert kam hald a nuch der Streit mit die Schuberth derzu." „Damit meinen Sie die Wirte vom ‚Roten Schloss', richtig?" „No freilich, die hamm sich richdich middereranner oogelecht und kaans wass genau, warum. Eichendlich hätten sa sich schee na Marktblodz aufdaaln kenna, obber nojo, des wor hald nix. Und derzu kohm nuch der seltsama Bosch, denn sa ghabt hamm. Ich ko mich bluusner vage o sei Gsicht erinnern, obber der hot su wos oo sich ghabt, wuusder net genau gewissd hosd, wosser gedocht hot." „Warum?" „Nojo, iich hob na jo bluus als eldern Moo kennagelernt, obber mer hot sich derzillt, dasser frieher amoll a recht scheener Kerl gewesen saa soll. Auf jeden Foll kond mer nie su richdich seng, wos groodner in sein Kupf vorgied und a wenig durchdriehm musser a gewesen saa." „Ich hobbder doch scho dreimoll gsochd, du sollsd unnera Gäst in Ruh lossn!“ Unbemerkt hatte sich die eigentliche Chefin des Hauses hinter die Alte geschoben und funkelte sie nun aus bösen Augen heraus an. „Entschuldigen Sie, obber des macht sa immer su!“ murmelte sie, während sie Agnes Weber vom Stuhl hochzog und in die Küche schob. Schnell beendete Ralf sein Mittagsmahl, drückte der Wirtin ein Trinkgeld in die Hand und verließ die Wirtsstube, jedoch nicht, ohne sich von einem kleinen Tischchen, das in der Ecke stand, die aktuelle Ausgabe der „Frankenpost“ mitzunehmen, auf deren Titelseite tatsächlich vom „Skelettfund an der Saalequelle“ berichtet wurde:

> Zell: Einen grausigen Fund machten die Bauarbeiter, die derzeit damit beschäftigt sind, die Fassung der Saalequelle zu erneuern. Beim Aushub einer Baugrube stießen sie gestern auf ein menschliches Skelett, das jedoch, wie der dazu gerufene Gerichtsmediziner unserer Zeitung heute bestätigte, keinem aktuellen Mordfall zuzuordnen ist, sondern scheinbar schon wenigstens 120 Jahre an der Quelle vergraben lag. Nähere Angaben wollte er mit Blick auf die dennoch eingeleiteten Ermittlungen nicht machen, gab jedoch zu bedenken, dass nach einer derart langen Zeit vermutlich alle Spuren eines vermeintlichen Verbrechens getilgt wären.

Stirnrunzelnd ließ Ralf die Zeitung sinken – konnte es wirklich sein, dass dieses Skelett Elfriede…? Schnell wischte er den Gedanken zur Seite; wenn er während des

Studiums etwas gelernt hatte, dann dass voreilige Schlüsse meist nicht zu einem korrekten Ergebnis führten. Er nahm sich vor, die Sache weiterzuverfolgen, jedoch vorerst mit seinem eigenen Plan fortzufahren. Zu seiner generellen Verwunderung kam die Tatsache, dass er einfach nicht schlau aus diesen Zellern wurde. Wer mit wem, wann, warum und warum nicht eine Fehde oder was auch immer hatte, überforderte so langsam aber sicher seinen Verstand. Und das musste etwas heißen, wenn man bedenkt, dass es gerade die verzwickten historischen Begebenheiten gewesen sind, die ihn schon in der Universität gereizt hatten. Gerne hätte er mit Frau Weber noch das ein oder anderen Wort über Elfriede Schuberth ausgetauscht – immerhin scheint sich die Ex-Chefin recht gut im Geflecht der Zeller Familien auszukennen, wenngleich sie nicht alles miterlebt haben konnte – doch war es nun ohnehin an der Zeit, es noch einmal beim Pfarramt zu versuchen.

Energisch drückte Ralf auf den Klingelknopf und tatsächlich schnorrte schon im nächsten Moment der automatische Türöffner, der ihm Zutritt zu einem der schönsten Häuser gewährte, die er bislang in Zell gesehen hatte. Ein majestätisches Gewölbe überspannte den gesamten Eingangsbereich und bildete in dessen Mittelachse ein Geäst aus einzelnen Bögen, die prachtvoll mit kleinen Blumen und floralen Mustern bemalt waren. Vom Flur aus gingen drei Türen ab, über denen Frakturbuchstaben auf die zugehörigen Räume verwiesen: „Pfarrbüro", „Pfarrwohnung" und „Archiv" stand auf dem gelblich-weißen Putz geschrieben. Hinter der linken Tür hörte Ralf einen kurzen Nieser, gefolgt von einem langen Schnäuzer und einem „Woss iss denn etzert. Kummt do aans odder net?" Verdattert realisierte Ralf, dass er der Angesprochene war, klopfte kurz an das alte Holz der Tür und trat nach einem „No!“ in den kleinen Raum, in dessen Mitte ein prachtvoller Schreibtisch thronte. „Grüß Gott!“ rief ihm die kleine Gestalt entgegen, die sich, hinter Akten und einer martialisch anmutenden Schreibmaschine verborgen, gerade von ihrem Sessel erhob. „Guten Tag“ brachte Ralf stotternd heraus – einmal mehr eines dieser „Originale“ mutmaßte er. „Ach, der Norddeutsche!“ war die Antwort des kleinen Männchens, das sofort in ein einigermaßen verständliches Hochdeutsch gewechselt hatte. „Mein Name ist Otto Schneider. Ich bin der Mesner Schrägstrich Hausmeister Schrägstrich Pfarramtsbüro-Leiter hier in Zell. Wie kann ich Ihnen helfen?“ Schnell hatte Ralf sich wieder gefangen: „Nun, zuallererst könnten Sie mir erklären, woher Sie so genau wussten, wer ich bin.“ „Hähä, nun ja, ‚Guten Tag‘ hört man bei uns nur recht selten und da ich aus zuverlässiger Quelle“ für den Bruchteil einer Sekunde schossen seine Augen durch die Wand hindurch und in die Richtung der Metzgerei „weiß, dass Sie im ‚Roten Schloss‘ kampieren, war es die einzige Möglichkeit. Also, wie kann ich Ihnen helfen?“ „Äh ja, nun gut, ich suche nach den Kirchenbüchern.“ „Ja…und weshalb, wenn ich fragen darf? Die laufenden Akten sind nur für Personen einsehbar, die nachweislich mit den darin Erwähnten in einem verwandtschaftlichen Verhältnis stehen.“ Sofort erkannte Ralf, dass er es hier mit einem Bürokraten erster Ordnung zu tun hatte, der die Richtlinien und Vorschriften vermutlich während der (gut geschätzten) zwanzig Jahre Dienst im Amt auswendig gelernt hatte. Allerdings kannte er sich ebenfalls gut genug mit dem Gesetz aus: „Ja, da haben Sie natürlich Recht. Allerdings suche ich den Band von 1865, der aufgrund des Alters nicht mehr unter die Datenschutzbestimmung fällt und damit frei zugänglich ist.“ Schneider verzog kurz das Gesicht – anscheinend ärgerte es ihn, einen ebenbürtigen Gegner gefunden zu haben – ehe er schnorrte: „Na schön, na schön! Sie haben Glück, die Bände sind erst vor gut einer Woche hier eingetroffen.“ „Warum das? Waren sie denn weg?“ „Wir haben, wie alle Gemeinden das taten, unsere Kirchenbücher an das Kirchenarchiv in Nürnberg abgegeben, damit sie dort fachmännisch aufbewahrt werden konnten. Ich hatte damals ausgehandelt, dass wir dafür Micro-Fiche bekommen, um Antragsstellern dennoch Zugang vor Ort gewähren zu können.“ Ein gewisser Stolz schwang ob dieser Leistung in seiner Stimme mit. „Allerdings hat unser Pfarrer nun durchgesetzt, dass die Originale wieder hierher zurückkommen. Warum genau, weiß ich auch nicht – immerhin nehmen diese Dinge nur unnötig Platz weg. Aber bitte, der Herr befiehlt und wir folgen.“

„Kann ich denn nun den Band von 1865 sehen, oder nicht?“ hakte Ralf nach, ohne auf die Befindlichkeiten des Büroleiters einzugehen. „Natürlich!“ sagte dieser zu seiner größten Überraschung, fügte jedoch hinzu „nachdem Sie einen Antrag ausgefüllt haben“ und schob ihm einen Vordruck hin, der verdächtig nach der Kopie einer Schreibmaschinenseite aussah. Schnell kritzelte Ralf seinen Namen, seine derzeitige Anschrift und den Zweck seiner Recherchen („Familienforschung“) auf die dafür vorgesehenen Linien und gab Schneider das Papier mit einem freundlichen Lächeln zurück. Der überflog es kurz, nickte abschätzig und heftete es, nachdem er es fein säuberlich gelocht hatte, in einem Ordner ab, ehe er sich wieder auf seinen Sessel fallen ließ. „Nun? Wo soll ich hin?“ fragte Ralf nach einem kurzen Moment der Stille. „Wie, wohin?“

„Na, um das Buch anzusehen – soll ich ins Archiv, holen Sie es her? Wie machen wir es denn?" „Entschuldigen Sie bitte, aber der Antrag muss erst noch genehmigt werden!" Ralf konnte sich den Schrei gerade noch verkneifen – zwischen den Zähnen hindurch flüsterte er „und wann genau wird das sein?" „Anträge werden jeweils wöchentlich am letzten Dienstag abgearbeitet. Das heißt also, Sie können nächste Woche wieder vorbeischauen. Bis dahin wünsche ich Ihnen alles Gute und eine schöne Zeit in Zell. Bitte schließen Sie die Tür hinter sich, wenn Sie hinausgehen." Das konnte doch nicht wahr sein! Schon wieder stand er also vor einer Sackgasse, weil einer dieser sturen Holzköpfe meinte, er müsste ihm, dem Städter zeigen, wie es hier, auf dem Land, zuginge. Wutschnaubend drehte Ralf sich um, griff die Klinke und riss die Tür mit einem Ruck auf. Eben wollte er hinausstürmen, als ein junger Mann in sein Blickfeld trat und ihn freundlich musterte. „Guten Tag! Kann ich Ihnen helfen?"

„Ach, der Herr Pfarrer! Na das ist aber eine Überraschung. Dieser Herr möchte sich die Kirchenbücher ansehen. Ich habe ihn bereits darauf hingewiesen, dass er die normale Arbeitsfrist von bis zu…" „Herr Schneider, wie viele Besucher hatten wir im letzten halben Jahr hier, die sich die Bücher bzw. die Micro-Fiche ansehen wollten?" „Äh, ich müsste in den Akten nachsehen, Herr Pfarrer. Einen Moment!" Schnell kramte der Mesner eine mit einigen Heftklammern versehene Mappe aus einem der Stapel hervor. Der Pfarrer indes warf Ralf einen schalkhaften Blick zu, ehe er sich wieder an seinen Angestellten wandte „Nun?" „Also einschließlich dieses Herren waren es… genau zwei, Herr Pfarrer." „Hmm, was also werden wir tun, um diese wenigen Besucher bestmöglich bei ihren Arbeiten zu unterstützen?" „Äh, ihnen direkten Zugang gewähren? Aber Herr Pfarrer, das ist gegen..." „Mir ist vollends bewusst, dass das nicht in Ihr Regelwerk passt, Herr Schneider. Aber jetzt sind Sie so gut und öffnen diesem Herren die Tür zum Archiv, legen ihm das gewünschte Werk auf den Tisch und lassen ihn seine Recherchen durchführen." „Sehr wohl, Herr Pfarrer." Während Schneider an den beiden vorbeistürmte, wurde Ralf sich bewusst, dass er sich gerade einen Feind gemacht hatte – zwar freute er sich über den Sieg, doch war vollends klar, dass der Mesner es ihm irgendwann einmal zurückzahlen würde. „Ich danke Ihnen, Herr..." Ralf fiel ein, dass er den Namen des relativ jungen Mannes noch nie gehört hatte, doch half der ihm sofort aus: „Hofner. Sebastian Hofner. Seit gut sechs Jahren der Pfarrer dieser kleinen Gemeinde." „Angenehm, Herr Hofner. Mein Name ist Ralf Benz und ich..." „Sie wohnen drüben, im ‚Roten Schloss', ich weiß." Ralf verkniff sich die Frage nach der Quelle seines Wissens, da er bereits ahnte, woher auch der Pfarrer seine Informationen beziehen würde. „Nun, wie dem auch sei, freut es mich sehr, dass Sie uns besuchen. Immerhin sind Sie der Erste, der die Originale der Bücher in Augenschein nehmen kann, nachdem wir sie aus Nürnberg zurückgeholt haben. Selbst Herr Unglaub hat noch keine Zeit gefunden, sie sich genauer anzusehen." Wenn die Welt das sprichwörtliche Dorf war, stellte Zell eine Seitengasse, nein, besser noch ein Zweifamilienhaus dar. Jeder kannte jeden und war irgendwie mit ihm oder ihr verwandt, befreundet oder auch verfeindet. Allerdings wunderte sich Ralf tatsächlich etwas über den ausgebliebenen Besuch des alten Mannes – immerhin hatte Unglaub auf ihn den Eindruck gemacht, neuen Informationen sofort hinterherzujagen. Warum er sich demnach noch nicht die Zeit genommen hatte, um die neu eingetroffenen Bücher endlich im Original zu studieren (das non plus ultra für alle Historiker), wollte Ralf nicht einleuchten. Er würde ihn bei nächster Gelegenheit danach fragen. Nun jedoch folgte er dem Wink des Pfarrers und fand sich kurz darauf inmitten eines leicht muffig riechenden Kellergeschosses wieder, in dem sich an den Wänden unzählige, in schwarzes Leder gebundene Folianten fanden, auf die mehr schlecht als recht an den bröckelnden Decken angebrachten Neonröhren ein steril-weißes Licht warfen.

Einer davon lag aufgeschlagen auf einem wackligen Tisch und trug, in feinster Schrift verfasst, die Jahreszahl „1865" auf dem Titelblatt. Schnell bedankte Ralf sich bei Pfarrer und Mesner, die einander düstere Blicke und im nächsten Moment die Tür zuwarfen, ehe er sich endlich ans Werk machen konnte. Unglaub hatte berichtet, dass es einen Eintrag zu Elfriedes Tod geben sollte und tatsächlich stieß Ralf auf den letzten Seiten des Bandes auf eine Art Inhaltsverzeichnis mit einer alphabetischen Namensliste. Schnell hatte er alle Einträge zu „Schuberth" durchstöbert und war schließlich fündig geworden:

> 18. Dezember 1865 starb in Gott seel. Elfriede Margaretha Schuberth, Tochter des Gastwirts Johann Schuberth dahier im Alter von 21 Jahren. Da es der Herr für gut befunden hatte, seine Tochter an unbekannter Stelle zu sich zu rufen, fand eine Andacht in hiesiger Kirche statt, doch musste die Beerdigung auf unbekannte Zeit verschoben werden.

Wie Unglaub gesagt hatte, fanden sich keinerlei näheren Informationen und doch kam Ralf irgendetwas an diesem Eintrag seltsam vor. Er durchforstete sein Hirn nach den gesuchten Informationen und tatsächlich – sein Gedächtnis für Zahlen ließ ihn einmal mehr nicht im Stich. Der letzte Eintrag im Tagebuch von Elfriede datierte auf Ende Mai 1865. Und knapp ein halbes Jahr später war sie tot. Was nur mochte dem Mädchen zugestoßen sein? Gab es tatsächlich einen Zusammenhang zwischen der „Sünde" und ihrem Tod? Wenn ja, wer könnte etwas damit zu tun haben? Fragen über Fragen, die durch Ralfs Kopf rasten und ihm damit das Denken erschwerten. Nach einem kurzen Moment atmete er schließlich tief durch und machte sich auf die Suche nach dem letzten Puzzlestück, das er hier zu finden hoffte, dem Eintrag des Pfarrers, von dem ihm Albert berichtet hatte. Aufmerksam ließ er seinen Blick über die vergilbte Seite wandern, die von oben bis unten in andächtiger Schrift von den Todesfällen der Gemeinde kündete. Tatsächlich fand er schließlich am unteren Ende einen kurzen Vermerk, der mit einem Stern versehen war:

> * Ein jeder Mensch trägt die Sündenlast mit sich herum. Nur der rechte Glaube mag uns dabei helfen, sie zu tilgen. Zwei, aber nur ein Fleisch liegen dort begraben, die itzo nach dem Tod, die Erd zur Mutter haben. Gott wird ihre Seelen laben. Der Himmel hat ein Englein mehr – der Hl. An

Damit brach der Eintrag ab. Ralf stutzte, es waren gleich mehrere Punkte, die ihm seltsam erschienen. In seiner Grübelei bekam er nicht mit, wie sich der Pfarrer langsam durch die Türe schob und über seinen Kopf hinweg einen Blick auf die aufgeschlagene Seite warf. Erst durch sein leises „Hmm" machte er auf sich aufmerksam und entlockte Ralf einen kurzen Schrei, für den er sich im nächsten Moment schämte. „Meine Güte, haben Sie mich erschreckt!" „Oh, das tut mir sehr Leid, Herr Benz, aber nachdem ich ihretwegen meinen Mesner vergrault hatte, dachte ich, dass ich wenigstens kurz einen Blick auf den Grund für Ihren Besuch werfen dürfte. Sehr geheimnisvoll, das muss ich zugeben." Ralf hatte sich zwischenzeitlich zum Geistlichen umgedreht, der sich in seiner vollen Größe vor die Lampe gestellt hatte und dadurch einen etwas düsteren Eindruck vermittelte. „Was genau meinen Sie?" „Nun, diese Passagen dort unten" und zeigte auf den mit einem Stern gekennzeichneten Eintrag, „wissen Sie, in der Kirche befindet sich der Grabstein für die Kinder eines meiner Vorgänger, auf dem sich exakt der gleiche Spruch findet." „Ach ja?" Ralfs Interesse war sofort geweckt, „und was meinen Sie, hat es damit auf sich?" „Nun, es waren vier Kinder, die kurz nacheinander verstorben waren und ich nehme an, dass sich das „gleiche Fleisch" auf ihre Verwandtschaft bezieht." Ralf hatte es ohnehin bereits geahnt, doch sah er sich nun in seiner Vermutung bestätigt: Der Pfarrer musste etwas von Elfriedes Schwangerschaft gewusst haben und hatte die ungeborene Seele des Kindes mit in das Register aufgenommen. „Ja, das würde Sinn machen. Vielleicht bezog es sich ja auf ein Geschwisterpaar" schlussfolgerte Ralf, der aus irgendeinem Grund nicht wollte, dass der Pfarrer die genauen Zusammenhänge mitbekam und damit den Dorfklatsch, zu dem er sicher auch hin und wieder interessante Neuigkeiten beitrug, nährte.

„Nun, ich denke eher, es waren Mutter und Tochter“ schockierte ihn dieser im nächsten Moment. „Wie kommen Sie denn darauf?“ Ralf konnte nicht anders, als sich ertappt zu fühlen – schnell riss er die schwitzig gewordene Hand von den alten Papierseiten, um sie im nächsten Moment unauffällig an seiner Hose zu trocknen. „Der Himmel hat ein Englein mehr. So nannte man die ungeborenen Kinder, die von den „Engelmacherinnen“ abgetrieben wurden. Allzu viele Frauen niederer Stände hatten damals Probleme mit ungewollten Schwangerschaften oder fürchteten das gesellschaftliche Exil, wenn herauskam, dass sie vor der Ehe mit einem Mann zusammen gewesen sind. Nach einer gewissen Zeit hatte sich schließlich ein ganzer Geschäftszweig ausgebildet: Ältere, erfahrene Frauen „halfen“ den jungen dabei, sich der Kinder zu entledigen, indem sie sie mittels martialischer Methoden abtrieben.“ Ein Schauer lief Ralf über den Rücken: Einmal, da er über das Wissen des Geistlichen nur staunen konnte und über die Sachlichkeit, mit der er von den einstigen Qualen berichtete. Andererseits, weil er sich ausmalte, dass auch Elfriede, die junge, lebensfrohe Frau, die er aus dem Tagebuch kannte, diese Schmerzen durchlitten haben soll. Angewidert schlug er das Buch zu und blickte auf seine Uhr – er hatte beinahe den gesamten Nachmittag im Wirtshaus und anschließend hier im Keller zugebracht, sodass es nun bereits auf 17 Uhr zuging. „Tja, äh, das bleibt ja spannend, nicht wahr?!“ warf Ralf dem verwirrt dreinblickenden Geistlichen zu, ehe er schnell in Richtung Ausgang strebte und die Tür hinter sich ins Schloss fallen ließ, was dazu führte, dass aus dem Büro des Mesners ein kurzes Stakkato von Ralf vollends unbekannten Schimpfworten drang. Kaum stand er anschließend vor dem Pfarramt auf der Straße, verkündete sein Handy, das er aufgrund des Anrufs von Albert Unglaub mitgenommen, das jedoch im alten Keller vermutlich keinen Empfang gehabt hatte, sieben verpasste Anrufe und zwei Nachrichten. Verwundert, woher das plötzliche Interesse an seiner Person stammte, klickte Ralf zuerst auf die beiden Nachrichten: Eine davon hatte ihm seine Mailbox zukommen lassen, die ihm nun leicht enttäuscht mitteilte, dass keiner der Anrufer etwas auf das digitale Band gesprochen hatte. Die andere war von Susi: „Ruf mich sofort an. Unglaub ist tot." Ralf ließ das Handy sinken und starrte die Straße hinauf – langsam kroch ein feiner Nebelschleier über die Pflastersteine.

Kapitel XII

Verträumt starrte Ralf in die kalt flimmernde Neonleuchte, die über Thomas Reifs Schreibtisch hing. Der Kripo-Beamte hatte ihn am Morgen angerufen und in die Dienststelle nach Hof bestellt, wobei es sich um ein äußerlich recht schlicht wirkendes Gebäude gehandelt hätte, wenn man nicht direkt vor der Backsteinfassade ein „Kunstwerk" aufgestellt hätte, das, so war Ralf sich sicher, schon den ein oder anderen Auffahrunfall verursacht hatte. Die Fahrt hierher, für die er sich extra ein Auto geliehen hatte, war für ihn die reinste Qual gewesen: Schon am Telefon hatte Reif ihm mitgeteilt, dass es einige Fragen im Zusammenhang mit dem Tod Albert Unglaubs gäbe, er jedoch nun keinerlei weiteren Ausführungen dazu machen könne, sondern sich gerne persönlich mit ihm unterhalten würde. Es war nicht so, dass Ralf nicht mit einem solchen

Anruf gerechnet hätte – immerhin war er vermutlich einer der Letzten, die den alten Mann lebend gesehen hatten – und doch war er ziemlich überrascht gewesen, dass es derart schnell gegangen war. Kurz verblassten seine Gedanken im Flackern der Leuchte über ihm und in seinem Kopf baute sich das Bild des vorangegangenen Abends auf. Natürlich hatte er Susi sofort, nachdem er ihre Nachricht gelesen hatte, kontaktiert und sich mit ihr getroffen. Das Gespräch jedoch war anfangs allen voran von Misstrauen geprägt gewesen.

„Ralf, er war alt und krank – in Zell wusste jeder, dass er Probleme mit dem Herzen hatte. Natürlich ist diese ganze Sache unendlich traurig – selbst für mich – aber dass du nun direkt wieder den Teufel an die Wand malst, halte ich für übertrieben." war der Einstieg in ihre Unterhaltung gewesen, die ganz anders verlief, als Ralf sie sich vorgestellt hatte. Vermutlich noch immer ein wenig von seinen Nachforschungen gekränkt, sprach Susi ihm jedenfalls zu Beginn nicht etwa Mut zu, sondern gefiel sich anscheinend selbst recht gut in der Rolle der Anklägerin. „Ich hatte dich darum gebeten, die Sache auf sich beruhen zu lassen. So blöd es sich anhört – und das wird es, fürchte ich – ist das nun vielleicht endgültig der Punkt, an dem du aufhören solltest, alle Welt mit deinen Fragen zu löchern. Du wolltest mit Albert über deinen Traum reden, hast es getan und nun hat der Alte scheinbar selbst beschlossen, dass es Zeit ist, einen Schlussstrich darunter zu setzen." Ralfs Welt war vollends in sich zusammengebrochen: Gerade, als er angefangen hatte, die Zeller mit ihren ganzen Eigenarten langsam aber sicher sympathisch zu finden, geschah ein solches Unglück, das jedoch, soviel hatte die Dorfpresse mittlerweile hergegeben, vermutlich tatsächlich eine natürliche Ursache hatte – immerhin konnte er sich wage daran erinnern, dass Albert sich während ihres Gesprächs kurz an die Brust gefasst hatte. War es am Ende gar seine Schuld, dass der alte Mann die Aufregung nicht mehr ausgehalten und sein Herz kapituliert hatte? War er demnach in gewisser Hinsicht für seinen Tod verantwortlich? Ralf konnte nicht umhin, *Ahnung* erneut eine gewisse Aufmerksamkeit zu schenken. Diesmal jedoch sprach die leise Stimme ihm keinesfalls Mut zu, so wie damals, als er der festen Überzeugung folgte, etwas Schreckliches musste Elfriede zugestoßen sein. Vielmehr verhöhnte sie ihn, wedelte mit Indizien und immer neuen Gedankengängen vor seinem inneren Auge herum und verspottete ihn bereits als denjenigen, der durch seine Wissensgier das Leben eines Mannes ausgelöscht hatte. *Vernunft*, vorher der unlieb gewordene Widersacher, hielt sich diesmal indes komplett zurück, was Ralf nur noch mehr bedrückte. Susi hatte dem Versuch, sich selbst in irgendeiner Art und Weise zu beruhigen, schließlich den Todesstoß versetzt, indem sie ihn darüber informierte, dass in Zell bereits bekannt geworden war, wen Albert als Letzter lebend gesehen hatte – und wem man damit wenigstens eine gewisse Teilschuld – ob begründet oder nicht spielte dabei überhaupt keine Rolle – geben konnte: Der relativ unbekannte, etwas verschroben wirkende Mann aus Hamburg, der sich ohnehin durch sehr seltsame Fragen verdächtig gemacht hatte. Die Zeller schienen ihr Urteil demnach bereits gefällt zu haben: Der arme Albert Unglaub, der nie einer Fliege etwas zu Leide getan hatte, war von einem arrogant hochdeutsch-näselnden Jüngling derart aufgeregt worden, dass sein Herz, das Jahrzehnte lang treu und ergeben für die Heimat schlug, letztendlich aufgeben musste. Theatralisch, mitreißend, perfekt für Klatsch und Tratsch – vermutlich hätte mancher Romanautor seine helle Freude daran.

Dieses Geschwätz hätte Ralf nicht weiter gestört – jedenfalls redete er sich diesen Umstand immer wieder ein – wenn nicht auch Susi zu jenen gehört hätte, die seinen Worten keinen Glauben schenken wollten. Er sah schließlich nurmehr einen einzigen Ausweg: Ihr eine Frage zu stellen, deren Antwort ihm schon jetzt einen eiskalten Schauer über den Rücken jagte. „Susi, sieh mich an und sag mir, ob du mir vertraust oder nicht.“ Kaum standen die Worte im Raum, schien selbst das alte Wirtshaus, in das sie sich wie gewohnt zurückgezogen hatten, den Atem anzuhalten; kein Knarzen aus den Balken, kein Ächzen der Treppe störte die absolute Stille, in die sich die junge Frau gehüllt hatte, ehe sie zur Antwort ansetzte: „Sonst wäre ich doch nicht hier, oder? Aber du musst verstehen, dass diese ganze Sache meinen Horizont bei weitem übersteigt: Bisher war die schlimmste Katastrophe, der sich die Zeller ausgesetzt sahen, dass das Wiesenfest ins Wasser fallen könnte. Nun jedoch taucht ein junger Mann auf, der alle Welt mit seinen intriganten Fragen nervt und höchstwahrscheinlich dadurch dazu beigetragen hat, dass die graue Eminenz des Ortes verstorben ist. Glaubst du wirklich, dort draußen redet irgendeiner über das Alter des Mannes? Wichtiger ist, dass jemand, der noch gestern frohgemut durch die Straßen schlenderte, plötzlich nicht mehr da ist – und dass du der Letzte warst, der ihn gesehen hat.“ Gequält verdrehte Ralf die Augen: So anheimelnd es im ersten Moment wirkte, sich vorzustellen, dass sich in einem kleinen Ort alle untereinander kannten, so deprimierend war es auf der anderen Seite, sich gewahr zu werden, dass man selbst ins Fadenkreuz des Geredes geraten war. Der „gute Ruf“ schien hier tatsächlich über Weh und Wohl zu entscheiden, wobei es keinerlei Rolle spielte, was wirklich vorgefallen war, sondern nur, was die meisten für „möglich“ hielten. Gereizt setzte Ralf an: „Ich habe ihn nicht aufgeregt!“ musste jedoch im nächsten Moment an die theatralische Szene denken, in der er, wie der Angeklagte vor der Richterbank, seine wahren Intensionen vor dem alten Mann offenlegen musste, um ihn für sich zu gewinnen. „Jedenfalls nicht absichtlich“ setzte er daher kurz darauf nach. „Susi, er wollte mir helfen. Er sagte mir, dass er schon lange eine Vermutung hatte, was vor 150 Jahren geschehen sein könnte, und er nun – durch MEINEN Traum – endlich Beweise dafür gefunden hätte, weshalb er mich gebeten hatte, später noch einmal vorbeizukommen.“ Langsam aber sicher war die Stimme der *Ahnung* immer lauter in seinem Kopf geworden, schrie nun jedoch nicht mehr, dass er, Ralf, etwas mit dem Tod des Alten zu tun hatte, sondern äußerte lautstark eine andere Vermutung: „Vielleicht hat jemand nachgeholfen, der nicht wollte, dass Albert mehr ans Tageslicht bringt.“ Es entspann sich eine kontrovers geführte Diskussion in Ralfs Hirn – konnte es tatsächlich sein, dass jemand den alten Mann umgebracht hatte? Mit einem Mal klinkte sich auch *Vernunft* wieder ein: „Nein, das ist überhaupt nicht möglich. Wir sind hier in einem Dorf, in dem jeder jeden kennt! Der Mann hatte ein schwaches Herz, das weiß man doch – und letztendlich erwischt es jeden irgendwann einmal.“

Die Unterredung wurde von Susis schneidender Frage unterbrochen: „Er wollte dir helfen? Warum? Ich dachte, du wolltest die ganze Sache nach dem Besuch bei ihm endgültig abschließen“ Misstrauen hatte sich in Susis Blick geschlichen: „Fang nun bitte nicht wieder mit deinem Traum an. Ralf, ich hatte dir gesagt, dass du gerne mit Albert noch einmal darüber sprechen kannst, da ich hoffte, du würdest dann endlich Ruhe geben. Nun ist der Mann tot! Und damit ist die Sache für mich kein Spaß mehr, den man sich erlaubt, um die Zeit herumzukriegen, sondern bitterster Ernst.“ „Susi, als ich Unglaub von meinem Traum erzählt hatte, meinte er, dass Elfriede mir vielleicht etwas sagen wollte.“ „SIE IST TOT, DU VOLLIDIOT! Sie ist vor über 150 Jahren gestorben und ich kann nur sagen, dass ich ihr sehr dankbar dafür bin, nicht noch mehr Schande über die Familie gebracht zu haben. Nur weil sie sich nicht zusammenreißen konnte…“

„Hatte eure Familie mit den Folgen zu kämpfen. Sie war schwanger, nicht wahr?“ Es war das erste Mal, dass Ralf die Vermutung, die er mit Albert Unglaub gemeinsam als die plausibelste herausgestellt hatte, gegenüber einem anderen Menschen äußerte. „Elfriede war schwanger, was bedeutet, dass sie bereits vor der Ehe mit einem Mann zusammen gewesen sein muss. Vermutlich ging anschließend das Gerede im Dorf los und deine Familie hat sie verstoßen.“ „DU verstehst überhaupt nichts. Sie hat uns beinahe in den Ruin gestürzt! Immerhin waren meine Vorfahren auf die Einnahmen aus dem Wirtshaus angewiesen. Innerhalb nur einer Woche kam niemand mehr zu ihnen, keiner wollte mehr Kontakt zu ihnen haben. Sie wurden vollends isoliert und das nur, weil dieses Gör sich nicht an die einfachsten gesellschaftlichen Regeln halten konnte.“ Ralf hatte Susi noch nie derart wütend erlebt. Selbst, als sie sich damals – es schien ihm eine Ewigkeit her zu sein, obwohl seitdem nur gut 24 Stunden vergangen waren – darüber gestritten hatten, dass er seine Recherchen einstellen sollte, war sie nicht so ausgetickt, wie in diesem Moment.

In seinen Augen war sie stets die rational-denkende, weltoffene junge Frau gewesen, die sich nicht sonderlich um allzu konservative Werte kümmerte. Nun jedoch gab sie eine neue Seite von sich preis: War es falscher Stolz? War es der Zorn, den ihr ihre Familie eingeredet hatte, um damit einen Sündenbock für erlittene Qualen zu haben? Ralf wusste nicht sicher, wie er die Situation lösen könnte, was anscheinend auch Susi bemerkte. Bitteren Blickes war sie nach einem kurzen Schweigen aufgestanden, hatte ihre Jacke gepackt und war zur Tür hinausgestürmt – allerdings nicht, ohne ihm einen letzten Abschiedsgruß zuzurufen: „Du gehst morgen zur Polizei und erklärst ihnen alles. Sobald du wieder da bist, packst du deine Sachen zusammen und verlässt mein Haus." Der Knall der alten Haustür hallte noch einen Moment im leeren Flur nach, ehe sich das Gebäude wieder seiner stillen Existenz hingab. Aus dem oberen Stockwerk hörte Ralf das vertraute Ticken der alten Uhr, die er seit der Begebenheit vor einigen Nächten täglich aufzog. Mit dem langsamen Rhythmus des metallenen Werkes schwand Stück für Stück jedwede Hoffnung darauf, die Sache zu einem glücklichen Ende bringen zu können.

„Herr Benz, haben Sie mich verstanden?" Die Stimme Reifs holte Ralf aus seinen Gedanken. Er war hundemüde, da er während der vergangenen Nacht kein Auge zugetan hatte. „Entschuldigung, wie bitte?" „Ich habe Sie gerade gefragt, ob Sie Herrn Unglaub in irgendeiner Art und Weise provoziert haben könnten." „Nein, um Gottes Willen, es war ein ganz normales Gespräch über" – wie sollte er es am besten ausdrücken – „historische Nachforschungen. Herr Unglaub bat mich darum, ihm ein wenig Zeit zu geben, damit er seine eigenen Vermutungen überprüfen könne.

Daher ließ ich ihn schließlich allein und wollte am nächsten Tag wieder bei ihm vorbeischauen. Wieso wollen Sie das überhaupt wissen?" „Herr Benz, Sie müssen uns verstehen: Wenn ein Mensch, so alt und krank er auch gewesen sein mag, von heute auf morgen stirbt, müssen wir eine Akte anlegen. Mittlerweile hat der Gerichtsmediziner zwar bestätigt, dass es sich um einen Herzanfall gehandelt hat, doch gibt es verschiedene … Gerüchte, denen zufolge Sie es waren, die ihm kurz zuvor einen Besuch abgestattet haben. Ich möchte darauf hinweisen, dass Sie keinesfalls hier sind, da wir denken, Sie könnten in irgendeiner Art und Weise damit zu tun haben – wir wollen lediglich einige Fragen stellen, ehe wir den Akt abschließen können." „Siehst du, niemand will dir etwas anhängen" *Vernunft* und *Ahnung* hatten sich die gesamte Nacht über ein heißes Gefecht geliefert, doch war letztendlich keiner von beiden als Sieger daraus hervorgegangen. Ganz im Gegenteil, hatten sie die Zweifel, die Ralf des Schlafs beraubten, nur noch mehr geschürt. Konnte es tatsächlich sein, dass jemand nachgeholfen hatte? Jemand, der verhindern wollte, dass Albert, wie es seine Art war, zu viele Fragen stellte und damit womöglich etwas ans Tageslicht zerrte, dessen Bedeutung er sich selbst nicht vollends bewusst geworden war? Bislang hatte Ralf dem Kommissar gegenüber nichts von dieser Möglichkeit erwähnt und sah nun, wo selbst der Pathologe das altersschwache Herz als Ursache des Ablebens angegeben hatte, keinerlei Veranlassung mehr dazu, es zu tun. Und dennoch – die Zweifel blieben. Als Ralf seinen Blick wieder auf Reif fokussierte, beobachtete dieser ihn aus wachsamen Augen heraus, deren Blicke durch das leichte Flackern der Neonröhren nur noch intensiviert wurden. „Wollen Sie mir irgendetwas sagen,

Herr Benz?“ war die einfache – und zugleich bedrohlich wirkende – Frage, die er schließlich abfeuerte und mit der er Ralf in Zugzwang brachte. „Gibt es irgendeine Möglichkeit, dass Albert eventuell umgebracht worden sein könnte?“ schneller, als es ihm selbst bewusst wurde, hatte Ralf die Frage laut ausgesprochen und damit *Ahnung* endgültig nachgegeben. Reif warf ihm einen kurzen Blick zu, der jedem Hollywood-Ermittler zur Ehre gereicht hätte, und sagte: „Laut unserem Mediziner nicht. Aber sagen Sie, Herr Benz, wie kommen Sie darauf?“ Wie sollte er darauf antworten? War es tatsächlich an der Zeit, mehr und mehr Menschen in seine Vermutungen einzubeziehen? Ralf beschloss schließlich, eine Art Kompromiss einzugehen: „Ich bin derzeit auf der Suche nach Indizien für einen ominösen Todesfall, der sich vor gut 150 Jahren ereignet hat, wobei mir Albert helfen wollte.“ „Und?“ „Nun, es besteht genügend Grund zur Annahme, dass manche Menschen in Zell nicht möchten, dass gewisse Informationen darüber ans Tageslicht gezerrt werden.“ Reifs Blick hatte alles Schneidende verloren und einem Ausdruck Platz gemacht, der etwas an den des liebenden Vaters erinnert, der dem Sohn klarmachen musste, dass die im Garten gefundenen Steine leider keine Dinosaurier-Knochen seien: „Herr Benz, bei aller Freundschaft, aber glauben Sie wirklich daran? Wir sind hier nicht in“ ein kurzer Blick auf das vor ihm liegende Blatt gab ihm Gewissheit „Hamburg, wissen Sie? Hier gibt es keine Mafiaverbindungen, keine Menschenhändler oder Ähnliches. Hier gibt es Todesfälle, die relativ eindeutig sind, und solche, denen man noch einmal nachgehen muss, um damit der Bürokratie Genüge zu tun, was wir hiermit jedoch in ausreichender Form getan haben. Insofern würde ich Ihnen nun wirklich raten, die Sache damit auf sich bewenden zu lassen und sie sich nicht allzu sehr zu Herzen zu nehmen. Ich wollte lediglich mit Ihnen reden, da Sie der Letzte waren, der Herrn Unglaub lebend gesehen hatte und“ Reif zögerte kurz, ehe er ein kleines, in Leder gebundenes Büchlein hervorholte „da wir das hier gefunden haben.“ „Was soll das sein?“ „Eine Art Notizbuch, in das Herr Unglaub scheinbar alle relevanten Gedanken des Tages geschrieben hat. Interessant ist natürlich allen voran der letzte Eintrag, sehen Sie:“

Benz: Traum von E.S. Teufelstisch, Rotes Schloss.
H. W. anrufen: Eventuell Sümmerer?

„Das macht für mich keinerlei Sinn!“ Ralf zeigte sich offen entrüstet, obwohl er natürlich das ein oder andere Kürzel entziffert hatte: Vermutlich hatte Unglaub kurz zusammengefasst, um was in ihrem Gespräch gegangen war. Interessant jedoch waren die Nachweise auf einen H.W. und auf Sümmerer, dessen Namen Ralf natürlich in Erinnerung geblieben war. Er durchforstete sein Gedächtnis auf der Suche nach einem Anhaltspunkt, ehe es ihm schließlich brennend heiß wieder einfiel: Der Autor der Wunderblume. Jenes Stückes, in dem er derart viele Teile seines Traumes wiederentdeckt hatte. Doch was genau meinte Unglaub nun mit diesem letzten Hinweis? Gab es eventuell noch weitere Spuren in diesem Theaterstück? Ralf nahm sich vor, der Sache auf den Grund zu gehen, sobald er hier herausgekommen war. „Herr Benz, wissen Sie irgendetwas Genaueres darüber, das Sie mir eventuell sagen möchten?“

Ralf war hin- und hergerissen: Auf der einen Seite wollte er die dargebotene Seite aus dem Notizbuch sofort an sich nehmen und schnellstmöglich nach Zell zurückfahren, um seiner Vermutung auf den Grund zu gehen. Andererseits sah Reif ihn mit mitleidig dreinblickenden Augen an und schien langsam aber sicher daran zu glauben, dass der junge Mann, der ihm gegenübersaß – ebenso wie Albert, der für seine blühende Phantasie bekannt gewesen war – irgendeinem Hirngespinst hinterherjagte. Schließlich meinte Ralf: „Es kann durchaus sein, dass sich das auf unser Gespräch bezog, das wir kurz vor meinem Abschied geführt hatten. Ich bin auf der Suche nach Quellen zu alten fränkischen Freilichttheatern müssen Sie wissen und habe darüber auch mit Herrn Unglaub gesprochen. Sümmerer ist der Initiator der Festspiele am Waldstein – vermutlich hatte er irgendeine Info für mich, die er mir zukommen lassen wollte; leider wird er ja nun nicht mehr in der Lage dazu sein." Für einen kurzen Moment erkannte Ralf in Reifs Augen, wie dieser jedes einzelne Wort auf die Plausibilität hin prüfte – ehe er schließlich sagte: „Nun gut, allerdings denke ich, dass Herr Unglaub Ihnen einen letzten Gefallen getan hat. Sehen Sie hier, das haben wir im Notizbuch gefunden." Mit diesen Worten schob er Ralf ein in Folie eingepacktes Stückchen Papier über den Schreibtisch, in dessen Mitte sich ein Ausschnitt aus einer Zeitung befand. Die Löcher darin und die kurze Beschriftung „Bote v. Wald. 1.2.1929" wiesen darauf hin, dass es sich dabei um einen Bestandteil von Alberts umfassender Sammlung alter Zeitungen handelte, von der er Ralf bei ihrem Gespräch erzählt hatte. Immerhin waren seine Vorfahren einst die Redakteure jenes „Boten" gewesen, in dem der kurze Text scheinbar abgedruckt gewesen ist. Schnell überflog Ralf die ungerade gesetzten Zeilen:

„Raubritter“ nach erster Probe abgesetzt

Das von Christian Sümmerer erdachte und für die Spielzeit 1930/31 angesetzte Schauspiel „Raubritter“ wurde bereits nach der ersten Probe abgewiesen. Scheinbar hatten sich mehrere Schauspieler und auch Besucher des öffentlich zugänglichen Termins über die Geschmacklosigkeit echauffiert, mit der der Autor die Geschichte ihrer Heimat darstellte. Sümmerer selbst, der vor einem knappen halben Jahr überraschend in München verstorben ist, galt seit der Aufführung des Spieles „Des Waldsteins Wunderblume“ als Kopf hinter den Festspielen nahe Zell. Nach seinem Tod sollte Oskar Froschauer aus Münchberg die Regie übernehmen, wollte jedoch das letzte Stück aus der Feder seines Vorgängers zu dessen Ehren noch einmal auf die Bühne bringen. Er sagte auf Anfrage unserer Zeitung, dass er nicht mit derart heftigen Reaktionen gerechnet hätte und nicht verstehen könne, was die Menschen daran auszusetzen hätten. Aus den Reihen der Zeller waren heftige Stimmen laut geworden, die damit drohten, mit allen Mitteln gegen die geplanten Aufführungen vorzugehen. Wenn man den ohnehin schlechten Zustand der Bühne am Waldstein in Betracht zieht, wird damit das Ende der Festspiele eingeleitet worden sein.

Sümmerer war ebenfalls überraschend verstorben? Ralf ertappte sich dabei, wie ein allzu verwegen scheinender Gedanke in seinem Kopf Gestalt annahm, schüttelte ihn jedoch für einen kurzen Moment beiseite, um sich bei Reif zu verabschieden und ihm zu versprechen, sich zu melden, so ihm noch etwas zum letzten Treffen mit Albert einfallen würde. Beim Verlassen des Büros hatte er nichtsdestotrotz das Gefühl, den Blick des Kommissars in seinem Rücken zu spüren – er wusste, dass er ihn nicht zum letzten Mal gesehen hatte.

Kaum aus dem Gebäude entkommen, strebte er zu seinem Wagen, öffnete mit der kleinen Fernbedienung die Tür und ließ sich auf den leicht abgewetzten Sitz fallen. Allerdings getraute er sich nicht, den Parkplatz zu verlassen – zu unglaublich schien ihm das Bild, das sich in seinem Kopf geformt hatte – *Ahnung* schrie mittlerweile lauter, als jemals zuvor: Christian Sümmerer hatte Teile eben jenes Traumes, der Ralf auf Elfriedes Spur gebracht hatte, in einem Theaterstück verarbeitet. Als er schließlich ein zweites schrieb, in dem er scheinbar noch einmal auf diese Geschichte zurückgriff, jedoch diesmal offensichtlicher darauf Bezug nahm, starb er kurze Zeit später. Albert, der einen entsprechenden Hinweis gefunden hatte, war nun ebenfalls tot. Konnte es tatsächlich sein, dass es einen Zusammenhang gab? Dass jemand mit allen Mitteln das Aufdecken eines dunklen Geheimnisses verhindern wollte? Wenn dem so sein sollte, konnte es jedoch keinesfalls der Gleiche gewesen sein: immerhin lagen Sümmerers und Alberts Tod mehr als 80 Jahre auseinander. Ralf wurde plötzlich bewusst, in was er hineingeraten war: Jemand, dessen war er sich mittlerweile sicher, war bereit, für das, was er herauszufinden suchte, zu töten. Wie genau er es anstellte, wusste er noch nicht, doch konnte es kein Zufall sein, dass zwei Menschen, die der Lösung anscheinend besonders nahe gekommen waren, „überraschend verstorben" sind. Eine brennende Frage schob sich schließlich in Ralfs Gedanken: Auch er war der Sache auf der Spur – sollte er also tatsächlich weitermachen? Was, wenn dieser Jemand auch ihm auf die Schliche kam, was er vermutlich ohnehin schon getan hatte. Immerhin war der Mord – ja, es muss einer gewesen sein – an Albert kurze Zeit nach seinem Besuch geschehen, was heißt, dass der Täter ihn eventuell gesehen hatte. Nein, er konnte nun nicht einfach aufgeben: Das war er Albert und auch Christian Sümmerer schuldig. Allen voran jedoch wollte er Elfriede nicht einfach im Stich lassen. Entschlossen drehte er den Zündschlüssel um und spürte bereits im nächsten Moment, wie die Flammen hungrig an seinem Gesicht leckten.

Kapitel XIII

Andächtig zog sich der feine weiße Schleier vor Ralfs Augen durch den dunklen Wald. Die alten Bäume starrten aus leeren Höhlen auf ihn herab, während er, einem inneren Trieb folgend, immer tiefer in den nächtlichen Forst schlich. Kein Ton, nicht einmal der zärtliche Lufthauch einer kühlen Brise störte die Szenerie, die sich vor ihm aufgebaut hatte. Erst waren ihm die Schemen der Bäume wie Menschen vorgekommen – die Metzgerin, die Alte aus dem „Weißen Ochsen“, der Pfarrer, Susi…sie alle schienen ihn zu verhöhnen, mit langen Armen auf ihn zu zeigen und lauthals zu lachen. Im nächsten Moment jedoch waren die schändlichen Rufe verklungen, hatte sich das Bild gewandelt und war zu einem Flecken Dunkelheit geworden, durch den er sich nun hindurchkämpfte. Mit jedem Schritt hatten sich neue Konturen aus der undurchdringlichen Masse herausgebildet, bis er schließlich inmitten eines Waldes stand, den er, so wusste er sicher, schon einmal gesehen hatte. Mit einem Mal erkannte er vor sich jene einsame Hütte wieder, die, von Wind und Wetter ausgezehrt, schief auf einer Lichtung stand und die er bereits in seinem Traum besucht hatte. Hinter ihr floss langsam ein Bächlein vorüber, das aus einem großen Felsblock zu dringen schien. In die Stille der Nacht brach schließlich ein gleisender Lichtstrahl, der aus einem der blinden Fenster des Bretterverschlags zu kommen schien. Vorsichtig näherte er sich der Scheibe, während in seinem Kopf ein Absatz aus Elfriedes Tagebuch aufflackerte – war dies am Ende das Haus jenes „Waldhirten", in dem sie sich mit ihren Liebhaber getroffen hatte? Konnte es sein, dass sie auch nun beide dort drin waren und er endlich herausfinden würde, um wen genau es sich gehandelt hat? Ralf hörte Stimmen und blieb verdutzt stehen – nicht etwa liebelnd säuselnd Worte drangen zwischen den altersschwachen Brettern hervor, sondern drei oder vier herrisch fluchende Kehlen, denen jedwede Spur von Zuneigung fehlte. „Nun mach schon", „Na komm, stell dich nicht so an!" „Du weißt doch, dass du es willst" Unterbrochen wurden die Fetzen immer wieder von lauten Schreien – und leisem Wimmern. Vorsichtig trat Ralf näher an das Fenster heran, konnte jedoch durch die altersschwachen Scheiben nurmehr vage die Umrisse von drei Menschen erkennen, die im Kreis um einen am Boden liegenden Schemen standen. Plötzlich zerriss ein lauter Schrei die Stille, ein Ruf, der derart klagend war, dass Ralf sofort wusste, wo er ihn zum letzten Mal gehört hatte. Es war eben jener Schrei, den auch die junge Frau in der Burg von sich gegeben hatte, ehe die Flammen sie verschluckten. Ein Gesicht erschien plötzlich vor seinen Augen: Eine junge Frau, vielleicht Anfang 20, die ihn hilflos anstarrte. Die blonden Haare waren zu einem schieren Wirrwarr verheddert, die Augen geschwollen und aus der Nase troff leise Blut in die unendliche Dunkelheit. Ihr Mund formte mit letzter Kraft einen einzigen Satz: „Hilf mir."

Gerade wollte Ralf mit einen am Boden gefundenen Stein die Scheibe zerbersten lassen und einem Zerberus gleich das Höllengericht über die Übeltäter bringen, endlich der Wut über Elfriedes, Sümmerers und Alberts Tod Genugtuung verschaffen, da begann die Szenerie plötzlich zu verschwimmen. Der Arm, eben noch mit der Kraft des angestauten Zorns gegen die Scheibe gerichtet, fiel ins Leere, unendliche Schwärze breitete sich aus und verschluckte die letzten Rufe des jungen Mädchens, die zwischen den Brettern der Hütte hervordrangen. An ihre Stelle trat eine vertraute Stimme, liebevoll, besorgt, ängstlich bahnte sie sich ihren Weg unaufhaltsam durch die Dunkelheit.

„Ralf, hörst du mich?" nur dumpf klangen die Worte an sein Ohr und holten ihn auf den Boden der Realität zurück. Mit aller Kraft brachte er es fertig, die verkrusteten Augen zu öffnen, kurz bevor sich der Schmerz in seine Glieder bohrte. Vor dem Weiß der Decke über ihm setzte sich Susis besorgt dreinblickendes Gesicht ab; ihre Stimme wurde vom fortwährend piependen Ton einer Maschine übertönt, die scheinbar neben seinem Bett stand. „Was ist passiert" brachte er durch die raue Kehle hervor, ahnte jedoch bereits, wie Susi ihm antworten würde. „Du bist im Krankenhaus, Ralf. Dein Auto hat auf dem Parkplatz der Polizei Feuer gefangen und ein vorbeigehender Beamter konnte dich im letzten Moment herausziehen, bevor es zu spät gewesen wäre." Bei den letzten Worten war Susis Stimme mit einem Mal leiser geworden und Trauer hatte sich hineingemischt. „Ich habe doch nur den Schlüssel herumgedreht..." „Herr Benz, hier ist Kommissar Reif, Sie erinnern sich sicher an mich." Tatsächlich kam ihm die markant schneidende Stimme sofort bekannt vor und schon im nächsten Moment schob sich das passende Gesicht in sein Blickfeld. „Wir gehen davon aus, dass jemand Ihren Wagen manipuliert hat, um Ihnen Schaden zuzufügen. Entsprechende Kabel konnten wir an der Zündung nachweisen und unsere Techniker haben verdächtige Substanzen im Motorraum entdeckt." „Und was wollen Sie mir damit sagen?" brachte Ralf mit dem letzten Stückchen Sarkasmus hervor, das er in seinem Körper finden konnte. „Dass dir das jemand angetan hat, Ralf", fuhr Susi dem Kommissar dazwischen, was diesem allem Anschein nach überhaupt nicht passte. Er setzte nach: „Herr Benz, wir gehen davon aus, dass Fremdeinwirkung beim Brand beteiligt gewesen ist und man Ihnen absichtlich Schaden zufügen wollte. Ob es sich dabei um einen versuchten Mord handelt, oder Ihnen jemand einen Schrecken einjagen wollte, wissen wir noch nicht, werden der Sache aber sicher auf den Grund gehen." „Als ob es einen großen Unterschied macht, mit welchem Hintergedanken jemand sein Auto abgefackelt hat!" Susi war während der kurzen Ausführungen des Beamten puterrot im Gesicht geworden und schrie ihren Frust nun beinahe heraus. „Immerhin liegt er doch hier, oder? Also tun Sie was, um herauszufinden, wer ihm das angetan hat!" „Frau Schuberth, ich bin nicht hier, um mir von Ihnen Vorschriften machen zu lassen. Wir sind an der Sache dran und werden uns wieder bei Ihnen melden, sobald wir neue Erkenntnisse zusammengetragen haben. Bis dahin jedoch“ damit wandte er sich an Ralf „rate ich Ihnen dringend, sich vorzusehen und keine unüberlegten Schritte zu unternehmen. Haben wir uns verstanden?“ Schon im nächsten Moment jedoch setzte er mit andächtiger Stimme nach: „So schnell kann man seine Meinung ändern, nicht wahr? Vorhin hatte ich Ihnen noch erzählt, dass sich solche Dinge bei uns niemals ereignen könnten – und nun sind Sie selbst in etwas getappt, das ich mir bislang nicht erklären kann. Es…es tut mir sehr Leid.“ „Mein Gott, nun hören Sie schon auf mit diesem sentimentalen Gewäsch! Und nun raus mit Ihnen, Sie regen ihn nur auf!“ Resolut wie ein altes Waschweib hatte Susi den kurzzeitig aus der Fassung gebrachten Kommissar zur Tür geschoben, hatte sie hinter ihm geschlossen und war ans Bett zurückgekehrt.

„Ralf, kannst du dich wirklich an nichts erinnern? Hast du jemanden gesehen, der von deinem Wagen weggerannt ist?“ „Nein, sonst hätte ich es doch gesagt…“ „Ich hoffe jedenfalls, du siehst nun ein, in welches Wespennest du gestochen hast und verstehst, warum ich dich heraushalten wollte.“ Im nächsten Moment sah Ralf Susi an, wie schockiert sie selbst über das war, was sie ihm eben erzählt hatte. Ihre Augen waren aufgerissen, der Mund zu einer dünnen Linie zusammengekniffen. „Wie meinst du das?“ bohrte er nach. „Mein Gott! Du sturer Hund! Meinst du wirklich, ich hätte nicht selbst schon einmal nach Elfriede gesucht? Natürlich habe ich mich auch dafür interessiert, was ihr zugestoßen ist, aber dann“, Susi schluckte kurz, „kam eines Tages ein handgeschriebener Brief bei mir an, in dem mir davon abgeraten wurde, weitere Nachforschungen anzustellen. Es gab keinerlei Absender, sodass ich vermutete, er müsste mir in den Postkasten geworfen worden sein. Natürlich dachte ich im ersten Moment, dass es ein schlechter Scherz sein sollte, doch fand ich zwei Tage später meine Katze tot vor der Haustür liegen. Damit war die Sache für mich beendet – und das sollte sie nun auch für dich sein. Das ist es nicht wert, Ralf."

Kurz schaute er in Susis verstörte Augen und sah ihr aufrichtiges Flehen darin. Anders, als bei Reif, konnte er ihr nicht lange standhalten und wandte seinen Blick der Bettdecke zu. „Du hast Recht. Ich lasse es sein. Die Sache ist es nicht wert, dass Menschen dafür ihr Leben lassen müssen." „Soderla, etzt missmer obber langsam amoll zer am End kumma, gell, Herr Benz! Sie wolln doch beschdimmd awengla schlofn." Die Stimme der Krankenschwester hatte den kurzen Moment der aufrichtigen Verbundenheit zwischen den beiden binnen Sekundenbruchteilen zerstört. „Ist gut, ich gehe schon" warf Susi ihm noch hin und wandte sich der Tür zu. Kurz, bevor sie sie hinter sich ins Schloss fallen ließ, hörte er sich noch sagen: „In Zell wartet ein Haus auf dich." Es war das Letzte, das Ralf hörte, ehe er in einen traumlosen Schlaf glitt.

Der nächste Morgen fand Ralf in einem Dämmerzustand vor, den dieser im ersten Moment den Schmerzmitteln zuschrieb, die man ihm gegeben hatte. Mittlerweile hatte er seinen Körper von oben bis hin unter die Lupe genommen (so gut es eben ging) und herausgefunden, dass es in erster Linie leichtere Verbrennungen waren, die seine Haut bedeckten – dank sei dem Polizisten, der ihn gerettet hatte, bevor etwas Schlimmeres geschehen konnte. In der Mittagszeit war Susi kurz bei ihm vorbeigekommen und hatte ihn von den neuesten Erkenntnissen der Nachforschungen berichtet – die erschütternd waren: Tatsächlich hatte jemand seinen Wagen manipuliert, es jedoch scheinbar nicht darauf angelegt, ihn tatsächlich umzubringen.

Dafür war die Menge an verwandten Brandbeschleunigern bei Weitem zu gering. Es musste demnach eine Art von Zeichen gewesen sein, das man ihm senden wollte, um ihn von seinen Nachforschungen abzubringen. Sie ließ ihm die aktuelle Ausgabe der „Frankenpost“ da, in der dem Vorfall ein ausführlicher Artikel gewidmet worden war, der seinen Namen jedoch nicht nannte, sondern lediglich von einem „Feriengast“ berichtete. Vermutlich hatte Susi darum gebeten, ihn vorerst aus der ganzen Sache herauszuhalten. Kaum hatte er den Text, der für ihn keinerlei neuen Information bereithielt, zu Ende gelesen, schweifte sein Blick in die linke Spalte, wo in einer „Letzten Meldung“ vom Fund einzelner Knochen an der Quelle der Saale berichtet wurde. Dunkel erinnerte sich Ralf daran, davon schon einmal gehört zu haben, konnte jedoch im ersten Moment nicht mehr genau sagen, woher er davon wusste. Auch zu diesem Fall, so die Zeitung, gab es keinerlei neuen Erkenntnisse. Die Polizei jedenfalls hatte alle Nachforschungen eingestellt, da man davon ausging, dass die Knochen schon seit mehr als hundert Jahren dort oben vergraben lagen und die Tat damit nicht mehr vollständig aufzuklären sei. Man könne demnach kaum erwarten, dass noch mehr Einzelheiten dazu ans Licht kämen. Ans Licht kommen…bei diesem Satz flackerte ein kleiner Funken Erinnerung in Ralfs Kopf auf, der kurz darauf hell erstrahlte: Er sah sich selbst in der Gastwirtschaft „Zum Weißen Ochsen“ sitzen und den Stammtischbrüdern bei ihrer Unterhaltung zuhören, als einer von ihnen sagte, dass „irgendwann alles ans Licht kommen würde.“ Meinte er damit tatsächlich die Knochen an der Saale? Ralf grübelte gerade über der verzwickten Situation, als das Telefon neben seinem Bett mit einem lauten Schrei zum Leben erwachte.

„Benz“ meldete er sich mit nach wie vor belegter Stimme und staunte nicht schlecht, als sich sein Gegenüber zu erkennen gab: „Herr Benz, schön, Sie zu hören. Mein Name ist Bernd Unglaub; ich bin der Sohn von Albert, von dessen … unschönem Tod Sie sicher bereits gehört haben.“ „Ja, in der Tat – ich wurde auch bereits dafür verantwortlich gemacht.“ „Hören Sie, Herr Benz, Sie haben sicher mitbekommen, dass manche Dinge in Zell etwas – sagen wir – vorschnell an die große Glocke gehängt werden. Wir wollten uns auf jeden Fall bei Ihnen entschuldigen, falls Ihnen irgendwelche Nachteile aus dieser Verwechslung entstanden sind und darauf hinweisen, dass wir in keiner Weise daran Anteil gehabt haben.“ Ralf glaubte ihm – seine Stimme schien ihm sachlich und freundlich, sodass er sich wirklich nicht vorstellen konnte, Alberts Familie hatte eine Mitschuld an der Streuung des üblen Gerüchts. Vermutlich war es einer der Nachbarn, der ihn beim Verlassen des Hauses gesehen hatte und es anschließend weitererzählte, ehe die Stille Post ihren Teil dazu beitrug, aus ihm einen – nun ja, indirekten Mörder zu machen. „Schon gut, danke Ihnen auf jeden Fall für Ihren Anruf. Ach, äh, eine Sache würde ich Sie aber dennoch gerne fragen.“ „Gerne doch, Herr Benz, nur heraus damit!“ „Kennen Sie jemanden mit den Initialen H. W.?“ „Wie kommen Sie denn darauf?“ „Nun, ihr Vater hat mir eine Art Nachricht zukommen lassen, in der er auf diese Person verweist. Ich nehme an, dass sie vielleicht etwas Licht ins Dunkel bringen könnte.“ Ein leises Rauschen drang aus dem Hörer, das klar darauf hinwies, wie angestrengt Unglaub über die Frage nachdachte. Leises Klicken und Klacken, das vermutlich dem Alter mancher Teile der Leitung zuzuschreiben war, stachelte Ralfs Ungeduld indes nur noch mehr an. „Nein, da muss ich passen." drang schließlich die leicht verzerrte Stimme aus dem Hörer. „Ich kenne nur einen, dessen Name passen würde, und das ist Waldemar Hassler. Allerdings stimmt die Reihenfolge der Buchstaben bei ihm nicht." „Warum kommen Sie gerade auf ihn?" „Naja, mein Vater hatte ein sehr enges freundschaftliches Verhältnis zu ihm. Die beiden haben einige Recherchen zu seinen Büchern gemeinsam durchgeführt und ich denke, dass er ein ebenso großer Freund der Heimatgeschichte ist, wie auch mein Vater einer war." „Hmm, na gut, ich danke Ihnen jedenfalls für die Info – und auch noch einmal für Ihren Anruf. Vielleicht trifft man sich ja irgendwann einmal." „Das würde mich sehr freuen, Herr Benz. Halten Sie die Ohren steif und gute Besserung." Mit einem Klicken am anderen Ende der Leitung war das Gespräch beendet und ließ Ralf mit seinen Gedanken allein. Schließlich konnte er nicht umhin, das zu tun, was er schon einmal angefangen hatte: Er nahm sich ein Blatt Papier zur Hand, klemmte die Zeitung darunter, um ein wenig mehr Stabilität zu bekommen, und machte sich Notizen.

1. Elfriede Schuberth war schwanger (wenigstens in diesem Punkt hatte er mittlerweile Gewissheit.)

2. Ein halbes Jahr nach dem entsprechenden Eintrag in ihrem Tagebuch war sie verstorben. (Hinweis im Kirchenbuch Zell)

3. Christian Sümmerer hatte Teile ihres Schicksals in seinem Werk „Des Waldsteins Wunderblume" verarbeitet (vergleiche mit meinem Traum…)

4. Zusätzlich hatte er ein zweites Stück geschrieben, in dem anscheinend mehr Details angesprochen wurden und das daher niemals zur Aufführung kam („Raubritter"?)

5. Christian Sümmerer und auch Albert Unglaub wa-

ren überraschend gestorben. Ralf strich die letzten beiden Wörter wieder aus, nachdem ihm bewusst geworden war, wie naiv es scheinen mochte, wenn er die Umstände in Anbetracht dessen, was zwischenzeitlich auch ihm widerfahren war, noch immer leugnete. Stattdessen schrieb er „sind ermordet worden“ über den letzten Satz und ergänzte, nach einem kurzen Innehalten einen sechsten Punkt: Was haben meine Träume damit zu tun?

Er war sich mittlerweile sicher, dass Elfriede ihm irgendetwas sagen wollte, kam jedoch nicht darauf, was es war. Irgendwie mussten der Teufelstisch, das Rote Schloss, ein Brand und auch diese Hütte, die er während seiner Ohnmacht vor Augen hatte, damit in Verbindung stehen. Doch wie? Er beschloss, den einfachsten Weg zu gehen und die Schwester zu rufen. Kurze Zeit später stand eine füllige Dame in seinem Zimmer und blickte ihn fragend an: „Sie wolln wos?“ „Ein Sagenbuch. Sie haben doch sicher irgendeine Bücherei für Ihre Patienten hier im Haus, oder? Gibt es darin vielleicht auch ein Werk über die Sagen der Region?“ „Wuher sollner ich des wissen?“ „Das müssen Sie ja nicht auswendig wissen, aber vielleicht könnten Sie für mich einmal nachsehen? Ich selbst bin ja leider noch ein wenig gehandicapt.“ Mit einem leisen Grunzen wankte die Dame zum Telefon und wählte eine zweistellige Nummer. Kurz darauf brüllte sie schon beinahe in den Hörer: „Hilde? Horch, do is die Hermann-Sigrid. Iich hob do ann Patienten, der wissen will, ob mir a Sagenbuch in unnera Bücherei hamm. No des wass doch iich net, wofier er des brauchd! Na, ich froch na etzt net – schau halt eifoch amoll schnell nei dein Kombjuder. Ho, ich wadd.“

Nur fünf Minuten später lag ein Exemplar von Alberts Sagensammlung auf Ralfs Schoß – das musste er den Franken lassen; lange fackelten sie nicht. Im ersten Moment hatte er eine gewisse Scheu, das Buch des – ja, mittlerweile betrachtete er ihn als – Freundes in die Hand zu nehmen, wissend, dass er leider nicht mehr dazu kommen würde, eine Neuauflage des Werkes in die Wege zu leiten. Dann jedoch siegte die Neugier; und das Wissen, dass Albert es so gewollt hätte. Er blätterte bis zum Inhaltsverzeichnis und suchte nach der Sage des Teufelstisches – schnell hatte er die richtige Seite gefunden und die Erzählung noch einmal durchgelesen, jedoch nichts Auffälliges erkannt. Enttäuscht wollte er das Buch bereits zur Seite legen, als ein Ruck durch seinen Körper ging, er griff behände den Telefonhörer und ließ die Wahlwiederholung ihre Arbeit tun. Kurz darauf hatte er ein Exemplar von „Des Waldsteins Wunderblume“ in seinen Händen und begann eifrig, den Text zu durchforsten. Irgendwo mussten sich nähere Hinweise auf das verstecken, was er in seinem Traum gesehen hatte. Doch auch hier fand er seine Hoffnung enttäuscht – keinerlei Zweideutigkeit, keine verborgene Botschaft sprang ihm zwischen den Zeilen entgegen. Auf diese Weise würde er nicht weiterkommen. Kraftlos starrte er die weiße Wand an, die seinem Bett gegenüberlag und suchte krampfhaft nach einem nächsten Schritt. Auf einmal flog sein Blick erneut zum Telefon: Wie hatte sich die Schwester vorhin gemeldet? Natürlich, es war eine Eigenschaft der Franken, immer den Nachnamen vor den Rufnahmen zu stellen! Aus Sigrid Hermann wurde dadurch „Hermann-Sigrid“ – und hatte nicht Albert sich auch immer zuerst mit dem Nachnamen gemeldet? Somit wurde aus Waldemar Hassler Hassler-Waldemar. H.W.

Mit ein wenig Charme hatte Ralf die Schwester davon überzeugen können, ihm auch noch ein Telefonbuch vorbeizubringen, in dem er nun schnell die Liste der Zeller Einwohner durchging, jedoch keinerlei „Hassler“ fand und das Geheft schließlich zusammen mit allen anderen Büchern auf einen Stapel neben seinem Bett warf. Oben auf legte er die Zeitung, in der ein längerer Bericht seine Aufmerksamkeit auf sich zog: Das Thema war für ihn relativ unbedeutend, da es um das Jubiläum des Schwimmbades in Münchberg ging, doch starrte unter dem Text ein älterer Herr zwischen den Zeilen heraus in die Kamera, der ein wenig Ähnlichkeit mit einem jener stereotypischen verwirrten Professoren hatte. Die licht gewordenen weißen Haare standen in alle möglichen Richtungen ab, die rundliche Brille, die auf der krummen Nase saß, war vom Blättern in den historischen Akten ein wenig verstaubt und der Haut war anzusehen, dass sie nicht allzu viel Sonne abbekam. Unter dem Photo fand sich ein Hinweis auf den Dargestellten – „Stadtarchivar Waldemar Hassler“.

„Nein, Herr Benz, ich sagte Ihnen doch schon, dass ich Ihnen da leider nicht weiterhelfen kann.“ Sobald Ralf den Arbeitsplatz von Herrn Hassler herausgefunden hatte, war es ein Leichtes gewesen, ihn zu kontaktieren. „Aber es muss doch irgendeinen Akt dazu geben! Immerhin hat Albert auf Sie verwiesen.“ Er hatte beschlossen, dem Archivar nicht die ganze Wahrheit zu erzählen und gewisse Einzelheiten auszuschweigen. Herr Hassler wusste demnach nur, dass er kurz vor dessen Tod bei Albert gewesen war und der ihm von einem verschollenen Stück Christian Sümmerers erzählt hatte. Die näheren Umstände spielten keinerlei Rolle. „Es gibt aber nichts dazu. Das Stück wurde niemals aufgeführt und daher haben sich keinerlei Texthefte oder Ähnliches erhalten. Ich habe einen Zeitungsbericht aus dem Boten von Waldstein, den mir Albert vor einigen Jahren einmal vorbeigebracht hat, aber ansonsten kann ich Ihnen wirklich nicht weiterhelfen." Scheiße. Langsam gingen Ralf die Ideen aus. Schließlich wollte er noch einen letzten Versuch unternehmen. „Also gut, aber vielleicht haben Sie ja etwas zu Sümmerer selbst?" „Wie meinen Sie das?" „Naja, wenn er ein derart bekannter Autor gewesen ist, muss es doch irgendwelche Informationen zu ihm geben, oder?" „Meine Güte, na gut, dann lassen Sie mich nachsehen. Ich melde mich bei Ihnen, sofern ich etwas finden sollte." „Vielen herzlichen Dank – damit helfen Sie mir wirklich ungemein weiter!" „Jaja, schon gut. Ade." Vielleicht war ja doch noch nicht alles verloren…Ralf kam nicht umhin, ein kurzes Lächeln um seine Lippen spielen zu lassen, ehe ihn die Schmerzen seiner Verbrennungen wieder in die Realität zurückholten.

Kapitel XIV

Der Aufenthalt im Krankenhaus dauerte noch gut eine Woche – immer wieder unterbrochen von Besuchen Susis, wie auch Reifs und einmal gar des Pfarrers Sebastian Hofners, der nach dem Rechten sehen wollte, worüber sich Ralf insgeheim am meisten freute. Irgendetwas hatte der junge Geistliche an sich, das Hoffnung und Mut machte, die Sache letztendlich doch noch irgendwie abschließen zu können. Hinzu kam, dass er Ralf auch ein Photo des damals angesprochenen Grabsteins mitgebracht hatte, auf dem tatsächlich eben jener Spruch zu lesen war, den man auch unter dem Eintrag zu Elfriedes Verschwinden gefunden hatte: „Vier Seelen, aber nur ein Fleisch".

Ralf war mittlerweile fest davon überzeugt, dass eine ungeplante Schwangerschaft Elfriedes jene „Sünde" war, um die sich die ganze Geschichte drehte, doch war er auf der Suche nach den genauen Hintergründen noch keinen Schritt weitergekommen. Zwischenzeitlich hatte Susi ihm das Tagebuch ins Zimmer gebracht und auch sein Computer war einsatzbereit gemacht worden, um die Recherchen fortzuführen. Allerdings half ihm beides nicht bei der Jagd nach der wichtigsten Antwort überhaupt: Was hatte Elfriedes Tod mit dem Kind zu tun? Nach wie vor hoffte er auf einen Anruf des Archivars Hassler, doch ließ der noch immer auf sich warten. Am letzten Tag, den er im Krankenhaus verbringen würde, flatterte schließlich die neue Ausgabe der Frankenpost auf seinen Beistelltisch – und offenbarte eine unerwartete Wendung: „Skelettfund an der Saalequelle gibt erstes Geheimnis preis." Schnell blätterte Ralf zur angegebenen Seite vor und las den kurzen Artikel, der „die neusten Erkenntnisse" der Nachforschungen zum Leichenfund an der Saalequelle offenbarte.

> Zell. Im Fall des Skeletts an der Saalequelle gab der die Untersuchung leitende Mediziner zwischenzeitlich erste Ergebnisse bekannt. Demnach handelte es sich bei der Leiche um eine Frau zwischen 20 und 25 Jahren, die vermutlich eines natürlichen Todes verstorben war. Bei der Hebung der sterblichen Überreste stieß man zudem auf kleinere Knochenfragmente, die man anfangs einem Tier zugeschrieben hatte, das sich eventuell an der Leiche sattgefressen hatte, doch fand man mittlerweile heraus, dass es sich auch dabei um Menschenknochen handelt. „Ich bin mittlerweile davon überzeugt, dass die Person schwanger gewesen ist, als sie starb", gab der leitende Forscher dazu bekannt.

Ralf konnte es nicht glauben – konnte es tatsächlich sein, dass Elfriede…? Nein, sie hatte doch stets vom „Waldhirten“ geschrieben, bei dem sie sich mit ihrem Liebhaber getroffen hatte. Was aber hätte der mit der Saalequelle zu tun haben sollen, wenn doch Susi gesagt hatte, dass sich sein Haus oben, am Waldrand befunden haben soll?

Das Telefon rüttelte Ralf aus seinen Gedanken. „Herr Benz, gut, dass ich Sie noch erreiche! Hier ist Hassler. Sie dürfen mich ein Genie nennen, mein Guter, denn ich habe etwas entdeckt, das selbst unserem Freund Albert bislang nicht untergekommen ist, was eine ziemliche Seltenheit darstellt.“ Kurz musste Ralf beim Gedanken schmunzeln, wie Albert sich über diese Aussage geärgert hätte. Bei einem zwischenzeitlich geführten Gespräch unter vier Augen, das den Archivar ins Krankenhaus gelockt hatte, hatte Ralf ihm alle Karten auf den Tisch gelegt. Wenn Albert diesem Menschen genügend Vertrauen schenkte, um ihm den Zeitungsartikel zukommen zu lassen und in seinem Tagebuch auf ihn zu verweisen, dann würde er sicher auch Ralf weiterhelfen können. „Herr Hassler, schön, von Ihnen zu hören! Was ist es denn für eine Neuigkeit, die mir solche Lobeshymnen entlocken soll?“ „Nun, ich habe tatsächlich einen kurzen Akt zu Christian Sümmerer entdeckt. Er lag jedoch nicht unter ‚Waldsteinfestspiele‘ oder Ähnliches, sondern unter ‚Fichtelgebirgsverein‘.“ „Ist es in Ordnung, wenn ich den Zusammenhang nicht verstehe?“ „Voll und ganz – wir haben ihn ja bislang auch nicht entschlüsselt: Die erste Probe des Stückes, auf die im Artikel hingewiesen wird, den mir Albert vorbeigebracht hatte, fand im Rahmen einer Veranstaltung des Fichtelgebirgsvereins statt, der zudem die meisten der Schauspieler stellte. Verstehen Sie, Herr Benz?! Das Archiv des Fichtelgebirgsvereins wäre demnach in meinen Augen der beste Ort, um nach dem Stück zu suchen. Ich habe bereits bei meinem guten Freund Hermann Dietrich angerufen, um einen Termin auszumachen – wir können heute direkt hinfahren." Kurz regten sich Zweifel in Ralfs Hinterkopf: Sollte er diesen Weg wirklich weitergehen? Sollte er es tatsächlich wagen, tiefer zu graben, den Staub der Geschichte mit einem Handstreich von diesem dunklen Kapitel zu entfernen? „Holen Sie mich um 14 Uhr am Krankenhaus ab." „Alles klar, bis später!"

Das „Haus des Fichtelgebirgsvereins" hatte früher – ebenso, wie Ralfs Unterkunft – als Wirtshaus gedient, ehe die schnelle Wandlung in der Gesellschaft es überflüssig hatte werden lassen. Der FGV indes, wie Ralf im Gespräch mit dem Archivar erfuhr, einer der größten Heimatvereine Bayerns, hatte es schließlich erworben, um darin eine Art Geschäftsstelle einzurichten, die auch die heimatkundliche Bibliothek enthielt. „Nun erklären Sie mir doch bitte noch einmal, warum genau wir hier sind" fragte Ralf, während Hassler hektisch kurbelnd das Auto in die Parklücke manövrierte. „Ganz einfach: Albert und ich waren bislang fest davon überzeugt gewesen, dass die Waldsteinfestspiele von Sümmerer persönlich ausgerichtet worden sind und haben uns auf der Suche nach dem Stück daher immer auf ihn als Person konzentriert. Eingefallen ist mir die Lösung erst, als ich einen Nachruf auf ihn in einer alten Ausgabe des Siebensterns fand; das ist die Vereinszeitung eben jenes FGVs." „Okay, soweit kann ich folgen." „Gut, in diesem Artikel heißt es, es sei besonders tragisch, dass der Poet die Aufführung seines letzten Stückes nicht mehr selbst miterleben könne, die man am Waldstein plane." „Und was sagt uns das?" Ralf verstand die genauen Zusammenhänge noch immer nicht. „Das Areal, auf dem damals die Bühne stand, gehörte dem FGV. Er betreibt dort oben ein Ausflugslokal und in direkter Nähe dazu befand sich einst eine Art Amphitheater aus Holz, das man 1924 für die ersten Aufführungen der Wunderblume errichtet hatte. Verstehen Sie, Herr Benz? Es war schon immer der FGV, der die Stückchen inszenierte. Sümmerer war zwar die graue Eminenz im Hintergrund, doch griff er bei den Schauspielern immer auf Mitglieder des Vereins zurück." Langsam klärte sich Ralfs nach wie vor von Schmerzmitteln verzerrter Blick. „Das heißt also, wenn es irgendwo noch ein Skript gibt…" „dann im Archiv des Vereins, dessen Mitglieder die Aufführungen über die Bühne brachten, ganz genau."

„Herzlich Willkommen beim FGV! Waldemar, mein alter Freund, wen hast du mir denn da mitgebracht? Ein neues Mitglied etwa?" Hassler hatte Ralf bereits darüber informiert, dass es für viele Menschen eine Art Ehrensache war, in den Verein einzutreten, der den Namen ihrer Heimat trug – vermutlich ein Rest alten Stolzes, der aus den Tagen rührte, als er für weite Teile des Tourismus in der Region verantwortlich zeichnete. „Nein, nein, Hermann, mein Guter! Darf ich vorstellen: Dieser etwas mitgenommen wirkende Herr ist Ralf Benz. Er ist auf der Suche nach Unterlagen zu Christian Sümmerer, da er eine Arbeit über die Laienschauspiele im Fichtelgebirge schreibt." Ralf wusste kurz nicht, wie ihm geschah: Er hätte nie gedacht, aus dem Munde des Archivars eine derart klar strukturierte Lüge zu hören, die noch dazu in einer Selbstverständlichkeit vorgetragen wurde, dass er schließlich beinahe selbst daran glaubte. „Äh ja, das stimmt." grinste er schließlich.

„Hmm, wir haben leider nicht allzu viel zu Sümmerer. Sie wissen vielleicht, dass es an sich nur ein Stück von ihm gibt, das tatsächlich zur Aufführung gekommen ist."

Zweifel begannen sich in Ralfs Gedanken breit zu machen … „Aber" … und wurden von Neuem von einem Stückchen Hoffnung verdrängt … „ich habe eine Kladde gefunden, die mit seinem Namen versehen ist und einige Gedichte aus seiner Feder enthält. Vielleicht hilft Ihnen die ja schon einmal weiter. Sie liegt oben am Schreibtisch." „Vielen herzlichen Dank, Herr Dietrich! Wir schauen Sie uns gerne an!" Da war es wieder, jenes Feuer, das immer in Ralf aufbrauste, sobald er eine Spur bei seinen Recherchen entdeckte, das angenehme Kribbeln in den Fingern, wenn er endlich eben jenen Hinweis gefunden hatte, nach dem allzu viele vor ihm bereits vergeblich gesucht hatten. Nach einem kurzen Aufstieg ins Obergeschoss fanden sich er und Hassler in einem kleinen, abgedunkelten Raum wieder, der nach einem Griff an die rechte Wand in ein weißlich-steriles Licht getaucht wurde. Ein Computer, der spürbar bereits bessere Tage erlebt hatte, surrte leise vor sich hin und zeigte eine Excel-Tabelle an, die überquoll von einzelnen Referenznummern. Vermutlich das Verwaltungssystem des Archivs. Inmitten des Raumes stand ein alter Holztisch, an dessen abgewetzter Kante, in einem einladenden Rot gehalten, eine Mappe lag. Schnell setzten sich die beiden hin und teilten die wenigen enthaltenen Blätter zwischen sich auf; die anfängliche Euphorie jedoch wich schnell der Enttäuschung: Neben einigen Zeitungsausschnitten waren keinerlei Hinweise auf ein Textheft vorhanden, sondern lediglich fünf maschinengeschriebene Blätter, die eine Art Nachruf auf Sümmerer enthielten. Der Autor, ein gewisser Ludwig Blank, gab sich ganz den Lobeshymnen auf eben jenen größten Dichter des Fichtelgebirges hin, sodass Ralf Mühe hatte, sich überhaupt durch die schwulstig geschriebenen Zeilen zu kämpfen. Dann allerdings fing ein kurzer

Absatz seine Aufmerksamkeit ein: „Aber ein tragisches Geschick hat es dem Heimatdichter verwehrt, sein reifstes Werk „Anno 1523“ über die Bühne gehen zu sehen. Als die die erste Probe erfolgte, wölbte sich bereits viele Monate der Erdhügel über der letzten Ruhestätte Christian Sümmerers auf dem Münchberger Friedhof.“ Was folgte, Ralf konnte es kaum glauben, war eine kurze Beschreibung des Inhalts! Schnell las er weiter: Scheinbar handelte das Theater vom Treiben des Raubritters Hans Thomas von Absberg, der in den Herren von Sparneck, denen das Rote Schloss auf dem Waldstein gehörte, willige Helfer in seinem Kampf gegen die Stadt Nürnberg gefunden hatte. Es entspann sich eine Geschichte rund um den letzten Widerstand der Ritter gegen den um sich greifenden Kapitalismus, gewürzt mit – einer Liebesgeschichte. Die Tochter des Sparnecker Ritters himmelte einen jungen Minnesänger an, wurde jedoch von einem gefallenen Ritter namens Botho verfolgt, der ihr seine Zuneigung aufdrängen wollte. Konnte es sein, dass sich darin der Schlüssel zum letzten Geheimnis verbarg? „Herr Benz, sehen Sie sich das an“ Hassler holte Ralf aus einen Gedanken. „Hier ist eine kleine Sammlung von Gedichten Sümmerers, wobei mir allen voran dieses Exzerpt ins Auge gestochen ist.“ Er zeigte Ralf einen vergilbten Zettel, auf dem jemand handschriftlich den Satz ergänzt hatte: „Stammt aus ‚Anno 1523‘.“ „Diesen Titel habe ich auch hier im Nachruf gelesen, aber was soll das heißen? Hatte Sümmerer etwa noch ein drittes Stück geschrieben?“ „Nein, nein, sehen Sie hier“, Hassler holte ein kleines Notizbuch aus seiner Tasche und schlug es in der Mitte auf. Über und über waren die Seiten mit einer akkuraten Handschrift bedeckt, „ich habe bereits herausgefunden, dass es sich bei ‚Anno 1523‘ um den Arbeitstitel eben jenes Stückes handelte, das später als ‚Raubritter' auf die Bühne kommen sollte." „Sie meinen?" „Ganz recht – wir scheinen eine Spur gefunden zu haben." Eifrig lasen die beiden den kurzen Absatz:

> Lüchauer: „Das Gleiche tu ich auch – und nehme Eure Tochter zu meinem Weibe."
> W. v. Sparneck: „Ihr lasst nicht ab, Schimpf auf Euer Haupt zu laden! So stoß ich Euch hinaus als einen Schurken, den man hängen sollte! Ihr seid eine Schande für den ganzen Ritterstand und es ist der größten Schanden einer, einem Weibe Gewalt antun zu wollen und zu zwingen trotz ihrer Gegenwehr!"

Ein Fünkchen Verstehen breitete sich in Ralfs Kopf aus und doch konnte er es nicht vollends zum Leuchten bringen. „Okay, und was soll uns das sagen?" „Herr Benz, man merkt, dass Sie noch nicht allzu bewandert sind in der regionalen Geschichte: Die beiden Personen waren real – es handelt sich dabei um zwei Ritterfamilien, die einander Spinnefeind gewesen sind. Anscheinend hat nun der eine, der Lüchauer, versucht, die Tochter des Sparneckers mit Gewalt zu nehmen; soll heißen, sie zu vergewaltigen. Aber das ist noch nicht alles: Schauen Sie, hier!" Hassler hatte einen karierten Zettel aus der Mappe gefischt, auf dem sich einige wenige Sätze fanden. „Der lag ebenfalls in diesem Konvolut. Es scheint sich um ein Gedicht aus dem Stück zu handeln, das an sich gesehen überhaupt keine Relevanz besitzt. Liest man es aber im Zusammenhang, ergibt sich plötzlich das wahre Ausmaß des Falles:

Die Erd' soll nun ihr Grabe sein,
So leg ich, Kindlein, dich hinein.
Durch Satans Gunst warst du geboren,
Durch Antons Gnad' gingst du verloren.
Der Himmel hat ein Englein mehr,
Die Schuld der Sünder, sie wiegt schwer.

„Hmm, meinen Sie wirklich, es bezieht sich auf die Szene, die wir gefunden haben?" Ralf konnte nicht recht daran glauben, dass Sümmerer es gewagt hätte, tatsächlich derart explizit auf ein Verbrechen hinzuweisen. „Hören Sie, Herr Benz, ich komme zu einen ganz einfachen Schluss: Wenn es sich in der Szene tatsächlich um eine Vergewaltigung gedreht hat, dann wäre es nur sinnvoll, zu schlussfolgern, dass sich das Gedicht in irgendeiner Art darauf bezieht, dass daraus ein Kind entstanden ist. Stellen Sie sich das einmal vor: Ein junges Mädchen wird mit Gewalt genommen, kann die Schande, die dadurch auch auf seine Familie fallen würde, jedoch verbergen – bis sie schließlich mit Schrecken feststellt, dass sie schwanger ist. Was also würde das Mädchen tun?" „Es würde alles daran setzen, um das Kind loszuwerden" führte Ralf den Gedanken weiter. „Jedoch nicht, weil sie es nicht liebt, sondern, um weiteren Schaden von ihrer Familie fernzuhalten." Zweifel begannen, sich in Ralfs Kopf breit zu machen, sodass er letztendlich das Tagebuch aus seiner Tasche fischte. Schnell blätterte er die vom Alter steif gewordenen Seiten durch, bis er schließlich jene Einträge fand, nach denen er gesucht hatte. „Das ergibt keinen Sinn, Herr Hassler" brachte er nach einem kurzen Moment der Stille heraus. Elfriede schreibt hier deutlich, dass sie sich nur mit ihrem Liebhaber getroffen hatte und verliert kein Wort über eine mögliche Vergewaltigung. Die anfängliche Euphorie war schnell der Schwermut gewichen – noch vor wenige Augenblicken hatten sie sich dem Ziel derart nahe gefühlt, hatten gehofft, endlich das letzte Puzzlesücken an den richtigen Platz schieben zu können, und sahen sich nun von Neuem enttäuscht. „Einen Moment!“ entfuhr es daraufhin dem alten Archivar. „Was wäre, wenn die Eltern von der Liaison erfahren und das Mädchen dazu gezwungen hatten, die Abtreibung durchzuführen.“ „Wie kommen Sie darauf?“ „Hören Sie genau auf den Wortlaut: Es heißt, die Schuld der Sünder, nicht etwa der Sünderin. Vermutlich bezieht sich dieser letzte Vers damit keinesfalls auf die Liebschaft, sondern vielmehr auf den Mord am ungeborenen Leben, der, wie Sie sicher wissen, damals wie heute als besonders schändlich betrachtet wird.“ „Soll das heißen, jemand hat sie vergiftet, um damit das Kind zu töten? Das ergibt doch keinen Sinn! Man hätte einfach warten können, bis es auf die Welt gekommen ist und es dann weggeben.“

„Nein, eben nicht, Herr Benz: Ungeborenes Leben war nichts wert – erst wenn das Kind den ersten Schrei von sich gab, das erste Mal Luft in seine Lungen sog, galt es als vollständiges Lebewesen. Sie müssen bedenken, dass man damals noch nicht allzu viel über die Geburt wusste – es kann daher durchaus sein, dass man den Mord an einem Ungeborenen als weniger tragisch erachtete.“ „Aber warum dann die Mutter umbringen? Was hatte es für einen Nutzen, dennoch die Sünde zu begehen?“ „Das ist der Knackpunkt, an dem ich auch nicht weiter weiß. Ich könnte mir jedoch vorstellen, dass es eine Art Unfall war, der zum Tod der Mutter führte. Vielleicht war der Ausgang anders geplant.“ Ralf erkannte, wie raffiniert Sümmerer seine Anklage verborgen hatte: In einem Stück, das vor gut fünfhundert Jahren spielte, kam es zu eben jener Schandtat, die sich 1865 in Zell zugetragen haben muss. Das Vorgehen der Eltern hätte die Zuschauer sicher erzürnt und zugleich mit dem Finger auf eben das gezeigt, das wenige Jahre zuvor noch einmal geschehen war. Ein Aufschrei wäre durch die Gesellschaft gegangen, hätte Sümmerer letztendlich offenbart, dass diese Geschichte nicht seiner Phantasie entsprungen ist, sondern sich tatsächlich zugetragen hatte. Der laute Klingelton von Ralfs Handy brachte seinen Gedanken schließlich zu einem abrupten Ende: „Benz?" „Herr Benz, hier ist Maier von der Rezeption der Klinik in Münchberg. Sie haben beim Aufbruch Ihre Medikamente vergessen. Wären Sie so nett, sie abzuholen? Oder sollen wir sie Ihnen zusenden?" Shit, das hatte er ja komplett verdrängt. „Nein, nein, ich komme noch einmal vorbei." Mit einem letzten Blick auf die Mappe brachen die beiden schließlich wieder gen Münchberg auf. Ralf hatte das Gefühl, der Lösung des Rätsels einen großen Schritt nähergekommen zu sein, doch fehlten noch immer wichtige Informationen: Wie genau hatten die Eltern die Abtreibung durchführen wollen? Hatten sie es alleine gemacht, oder Hilfe? Was wussten sie…?

„Herr Benz, schön, dass ich Sie hier treffe!" Der Arzt hatte sich vollends unbemerkt von hinten genähert und scheinbar schon eine gewisse Zeit gewartet, ehe er nun mit einem Räuspern auf sich aufmerksam gemacht hatte. Schnell wandte Ralf, der an der Rezeption gerade den Empfang des kleinen Päckchens quittierte, den Kopf in Richtung der Stimme und spürte, wie sich sein Gesicht im nächsten Moment aufhellte. Vor ihm stand Dr. Werner Kurz, den er während seines Aufenthalts schätzen gelernt hatte. Er war kein typischer Mediziner, sondern einer jener

Menschen, deren Wissen scheinbar unergründlich ist: In den verschiedenen Gesprächen, die sie während der Untersuchungen geführt hatten, hatte Ralf herausgefunden, dass Kurz nicht nur einen medizinischen Doktortitel sein Eigen nannte, sondern auch einen der Philosophie, was zu wunderbar tiefgründigen Diskussionen beispielsweise über Ecos „Der Name der Rose" oder aber die „Balance im menschlichen Körper" geführt und die Zeit in der Klinik angenehm verkürzt hatte. „Dr. Kurz, freut mich sehr!" „Herr Benz, ich muss zugeben, dass ich etwas überrascht gewesen bin, zu erfahren, dass Sie uns verlassen hatten, ohne sich von mir zu verabschieden." „Oh, das ähm, tja, ich hatte einen kleinen Notfall…" Interessiert wanderte eine Augenbraue des Arztes nach oben: „So? Einen größeren Notfall, als Ihre Verbrennungen? Darf ich fragen, um was es dabei ging?" Eine Idee schoss durchs Ralf Gedanken – sollte er eventuell versuchen…? Er gab dem Einfall nach: „Dr. Kurz, ich würde mich ja sehr gerne mit Ihnen darüber unterhalten, aber…" plötzlich gaben seine Knie nach und er rutsche an der Wand entlang auf den Boden. Routiniert griff der Arzt ihm unter die Arme und zog ihn zu einer scheinbar für exakt solche Fälle bereitstehenden Pritsche, mit der man ihn im nächsten Moment in ein nahes Behandlungszimmer schob.

Kapitel XV

Als Ralf die Augen aufschlug, starrte er in ein helles Licht, das jedwede Orientierung unmöglich machte. Stoisch ließ er daher alle Maßnahmen über sich ergehen, bis er sich schließlich allein mit dem Mediziner im Zimmer befand und sich wankend aufrichtete. Kurz lehnte an der gegenüberliegenden Wand und sah ihn aus wissenden Augen heraus an. Als er schließlich die Stirn in nachdenkliche Falten legte, setzte Ralf zu einer Erklärung an: „Dr. Kurz, ich muss Ihnen etwas gestehen. Ich hatte Schauspielunterricht an der Schule." „Nun, ich hatte mir schon so etwas gedacht, als ich Ihre Werte sah – an sich müsste alles in Ordnung sein. Aber warum dann dieser seltsame Auftritt eben?" „Darf ich Sie etwas fragen? Aber Sie müssen mir versprechen, keine falschen Schlüsse zu ziehen." Der Zusatz rief kurzzeitig einige neuerliche besorgte Falten auf die Stirn des Arztes, ehe er sagte: „Nur zu, Sie wissen, dass ich ohnehin an die Schweigepflicht gebunden bin.“ „Gut, nehmen wir einmal an, ein junges Mädchen hatte eine Liebschaft mit einem Mann und ist nun mit einem Kind schwanger. Was kann sie tun, um es abzutreiben?“ „Herr Benz, bei aller Freundschaft, aber darauf weigere ich mich zu antworten! Ich habe geschworen, jedes Leben zu schützen und mein Bestes zu tun, um es zu retten. Abtreibung steht dem klar entgegen.“ „Nein, nein, Sie verstehen mich falsch: Das Mädchen lebte im 19. Jahrhundert. Sie müssen wissen, dass ich“ kurz dachte Ralf nach „derzeit nach den hygienischen Bedingungen in den Städten der Industrialisierung recherchiere und dabei auf diese Frage gestoßen bin. Was meinen Sie, welche Möglichkeiten sie hätte?“ Der Arzt dachte kurz nach, als wollte er vollends sicher sein, nichts Falsches zu tun, ehe er antwortete: „Nun, dann wird sie zu einem Bader gegangen sein. Den Quacksalbern schlechthin – sie zogen Zähne, rasierten Bärte und taten sonst alles, für das sich richtige Ärzte zu schade gewesen sind.“ „Zu einem Bader also. Aber was hätte er ihr gegeben.“ „Ich nehme an, dass damals Claviceps Purpurea ein verbreitetes Mittel gewesen ist.“ „Ich habe zwar mein Latinum, wäre Ihnen jedoch trotzdem dankbar, wenn Sie verständlich reden könnten.“ „Mutterkorn.“ war die einfache Antwort des Arztes. „Und was soll das sein?“

„Der Mutterkornpilz wächst auf allen möglichen Getreidearten und ist hoch giftig. Mittlerweile vermuten manche Kollegen sogar, dass er ganze Epidemien ausgelöst hat. Andererseits hat er in einer gewissen Dosis heilende Wirkung – und wurde daher allen voran bis zum 20. Jahrhundert oft in der ländlichen Medizin eingesetzt. In gewissen Mengen nahmen ihn in erster Linie Hebammen zur Abtreibung ungewollter Kinder, was jedoch oftmals zu Vergiftungen führen konnte.“ Ralf war mit einem Mal heiß geworden – konnte es sein, dass sich hier die Lösung für Elfriedes rätselhaften Tod vor ihm auftat: „Wie genau waren die Symptome?“ „Nun, der Patient litt zuallererst unter einem Kribbeln in den Fingern und Zehen, das sich im ganzen Körper ausbreitete. Die nächste Stufe waren schließlich Wahnvorstellungen, die teils grausame Auswüchse annahmen, ehe schließlich der Tod eintrat. Am schlimmsten jedoch war das Feuer.“ „Feuer?!“ Eine Gänsehaut fuhr über Ralfs Körper hinweg: „Ja, das sogenannte Antoniusfeuer. Der Patient hatte das Gefühl, von innen heraus zu verbrennen. Es müssen unerträgliche Schmerzen gewesen sein.“ Für einen kurzen Moment wurde Ralf schwarz vor Augen, ehe sich sein Blick wieder klärte und er mit einem Mal alles genau vor sich sah: Ein junges Mädchen lässt sich mit einem Knaben ein und trägt ein Kind davon. Die Eltern kommen dahinter und zwingen es zur Abtreibung, die jedoch misslingt. Das Feuer verzehrt sie… Feuer verzehrt ihren Körper…das Rote Schloss in Flammen… Ein weiteres Puzzleteil rutschte an seinen Platz: Das Feuer in seinem Albtraum bezog sich nicht auf die Burg am Waldstein, sondern auf das gleichnamige Wirtshaus am Markt! Das musste demnach bedeuten, dass die Familie selbst eben jene Teufel waren, die Elfriede dazu getrieben hatten. Doch konnte das sein? Er musste endlich Klarheit haben.

Mit einem letzten gemurmelten „Danke“ brach er aus dem Krankenhaus auf und verabredete sich postwendend mit Susi im Zeller Wirtshaus. Auf ihre verdutzte Frage hin, warum es denn plötzlich derart schnell gehen musste, antwortete er ihr mit nur einem einzigen Satz: „Weil es um die

Ehre deiner Ahnen geht!" Noch während der Taxifahrt rief er erneut bei Waldemar Hassler an, der sich, nachdem er ihn beim Krankenhaus abgesetzt hatte, noch einmal in seiner eigenen Sammlung nach weiteren Informationen umsehen wollte, erreichte jedoch nur die Bandansage, die von der Abwesenheit des Archivars kündete. Ein Blick auf die Uhr verriet Ralf, dass er vermutlich gerade seinen wohlverdienten Feierabend angetreten hatte, sodass er keinen weiteren Gedanken daran verschwendete. In Zell angekommen, wartete Susi bereits auf ihn: „Kannst du mir bitte erklären, was das soll?" erhielt jedoch keinerlei Antwort von ihm. Er zog sie hinauf in eben jenes Zimmer, in dem alles begonnen hatte, wies auf die Bilder an der Wand und sagte: „Elfriede ist ermordet worden." Mit einem Schlag war es still im Haus und sosehr Ralf sich auch anstrengte, er konnte das vertraute Ticken der alten Uhr in seinem Schlafzimmer nicht hören. Schnell rannte er hinein und sah, dass das Pendel gerade seine letzten Bewegungen vollzog, ehe es andächtig innehielt. Susi war ihm vollends perplex hinterhergejagt, drehte ihn mit aller Kraft herum, starrte ihm in die Augen und sagte: „Was hast du da gerade gesagt?" „Elfriede wurde ermordet, ihre eigenen Eltern haben sie auf dem Gewissen, weil sie es nicht aushielten, dass ihre Tochter vor der Ehe mit einem Mann geschlafen hatte. Sie gaben ihr Mutterkorn, um das Kind abzutreiben, doch war die Dosis zu hoch – so haben sie sie Stück für Stück vergiftet." „Was redest du denn da? Was ist Mutterkorn?" „Ein Pilz, den man früher für Abtreibungen hergenommen hat. In zu hoher Dosierung verursacht er ein brennendes Gefühl im Inneren, das man als Antoniusfeuer bezeichnet *Durch Antons Gnad' gingst du verloren.* Sie war schließlich dem Wahnsinn nahe, Susi, deine Ahnen haben ihre eigene Tochter vergiftet, nur um ihr Ansehen in diesem blöden Kaff aufrecht zu erhalten!“ „Das ist doch alles ausgemachter Blödsinn! Wie kommst du nur auf solche schwachsinnigen Ideen!“ „Das war nicht ich allein, Susi: Christian Sümmerer wusste es und verarbeitete den Stoff in einem Stück, das jedoch niemals zur Aufführung kam. Schließlich verstarb er in München. Albert war ebenfalls auf der richtigen Spur und starb vor einigen Tagen direkt vor eurer Haustür. Merkst du nicht, was hier gespielt wird? Es ist eine Tragödie geschehen und bis heute gibt es jemanden, der alles daran setzt, das Ganze geheim zu halten. Jemand, der nicht wollte, dass dieses dunkle Geheimnis ans Tageslicht gezerrt wird, da er selbst mit der Familie verbunden ist.“ Susis Gesicht war zu einer Grimasse verzerrt. „Du meinst doch nicht etwa, dass ich…“ „Du bist die Einzige, die einen Grund gehabt haben könnte, die Schande bis heute zu verbergen. Du bist derart stolz auf das, was war, dass du bis heute an diesem alten Kasten hängst, der seinen Sinn schon lange verloren hat. Du hältst die Erinnerung an die Vergangenheit wach, indem du alles so belässt, wie es in den besten Zeiten gewesen bist.“ Susis Stimme verriet nichts von ihrer inneren Erregung, als sie fragte: „Und warum hast du nicht die Polizei geholt? Warum glaubst du, dass ich dich verschonen würde, wenn ich doch schon Albert umgebracht haben soll?“ „Weil es eine Sache gibt, die nicht ins Bild passt“ Ihr erstes Treffen erschien vor Ralfs innerem Auge, die Zuneigung, die sie ihm von diesem Moment an geschenkt hatte; das Vertrauen, als sie ihn in eben jenes Haus einziehen ließ, das ihr anscheinend derart viel bedeutet; der Blick, den sie ihm im Krankenhaus zuwarf. „Du bist keine Mörderin.“ Sie hatte scheinbar mit allem gerechnet, nur nicht mit dem. „Was soll das heißen?" „Das heißt, ich glaube nicht daran, dass du für all das einen Mord begehen könntest." Ein bitteres Lachen drang aus Susis Kehle heraus, ehe sie ihm ein einziges Wort zuwarf: „Raus!"

Kapitel XVI

Ralf war zugegebenermaßen recht überrascht gewesen, noch in der gleichen Nacht ein Zimmer in Zell gefunden zu haben. Dazu kam die Nähe zu seinem einstigen Domizil: Im Gasthof „Weißer Ochse“ waren auch einige Unterkünfte für Gäste bereitgehalten worden, wohin ihn die Wirtin schnurstracks brachte, als er abends vor ihrer Haustür gestanden hatte. Er war sich sicher, was in den nächsten Tagen das Geschwätz des Ortes werden würde: Nichts war es mit Hochzeit – er hatte die junge Schuberth eines Mordes bezichtigt und damit hatte sie die Verlobung wieder aufgelöst. *Wen wundert's? Ich hätte das Gleiche getan. Er war mir schon von Beginn an unsympathisch...* Die Gedanken verloren sich im gelblich-dampfenden Licht der Laternen, als Ralf aus seinem Fenster starrte. Auf der anderen Straßenseite, nur ein wenig weiter oben am Markt, erkannte er die dunklen Schemen des Wirtshauses „Rotes Schloss“ und wünschte sich, dass die Flammen aus seinem Traum die alten Mauern endgültig verschlingen würden, um Elfriedes Seele damit die letzte Ruhe zu gönnen. So aber stand das Mahnmal der Schande inmitten des Marktplatzes und kündete von jenem falschen Stolz, der seine Bewohner zu Mördern gemacht hatte. Angewidert wandte Ralf schließlich den Blick ab und ließ ihn durch sein Zimmer schweifen. Sicher war es nicht nach der neusten Mode eingerichtet, doch erfüllte es seinen Zweck: Neben dem Einzelbett stand auf einem kleinen Nachtischchen eine altmodische Lampe, die ein freundliches Licht verströmte und unter der sich eine kleine Mappe mit allerlei interessanten Informationen rund um Zell befand. Müde ließ Ralf sich auf die Matratze fallen und staunte nicht schlecht, als er Alberts Namen auf einem kleinen Faltblatt entdeckte, das den Titel trug „Wanderungen rund um Zell“. Er tat ihm am meisten Leid. Ein Mann, der sein ganzes Leben der Liebe zur Heimat geschenkt hatte, war nun aufgrund eben jener Zuneigung und dem Drang, sie von einem dunklen Geheimnis zu erlösen, verstorben. Ralf war sich sicher, dass irgendwo zwischen den alten Häusern ein Mörder sein Unwesen trieb, der auch ihn schon längst ins Jenseits befördert hätte, wenn er nicht durch Zufall noch einmal davon gekommen wäre. Die Zweifel, wie genau er weiter verfahren sollte, hatten ihn vollends um den Verstand gebracht: Zwar wusste er mittlerweile, was mit Elfriede geschehen war, doch hatte sich die Genugtuung, derer er sich anfangs derart sicher gewesen war, nicht eingestellt, da er wusste, dass die wahren Abgründe hinter der Geschichte bei weitem tiefer gingen, als er es sich vorstellen konnte. Schließlich hatten all diese Gedanken zu einem einzigen Schluss geführt – er gab auf. Er hatte bereits sein Kündigungsschreiben aufgesetzt – in zwei Tagen würde er in seine alte Heimat aufbrechen und diesen Ort mit all seinen Geheimnissen sich selbst überlassen. Sollten sich die Zeller doch gegenseitig abmurksen – was kümmerte es ihn? Sie widerten ihn an – auf der einen Seite trugen sie stolz jene Überheblichkeit zutage, derzufolge all jene, die in den Städten wohnten, im Angesicht der dunklen Moloche kein richtiges Leben führten, während hier auf dem Land alles eitel Sonnenschein war – auf der anderen Seite verheimlichten sie über Generationen hinweg eine solch niederträchtige Tat und stießen lieber ein unschuldiges Mädchen in die Verdammnis, als sich ihrer eigenen Schuld bewusst zu werden. Dass sie schließlich gar dazu fähig waren, Morde zu begehen, um den Ruf des Ortes nicht noch mehr zu gefährden, gab Ralf den Rest. Nichts hielt ihn mehr hier – Albert würde es sicher verstehen, wenn er abbrach. Kein Geheimnis, kein Rätsel war es wert, sein Leben aufs Spiel zu setzen. Letztendlich würde er demnach genau das tun, was Albert schon von Anfang an vermutet hatte: Er würde einen kurzen Artikel darüber schreiben, wie ein kleiner Ort in Franken jahrhundertelang in Sünde lebte und damit endgültig mit Zell abrechnen, was ihm wenigstens etwas Genugtuung bereitete. Elfriede hätte ihre Ehre zurück und die anderen würden zurecht an den Pranger der öffentlichen Justiz gestellt. Sie hatten es verdient. Während dieser Plan in seinem Kopf heranreifte, schweifte sein Blick an der abgenutzten Zimmereinrichtung entlang und blieb schließlich erneut am kleinen Heftchen hängen, von dem ihn Alberts Name anstarrte. Er beschloss, der Stimme des Freundes ein letztes Mal Gehör zu schenken, ließ sich auf die Matratze fallen und schlug es in der Mitte auf. „Die

Quelle der Sächsischen Saale" prangte in rustikal gehaltenen Lettern in der Mitte der Seite und verleitete Ralf dazu, wenigstens den ersten Absatz des kurzen Artikels zu lesen. Schon im nächsten Moment saß er angespannt inmitten des Bettes, sein Rücken war steif, seine Augen starr auf den Text fokussiert – und die Härchen an seinen Armen stellten sich drohend gen Himmel.

Scheinbar entstand die Quellfassung durch puren Zufall, nachdem ein armer Glücksritter dort oben nach Gold gegraben hatte, was er schließlich aufgeben musste. Interessant zwar, doch nicht der Grund für Ralfs Anspannung: Dort, inmitten der Seite erkannte er auf einem alten schwarz-weißen Foto eine Hütte, die er schon einmal gesehen hatte. Windschief standen die morschen Bretter in allen möglichen Richtungen davon, die Fensterscheiben waren längst herausgebrochen. Und dennoch gab es keinen Zweifel: Es war die Hütte aus seinem Traum. Schnell las Ralf den zugehörigen Text: „Nach der Auflassung des alten Bergwerks übergab der einstige Eigentümer Johann Jacob Richter das Areal an die Gebrüder Johann und Johann Braun, die sich dort oben ein kleines Häuschen bauten. Aufgrund des Berufs ihrer Vorfahren, die sich als Hirtenfamilie verdingt hatten, nannten es die Zeller bald im Scherz ‚Zum Waldhirten'." Wieder einer jener Namen, die Ralf bekannt vorkamen. Er strengte seine grauen Zellen an, die sich jedoch aufgrund der Tatsache, dass er bereits mit allem abgeschlossen hatte, was mit diesem Kaff zu tun, weigerten, zu funktionieren. Schließlich fiel es ihm wieder ein: Elfriede hatte in ihrem Tagebuch davon berichtet, dass sie sich mit ihrem Geliebten bei den Waldhirten treffen würde. Er hatte Susi doch sogar nach dem Familiennamen gefragt! Er bezog sich demnach keinesfalls auf die Behausung der Familie oben am Waldrand, sondern auf eben jene kleine Hütte, die er nun vor sich auf dem Foto sah. Doch konnte das bedeuten? Nein, die Überlegung war zu abwegig…und dennoch wäre es möglich. Schnell raffte er das Heftchen und stürmte die alte Granittreppe hinunter in den Schankraum, wo Agnes Weber schnarchend in einer Ecke saß. „Frau Weber? Frau Weber! Wachen Sie auf, ich muss Sie dringend etwas fragen." „Häh? Wos is denn etzt scho widder?" „Frau Weber, Sie kennen sich sicher mit der Geschichte des Ortes ein wenig aus" (immerhin haben Sie große Teile davon selbst miterlebt, ergänzte er in seinem Kopf). „Nojo, scho, obber wenn Sa merra wissen wolln, missdn sa na Albert frong." Im nächsten Moment weiteten sich ihre Augen kurz, ehe sie in Tränen ausbrach: „Och, unner Albert, su woss hodder eifoch ned verdiend." Kurz ließ sich Ralf dazu hinreißen, in ihr Wehklagen einzustimmen, doch schüttelte er den Schmerz kurzerhand ab und fragte: „Frau Weber, kennen Sie die Waldhirten? Familie Braun?" „No obber freilich kenn ich die! Des senn alles ganz nedda Leid – der Gung is middlerwaaln Schreiner, obber sei Ur-Ur-Großmutter, die is nuch fill bekannder!" „Warum?!" „Des wor a Trud!" „Eine was?" „A Trud, odder a Hex: Die wor drum im Wold gewohnt und hott allerlei Zeich mit die Geister ogschdelld. Bis heit wass kaaner su genau, wos werglich wohr drogewesen is, obber mer derzillt sich, dassmer sa domols, wie sa gschdorm wo, net amoll aufn Friedhof beerdinga wolld. Deswecher hotmer ihr a Grob drum am Brinnla beim Haaberch auskuhm, des bis heid „Deifelsbrunna" haast." *Der Teufel, lachend auf dem Steintisch*

„Kannte sie sich vielleicht auch mit Kräutern aus? Eine Art Baderin?" „No freilich, die hot alles aweng gekennt." Konnte es sein? War dies das letzte Puzzlestück? Der letzte Besuch beim „Waldhirten" nicht etwa als fröhliche Liaison mit dem heimlichen Verehrer, sondern als grausame Abtreibung, zu der Elfriede von ihren Eltern gezwungen worden war? „Frau Weber, Sie wissen doch noch, wie sich die Stammtischbrüder bei meinem letzten Besuch über den Fund oben an der Saalequelle unterhalten haben, oder? Einer sagte damals, dass alles irgendwann ans Tageslicht kommen würde. Was hat er damit gemeint?" Still hatte sich Agnes zurückgelehnt und die Augen zusammengekniffen. „Wissen Sa, mancha Dinge solld mer lieber nimmer derzilln!" „Hören Sie auf, mir mit solchen Phrasen zu kommen – ich halte es langsam nicht mehr aus! Was ist damals dort oben vorgefallen?" „Die klaana Schlambn hot ihr Kind obdreihm lossn." Eine dunkle Stimme hatte sich mit einem Mal in den Raum geschoben. Sie kam aus der dunkelsten Ecke und drang mühsam aus der von Bier und Schnaps ausgedorrten Kehle eines alten Mannes. „Wer sind Sie?" „Alfred der Name. Iich hob scho immer dro geglabbd, dass des irgendwann amoll bassiern werd. Solche Sünden straft der Herrgott endweder gleich, odder aber er lässt die Menschen nuch awengla schmorn." Ralf konnte seinen Unmut nicht zurückhalten: „Sie war keine Schlampe, haben Sie das verstanden! Gott, dieses Dorf macht mich krank! Glauben Sie etwa, Sie hätte all das freiwillig gemacht? Sie ist gezwungen worden abzutreiben, von ihren eigenen Eltern, damit endlich das Gerede der Nachbarn aufhört." Mittlerweile war Ralf alles egal – sollten sie doch erfahren, was er mittlerweile alles wusste. Bald würde es ohnehin ans Tageslicht kommen, dafür würde er selbst sorgen. „Haha, no wenn Sa dodro glaam. Iich wass nur, wos mer mei Vodder derzillt hott, wie er domols beim

‚Raubritter' mitgemacht hot." Wieder durchzuckten Gedanken Ralfs Kopf: „Bei der Probe zum zweiten Stück von Sümmerer?" „Genau do: Do worn nämlich net die Eltern die Beesen. Ganz im Gengdaal, hammsa bis zum Schluss o ihr Dochder geglabbd, wolldn sa sugor aus der Burch rausschaffn, um der ganzn Sach a End zu machen. Obber om ledzdn Dooch hod sa der Lüchauer derwischd." „Warten Sie, Sie meinen, dass der Junge, mit dem sie ein Verhältnis hatte sie dazu getrieben hat? Aber das macht keinen Sinn, welchen Grund hätte er gehabt?" „Naa, net der Gung, der Old! Die Fehde hot sich su weit higezuung ghabt, dass er niemals a Kiind vo seim Gung und der Dochder vo seim Duudfeind zugelossn hätt." *Fehde, Krieg, Kleinkrieg... „Der Kleinkrieg zwischen den beiden zog sich lange hin", „Was würde mein Vater wohl dazu sagen?" Sünde...*

Wie Blitze schossen die einzelnen Sätze Ralf durch den Kopf und wirbelten vor seinen Augen. „Sie meinen, die Eltern des Liebhabers haben Elfriede zur Abtreibung gezwungen?" Ralf brauchte den Alten nicht anzusehen, um zu merken, wie er langsam nickte. Vorsichtig wandte er den Kopf in Richtung der Wirtin, die still auf ihren Platz gesunken war. „Sie sagten doch, dass Hafenrichters einen schönen jungen Sohn hatten, der aber immer etwas seltsam auf Sie wirkte, nicht wahr?" „Nojo, obber dasser suwos machd, ko ich mer derweecher net vorschdelln!" „Aber so muss es gewesen sein! Sümmerer hatte es herausgefunden und wollte mit dem Finger auf eben jene zeigen, die alles zu vertuschen suchten – bis er starb. Albert hatte eine Ahnung, und wurde ermordet" „WOS?!" plötzlich war die Alte aus dem Stuhl aufgesprungen. Ralf hörte das Entsetzen in ihrer Stimme nurmehr aus der Ferne: Wutschnaubend war er ins Freie gestürmt, er konnte hier nicht bleiben – er musste weg, möglichst weit weg von diesem verfluchten Ort und seinen Geheimnissen.

Kaum war er aus der Tür des Gasthofes getreten, umfing ihn in die dunkle Schwärze der Nacht, die direkt in sein Innerstes zu dringen schien und tiefe Schatten auf seine Seele warf. Aus einer anfänglichen Vermutung war nun endlich Gewissheit geworden; *Ahnung*, ein leises Wispern zu Beginn war mittlerweile zu einem lauten Rufer geworden, gegen seine letzten Vorbehalte anschreiend und stolz auf eben jene Beweise deutend, die sich vor seinem geistigen Auge zu einem klaren und unumrückbaren Bild zusammengefügt hatten. Freuen indes konnte er sich ob des Triumphs nicht – hatte er noch vor kurzem tatsächlich überlegt, Alberts schlimmste Vorstellung wahrwerden zu lassen und seine Erkenntnisse schriftlich der Allgemeinheit zu präsentieren, um damit endlich die Fassade des unbeschwerten Dorflebens zu zerstören, hatten sich mittlerweile Zweifel in seinem Unterbewusstsein breit gemacht. Statt mit einer Handbewegung den Staub der Vergangenheit endgültig wegzuwischen und die kalte, klare Wahrheit, die darunter verborgen lag, ins recht Licht zu rücken, quälte sich plötzlich ein anderes Gefühl in seine Gedanken: Mitleid. Er konnte nicht anders, als Mitleid mit den Menschen zu fühlen, die hier tagein, tagaus ihr Leben führten ohne recht zu wissen, welche Probleme außerhalb ihrer Welt existieren. Für sie war es spannender, über mögliche Liebeleien und Romanzen zu spekulieren, als sich mit dem Hunger in Afrika auseinanderzusetzen. Sie interessierten Gespräche über das Wetter mehr, als drohende Auseinandersetzungen mit dem Osten. Wer aber war Ralf, ihnen diese Welt zu nehmen? Warum sollte er sie zerstören, nur um damit die Bewohner des kleinen

Fleckchens Erde mit der Grausamkeit der Gegenwart zu konfrontieren? Einmal mehr drang *Ahnung* in die Tiefen seines Unterbewusstseins: *Weil du nicht ausstehen kannst, dass es ihnen vielleicht am Ende besser damit geht, als dir.* War es das? War das der Grund? Konnte, ja wollte Ralf einfach nicht, dass Menschen derart unbeschwert in den Tag hineinlebten, weil er es selbst nicht mehr vermochte? War er mittlerweile derart enttäuscht worden von all den Problemen, die die Menschen sich selbst geschaffen haben, dass er es nicht einsehen konnte, wie sich manche von ihnen noch immer frohgemut in die andere Richtung drehen und keinen Gedanken darauf verschwenden konnten? Er wusste es nicht.

Doch noch während Ralf über diese Fragen grübelte, hatten seine Füße unbewusst den Weg den alten Marktplatz hinab eingeschlagen, sodass er nun, am Ende jener gedankenverlorenen Wanderung, vor einem schmiedeeisernen Tor angelangt war, dessen einer Flügel ins dahinterliegende Dunkel wies. Alles Leben schien sich um ihn herum zurückgezogen zu haben: Abgestellte Autos warteten auf beiden Seiten der Straße auf ihren morgendlichen Einsatz, die Augen der alten Häuser starrten teilnahmslos in die Nacht. Kein Laut, nicht der leiseste Windhauch schien die in sich ruhende Stimmung zu stören. Und doch war es Ralf mit einem Mal, als spürte er eine Existenz hinter sich, die ihn aus kalten Augen heraus musterte: Es war jenes unterbewusste Gefühl, dass er während seiner Zeit hier schon einige Male gespürt hatte. Wenn sich die Nackenhaare blitzschnell aufstellten und der Körper vollends unbewusst in einen Zustand glitt, der seinen tiefsten Instinkten zu entspringen schien. Erschrocken drehte er sich um, starrte jedoch nur in die weite Finsternis, die, gesäumt von den steinernen Kolossen, die den Markt und damit all seine Geheimnisse zu bewahren suchten, die Straße nach einer kurzen Strecke verschluckte. Der Weg führte ins Nichts…welch passendes Bild für Ralfs momentane Lage. Noch während er die Drehung um seine Achse beendete, sah er rechts des offenen Tores ein einfaches Schild mit der stark vereinfachten Darstellung einer Kirche, unter der in klarer Schrift geschrieben stand: „Unser Gotteshaus steht jedem offen. Treten Sie ein!"

Sind Sie gläubig? Diese einfache Frage, die Albert erst vor wenigen Augenblicken gestellt zu haben schien, geisterte mit einem Mal durch Ralfs Gedanken und trieb ihn schließlich dazu, sich auf den Weg in die vor ihm liegende Dunkelheit zu machen. Die Kirche selbst hatte er bereits bei seinem Besuch im Pfarramt von außen bewundert, ihr jedoch keinerlei weitere Beachtung geschenkt. Nun, im Angesicht all der Leiden, die sie im Laufe ihrer Geschichte gesehen haben muss, schien ihm das stolz aufragende Gebäude beinahe wie ein letzter Ast, der sich mutig dem Ertrinkenden entgegenstreckte. Andächtig schritt Ralf den kurzen Pfad bis zum Turm hinunter, der sich schemenhaft vor der nächtlichen Szenerie absetzte und drückte – in Erwartung einer verschlossenen Tür – kraftlos auf die alte Klinke. Schon im nächsten Moment erstarrte er kurz in seiner Bewegung, als er spürte, wie sich tatsächlich der eiserne Riegel nach links schob und ihm Einlass in die nächtliche Stille des Gotteshauses gewährte. Vorsichtig tastete Ralf sich voran, wissend, dass jeder Ton, den er von sich gab, als eine Beleidigung der erhabenen Stille verstanden würde, wodurch sich die Aura des Ortes vor ihm verschlösse. Er nahm in einer der Bankreihen Platz und richtete den Blick in jene Richtung, wo, eingehüllt in das bläuliche Licht der Nacht, das mühsam durch die alten Scheiben fiel, der Altar stand. In just jenem Moment, jenem Augenblick völliger Einsamkeit, durchflutete ein Gefühl Ralfs Körper, das er bis dato noch nie gespürt hatte: Völlige und allumfassende Verzweiflung. Mit einem Mal brachen all jene Empfindungen über ihn herein, die er während seiner Zeit in diesem kleinen Fleckchen Erde mutig hinter einer Stahltür eingeschlossen hatte, da er sich schämte, sich ihrer bewusst zu werden. Angst vor dem Neuanfang in einer fremden Gegend, Ungewissheit über die eigene Zukunft und schließlich die Erkenntnis, dass Zell begonnen hatte, ihm eine Heimat zu sein, was er jedoch nicht wahrhaben wollte. Er hatte sich dem Ort dermaßen verschlossen, dass alle unterbewussten Versuche, sich hier heimisch zu fühlen und endlich – als wäre er am Ende einer langen Wanderung – anzukommen, im Nichts verlaufen mussten. Einem Klatschreporter gleich wollte er nicht sehen, was wirklich war, sondern suchte beinahe verzweifelt nach jenem einen Skandal, der die schöne Fassade zum Einsturz bringen konnte. *Sie sind auch nur wie die anderen.* Traurig, enttäuscht, drang Alberts Stimme an sein Ohr. Damals hatte er es nicht wahrhaben wollen, doch traf ihn die Einsicht nun umso stärker.

Als er aus der Lethargie auftauchte und den Blick von Neuem durch die nächtliche Szenerie schweifen ließ, erkannte er vor sich ein Gesicht, dessen Züge ihm mittlerweile derart vertraut geworden waren, dass er ein kurzes Lächeln, das zögernd um seine Lippen strich, nicht verbergen konnte. Susi schaute ihm aus ihren tiefen Augen heraus an und doch war es etwas anders an ihrem Abbild: Die Haare schienen länger, die Haut von schwerer Arbeit verhärmter zu sein. *Elfriede* gerade, als er nach ihr greifen wollte, verschwand das trügende Bild in der Dunkelheit des Gotteshauses und noch während Ralf ihr hinterherblickte, erstand erneut das mächtige Schloss vor seinem Auge. Eine Szenerie voll von Harmonie und Idylle, die im nächsten Moment von einem gleißenden Licht verschlungen zu werden schien. Am Rand des Bildes erkannte Ralf schließlich jedoch nicht mehr die Teufel, sondern blickte plötzlich sich selbst ins Gesicht: Er, er war es, der im nächsten Moment diese schöne Welt zerstörte. *Sie suchen nach den dunklen Seiten unserer Geschichte, um mit dem Finger darauf zu zeigen.* Wieder klang Alberts vorwurfsvolle Stimme an sein Ohr. *Nein! Nein, das will ich nicht! Ich will – ja, was? Heimat? Ankommen?* Gierig fraßen sich die Flammen durch die Schlossmauern vor Ralfs Augen, während sich feine Schweißtröpfchen auf seiner Haut sammelten. Als er die Lider schließlich wieder öffnete, schien noch immer ein Nachhall der Vision in seinem Blick zu existieren. Ganz so, als starre man allzu lange in die Sonne, erkannte Ralf vor sich, inmitten des Blaus der Nacht, einen hellen Schein, der über den Boden schwebte und seltsame Muster auf den Granit zu zeichnen begann. Ein unheimliches Brausen hatte eingesetzt, das, erst leise und kaum hörbar, dann immer lauter und drängender werdend, durch die noch immer offen stehende Tür hereinbließ. Mit einem unguten Gefühl hetzte Ralf hinaus und blickte den Marktplatz empor, der sich vor ihm auftat: Noch immer standen die alten Häuser in ihre eigenen Schatten versunken links und rechts der Straße, doch strahlte eines aus ihren Reihen in einem unheimlichen Leuchten. Schon im nächsten Moment erkannte Ralf den Ursprung des beinahe dämonischen Lichtscheins, der die Nacht zu stören wagte: Das „Rote Schloss“ stand in Flammen.

Erst zögernd, dann immer schneller rannte er zur alten Wirtschaft hinauf und spürte schon im nächsten Moment, wie die Hitze des Feuers sich auf seine Haut zu legen begann. Der Anblick des brennenden Gemäuers versetzte ihm tief in seinem Innern einen Stich: Welches Leid hatte sich dahinter zugetragen, welche Schicksalsschläge hatte das Haus erlebt – welche Momente hatte er selbst darin erfahren? Mit einem lauten Klirren begannen die ersten Fensterscheiben zu bersten, während sich die Flammen durch die dahinterliegenden Räume fraßen und damit auch die letzten Erinnerungen an Elfriede verschlangen. Schon im nächsten Moment reckten die ersten von ihnen triumphierend die feurigen Fetzen durch das altersschwache Dach empor und tauchten den darüberliegenden Himmel in ein unheilvolles Rot. Vor Ralfs Augen erstand von Neuem das Bild der brennenden Burg, aus deren Fenstern und Türen der hellgelbe Feuerschein drang. Ein letztes Mal würde das Rote Schloss untergehen – wieder war es Feuer, das alles vernichtete. Noch während er wie angewurzelt in die Flammen starrte, unfähig, sich auch nur einen Millimeter zu bewegen, griff eine Hand nach seiner Schulter und drehte ihn mit einem herben Ruck nach hinten um. Er starrte in das Gesicht des Alten aus der Wirtschaft, der ihn schnellen Schrittes mit sich zog, weg von jenem Unglücksort und außer Reichweite der lechzenden Flammen. Aus seiner Vorstellung erwacht, hörte Ralf plötzlich das vertraute Geräusch der Sirenen, während sich ein flackernd blaues Licht schnell den Marktplatz emporkämpfte. Geübt rollten die Feuerwehrleute im nächsten Moment die Schläuche aus und begannen, unterstützt durch die hinzugeeilten Nachbarn, eine Ausbreitung der Glut zu verhindern. Einige Fetzen gebrüllter Kommandos drangen an Ralfs Ohr und dennoch war er außerstande, ihnen Folge zu leisten. Unbemerkt drehte er sich herum – und lief los. Weg, nur weg von diesem Ort, der schließlich auch die letzte Möglichkeit genommen hatte, Elfriedes Geheimnis endlich ans Licht zu zerren, rannte Ralf in eine schmale Gasse hinein und versuchte, mit jedem Schritt ein wenig mehr Abstand zwischen sich und die Dunkelheit des Marktes zu bringen, wo das gleißende Licht die alte Wirtschaft in eine unheimliche Szenerie verwandelt hatte. Vollends unbewusst, führte Ralfs Weg ihn immer weiter hinein in jenen Wald, der Zell beinahe wie eine natürliche Mauer zu umgeben schien.

Kapitel XVII

Es kannte keine Zeit. Anfang und Ende seiner Existenz waren eins – die Ewigkeit war seine Lebensdauer auf dieser Welt. Es kannte keine Geburt und keinen Tod. Jeden Abend erschien es von neuem, um seine Reise an jenem Punkt zu beginnen, wo sie auch das letzte Mal ihren Ausgang genommen hatte. Lediglich die Strecke, die es im Laufe einer Existenz zurücklegte, variierte je nachdem, wie gnädig ihm die Natur entgegenstand. Als Teil einer von einem Schöpfer erschaffenen Welt war es selbst zum Lebensspender geworden, zum Gleichmacher aller Existenz, die es mit seinem feinen Tuch umgarnte. Darin lag der Sinn seiner Odyssee – nicht das Ende war es, wohin es strebte, sondern der Weg selbst lieferte den Grund, sich jeden Abend aufs Neue an den Anfang zurückzubegeben, um eine Reise anzutreten, die erst in der Ewigkeit ihren Abschluss finden würde. Am Ende jedoch erwartete es nicht der Tod, sondern lediglich der Übergang in einen neuerlichen Beginn allen Strebens, der es in eine ihm unbekannte Form brachte. Es verschwand nie, es löste sich nicht auf, es wurde lediglich unsichtbar, zerfiel in Myriaden kleinster Teile, die sich am nächsten Abend wieder zusammenfinden würden, um ihm erneut jene Form zu geben, die es liebte. Jene Gestalt, die es annahm, um seine Reise zu beginnen. Die Unendlichkeit war seine Lebenszeit, sein Licht am Ende des Tunnels war die Schwärze der Nacht.

Wütend stampfte Ralf durch den Nebel, der den nächtlichen Wald hinter einem weißen Vorhang zu verbergen schien und wischte sich die warnend emporgestreckten Äste der alten Bäume aus seinem Gesicht. Beinahe war ihm, als wollte ihn die Natur daran hindern, diesen Weg zu gehen, als sei es eine Reise, die er jetzt noch nicht auf sich nehmen sollte und doch zog es ihn immer tiefer hinein in den bläulich schimmernden Forst. Er stolperte über die Wurzeln der Riesen und krachte durch das Unterholz, das wiederum den kleinsten selbst im Tode einen Lebensraum zu geben vermochte, bis er schließlich zu einer Lichtung kam, die er schon einmal gesehen hatte. Leise sprudelte ein Bach aus einem der Felsen empor, links flatterte müde ein gelbes Absperrband um eine kleine Kuhle, die man scheinbar erst vor kurzem ausgehoben hatte und um deren zerfetzte Ränder sich beinahe lieblich leichte Nebelschwaden türmten. Eine alte Steinplatte, die man in den Fels eingesetzt hatte, wies den Ort als Quelle der Saale aus.

Er war angekommen; welche Ironie, diesen Platz, den Anfang und gleichsam das Ende seiner Reise, nun endlich zu Gesicht zu bekommen; ein letztes Mal dem zu gedenken, was hier vorgefallen war, ehe er sich auf den Heimweg machen würde. Er konnte nicht anders, als kurz den Kopf zu senken und ein Gebet zu sprechen – während er die Namen Elfriedes, Sümmerers und Alberts vor seinem geistigen Auge vorbeiziehen ließ, spürte er, wie sich eine einzelne Träne ihren Weg über seine Wange bahnte, ehe sie von seinem stoppeligen Kinn troff und im sehnsüchtig wartenden Nebel verschwand. Warum nur hatte es alles so enden müssen? Warum war auch diese Region, die sich ihm anfangs mit all ihren Eigen- und Besonderheiten derart verschlossen hatte, nur um schließlich nach und nach ihre wahre Schönheit preiszugeben, wieder nicht zum Endpunkt seiner Suche nach einer Heimat geworden? Noch nie war er derart kurz davor gewesen, endlich anzukommen, sich niederzulassen und sich dem zu öffnen, was ihn umgab, was hinter jeder Ecke, unter jedem Stein auf ihn zu warten schien. Ein letztes Mal atmete Ralf tief durch, spürte die kalte, unheimlich klare Luft, die seine Lungen füllte und drehte sich schließlich um – wissend, dass er nie mehr zurückkehren würde.

Ein Rascheln am Rand seines Blickfeldes ließ ihn zusammenzucken, ehe sich aus dem Dunkel die Gestalt Waldemar Hassler schälte. „Guten Abend, Herr Benz! Schön, Sie zu sehen."

Ralf traute seinen Augen kaum und doch konnte er ihn deutlich vor sich sehen: Jenen Archivar, der ihm bei der Suche nach den letzten Lösungen des Rätsels derart weitergeholfen hatte, mit dem er, ähnlich einem Spielkameraden in den Akten in Wunsiedel geblättert hatte, stand nun vor ihm. Aus seinen Augen jedoch drang nicht mehr jenes Feuer, das Ralf bei ihrem letzten Treffen darin erkannt hatte und das ihn allzu deutlich an Albert Unglaub erinnert hatte, sondern – Hass? Neid? Nein – es war Furcht? Langsam näherte sich der Greis dem schwachen Mondlicht, das die Lichtung in einen weißlichen Schein tauchte, als in seinem Rücken ein zweites Gesicht erkennbar wurde. „Sie, aber warum?“ stieß Ralf hervor, doch erhielt er keine Antwort.

Sebastian Hofners jugendliches Aussehen unterstrich nur die Bedrohung, die in jeder seiner Bewegungen lag. „Ach kommen Sie schon, Herr Benz, stellen Sie sich nicht dümmer an, als Sie sind! Ich wusste schon damals, als sie das erste Mal in meinem Pfarramt erschienen sind, dass Sie mir Probleme machen würden. Warum konnten Sie die Sache auch nicht einfach auf sich beruhen lassen?“ Einsam, beinahe klagend drang der Ruf eines Kauzes über die Richtung, beinahe so, als wollte er die irdischen Störer darauf verweisen, dass nun, des Nachts, die Regeln der Natur im Wald galten. „Aber Sie sind doch erst vor sechs Jahren hierher versetzt worden? Wie kann das sein?“ In Ralfs Kopf flossen die Gedanken nur so dahin, bis sie sich schließlich zu einem klaren Lauf vereinigten, der dem der vor ihm plätschernden Saale nicht unähnlich war. „Versetzt werden, versetzen lassen. Nennen Sie es, wie Sie wollen! Fakt ist nur, dass ich nicht tatenlos zusehen kann, wie Sie und dieser alten Stümper“ dabei stieß er Hassler kraftvoll die Pistole in den Rücken, die er die ganze Zeit über in der Tasche versteckt hatte „alles zunichtemachen.“ „Aber was hat diese Sache mit Ihnen zu tun?“ „Hähä, glauben Sie im Ernst, dieser dumme Hund von Anton Hafenrichter hätte es alleine zusammengebracht, die kleine Schlampe zur Abtreibung zu bringen? Nein, er brauchte einmal mehr die Hilfe seiner Eltern.“ *Drei Personen in der Hütte im Wald… Du willst es doch auch…eine Abtreibung…Hilf mir!*

„Dass es in Wahrheit sein Vater gewesen ist, weiß ich mittlerweile auch. Aber was hat diese ganze Sache mit

Ihnen zu tun?" „Haben Sie schon einmal daran gedacht, dass sich Namen ändern können? Aus Schuberth wird durch Hochzeit Hofmann, aus Hafenrichter Hofner..." „Sie sind mit ihnen verwandt?" „Ganz Recht: Meine Familie hat sich seit Generationen darum gekümmert, dass dieser – unschöne Fleck – in der Geschichte nicht ans Tageslicht kommt: Bei Sümmerer genügte ein Besuch meines Großvaters bei ihm in München – immerhin war er damals schon ein von Alter und Krankheit geschwächter Mann. Und als schließlich ich am Zug gewesen bin, mich Unglaubs anzunehmen, dachte ich, dass es eine gewisse – nennen wir es – Ironie sein würde, das gleiche Mittel einzusetzen, dass die alte Braun damals auch der kleinen Schuberth gegeben hatte. Leider hätte es zulange gedauert und wäre zu offensichtlich gewesen." Schwer keuchend meldete sich Hassler kurz zu Wort: „Also war es trotzdem Mord?! Sie waren es, Sie haben Albert umgebracht? Aber warum?" Wenn er den Mut gehabt hätte, sich umzudrehen, so wäre ihm beim Anblick des vor Wahn verzerrten Gesichts des Pfarrers sicher tiefgreifende, allumfassende Angst in sein altes Herz gekrochen. So aber hörte er nur die erstaunlich ruhige Stimme des jungen Mannes, als er sagte: „Aus dem gleichen Grund, aus dem auch Sie bald dran glauben müssen: Er hat zu viele Fragen gestellt." Noch immer wollten die Gedanken in seinem Kopf jenen letzten Widerstand, der sich ihnen in den Weg gestellt hatte, nicht überwinden: „Aber wie? Ich habe Sie nicht gesehen, als ich aus dem Haus ging und es hätte eine gewisse Zeit gedauert, bis das Mutterkorn seine Wirkung entfaltet hätte." „Oh, Herr Benz, Sie enttäuschen mich. Glauben Sie ernsthaft, ich hätte keinen anderen Weg gefunden? Trauen Sie mir nicht mehr zu? Immerhin kann auch ich recherchieren und in alten Medizinbüchern schmökern, in denen wirklich teils interessante Rezepturen zu finden sind. Unter anderem auch, dass Oleander, an sich eine wunderschöne Pflanze, ein perfektes Mordwerkzeug darstellt. Die Symptome ähneln einem Herzanfall, der bei Menschen eines gewissen Alters nicht sonderlich selten vorkommt, nicht wahr?" „Aber wie?" „Ganz einfach, Unglaub war immerhin ein – wie sagte er zu Ihnen – ‚gläubiger Mensch'. PAH, diese Blasphemie aus seinem Munde gab mir den Rest. Aber andererseits lieferte sie mir auch einen wunderbaren Weg, den Alten aus dem Verkehr zu ziehen. Immerhin ist Oleander unheimlich bitter, weshalb man ihn mit etwas Süßem kombinieren muss, um den Geschmack zu überdecken. Wein bietet sich beispielsweise wunderbar an..." Erkenntnis machte sich in Ralfs Gedanken breit – ein letztes Mal in seinem Leben, dessen wurde er sich in diesem Moment bewusst, hob *Ahnung* mit stolz geschwellter Brust den Stift, um die verbliebene leere Seite im Buch seines Lebens zu füllen: Albert hatte noch am Abend zuvor den Gottesdienst in der Zeller Kirche besucht. „Sie haben das Gift in den Abendmahlskelch gemischt! Sie hätten Unschuldige damit töten können!" „Ach, Herr Benz, wenn man zwei Kelche verwendet und den einen dummerweise immer dann nachfüllen muss, wenn Unglaub an der Reihe war, ist die ganze Sache relativ simpel. Wie genau es funktioniert, wusste ich ja aus dem Kirchenbuch: *Der Heilige Antonius befreite Elfriede von ihrer Last.* HAH, dummerweise habe ich bei meinem Besuch im Nürnberger Archiv nicht den ganzen Satz dieses blöden Geistlichen entfernen können, aber immerhin waren die wichtigsten Passagen damit getilgt. Und wenn die Bücher in Zell lagen, hätte ich immer ein Auge darauf, wer sich der Lösung des Rätsels zu weit näherte und damit mein Eingreifen erforderlich machen würde. Leider bleibt mir für Sie beide nicht allzu viel Zeit, sodass ich etwas – rabiatere Methoden anwenden muss! Sie hätten die Zeichen besser deuten sollen, Herr Benz." Einmal mehr schrie *Ahnung* mit voller Kraft: *Feuer!* „Sie waren es, nicht wahr? Sie haben versucht, mich in meinem Wagen lebendig verbrennen zu lassen!" Ein Lächeln umspielte den Mund des jungen Pfarrers und verzog sein Gesicht zu einer unnatürlichen Grimasse: „Ich wollte Sie nicht töten. Immerhin dachte ich nicht, dass Sie innerhalb weniger Tage das herausfinden würden, wofür Unglaub einige Jahre gebraucht hatte. Allerdings schien es mir passend, Sie darauf aufmerksam zu machen, dass Sie sich auf sehr ‚gefährlichen' Pfaden befinden." Schließlich drangen auch die letzten Erlebnisse in Ralfs Gedanken: „Dann haben Sie vermutlich auch das „Rote Schloss" angesteckt, nicht wahr?" „Nun, ein kleiner Zeitzünder in Kombination mit Benzinkanistern, die man dummerweise nach dem letzten Gebrauch nicht mehr zugeschraubt hatte, können sehr schlimme Folgen haben, Herr Benz. Eigentlich hätte ich das ganze Kaff abfackeln sollen und ich muss ehrlich gestehen, dass ich kurze Zeit darüber nachgedacht hatte, es auch zu tun. Damit wäre ein für alle Mal Ruhe gewesen. Aber leider sind die Feuerwehren heute bei weitem schneller, als noch vor 180 Jahren, nicht wahr?" Ein kehliges Lachen drang aus seinem Mund und verhallte im nächtlichen Forst. „Aber nun genug der Geschichten! Los, vor da!"

Kraftvoll stieß er Hassler zu Ralf auf die Lichtung und zielte mit seiner Pistole direkt auf seine Stirn. Angestrengt dachte Ralf über einen Ausweg nach… doch fiel ihm keiner ein – seine letzten Gedanken galten Elfriede, die genau an dieser Stelle ein ähnliches Schicksal erlitten hatte. Aus dem Dunkel des Waldes heraus gaben die alten Riesen in diesem Moment ein leises Ächzen von sich, aus dem tiefe Verzweiflung zu sprechen schien. Die Natur würde ihr Geheimnis bewahren, bedeckt von Staub und Nebel der Geschichte. Kurz flackerte Elfriedes Gesicht inmitten des im Mondschein glänzenden Blätterdaches auf, ehe es sich im nächsten Windhauch verfing und ein für alle Mal verlosch. *Ich habe alles versucht, bitte verzeih mir.* Als der Knall durch das Unterholz hallte, durchströmte eine nie gekannte Wärme Ralfs Innerstes und brachte in seinem Unterbewusstsein jenes Karussell in Gang, das einem ein letztes Mal eben die Momente des Lebens vor Augen führte, die es zu dem machten, was es war. Ralf sah seine Eltern vor seinem geistigen Auge, seinen ersten Schultag, Rangeleien mit Freunden, er erlebte den Spaß mit den ersten Geliebten, die Angst vor den Abiturprüfungen, spürte die Aussichtslosigkeit im neuen Beruf, die ihn schließlich hierherbrachte und in eine unendliche Dunkelheit stürzen ließ, in deren Schwärze er in einem letzten Augenblick auf dieser Welt Susis vertrautes Gesicht erkannte. Kraftlos fiel er nach hinten und spürte im nächsten Moment den sanften Kuss des kühlen Nebels auf seiner erhitzten Haut, der seinen Sturz aufzufangen schien. Ein letztes Mal verschwamm die nächtliche Szenerie zu einem Traumgebilde, in das sich einzelne Stimmen mischten. „Isser duud?“ „Nein, der hält was aus!“ Damit glitt er ab in die Dunkelheit.

Als er seine Augen öffnete, strahlte ihm die hellleuchtende Sonne entgegen: Die Nacht war bereits vergangen, das weiche Moos durch ein warmes Bett abgelöst. Er blickte sich kurz um und erkannte, dass er in seinem Zimmer im „Weißen Ochsen“ lag. „Guten Morgen, Schlafmütze!“ Susi grüßte ihn von der Seite des Bettes aus. Plötzlich zerriss die Erinnerung das anfänglich warme Gefühl, das sich in seinem Körper ausgebreitet hatte – die Pistole, der Pfarrer, ein Schuss! Aber er war hier; wie konnte das sein? „Wie? Wer?“ Beinahe mitleidig blickte Susi ihn an, ehe sie sagte: „Weißt du, auch ich habe hin und wieder Tage, an denen ich am liebsten alles hinter mir lassen und einfach raus möchte aus dieser Gegend, die mich derart einzuschnüren scheint, dass mir das Atmen unmöglich wird. Aber dann gehe ich einfach raus in den Wald, höre auf das, was er mir zu erzählen hat und lasse meinen Gedanken freien Lauf.“ Bei den letzten Worten hatte sie sich zum Fenster umgedreht, um verträumt den vorbeiziehenden Wolken hinterher zu blicken. „Zell ist nicht perfekt, das weiß jeder, der hier wohnt. Aber für mich und alle anderen dort draußen in den Straßen ist es eben jener Ort, der meine Heimat verkörpert. Wenn ich morgens durch die Gassen streife und Menschen sehe, die ich seit Beginn meines Daseins auf dieser Welt kenne, deren Ängste und Sorgen sie mit mir teilen und die für einander da sind, wenn sie sich brauchen, weiß ich, was Sümmerer schon vor achtzig Jahren an diesem Flecken Erde gefunden hat. Seit Generationen haben die Menschen hier oben gelernt, dass nichts auf dieser Welt unmöglich ist, solange man zusammenhält. Freilich gibt es Orte, die schönere Altstadtkerne haben, deren Wälder zu Hotspots für Touristen geworden sind und jeden Tag in Sendungen als „schönste Flecken Erde“ bezeichnet werden. Aber all das hilft nichts, wenn die Menschen selbst nicht füreinander da sind. So oft wir uns auch anmaulen, oder übereinander lästern, weiß doch jeder, dass er immer zu den anderen kommen kann, wenn er ein Problem hat. Manchmal ist es schließlich auch gut, wenn ein Dorf alle Geheimnisse kennt. Dann reden die Menschen nämlich nicht nur übereinander, sondern passen auch gegenseitig auf sich auf. Wie die Metzgerin, die, als sie beim Feuer stand gesehen hatte, wie du in den Wald gerannt bist. Oder der Mesner, der deinen Besuch in der Kirche bemerkt hatte“ *Das Gefühl beobachtet zu werden.* „und kurze Zeit später Hofners Auto mit einem zweiten Insassen die Straße entlang fahren sah.“ Susi hatte sich wieder zu ihm gedreht und blickte ihn aus aufrichtigen Augen heraus an: „Oder ich, die Kommissar Reif schließlich in alles eingeweiht hat.“ Zu viele Informationen durchfluteten Ralfs Schädel. Kraftlos ließ er ihn in das Kissen fallen und gab sich ganz den Träumen hin – allein, diesmal kamen sie nicht.

Kapitel XVIII

Beim letzten Schlag der alten Glocke, dessen Ton noch einige Zeit in Ralfs Körper nachhallte, machte sich die Gemeinschaft auf den Weg hinaus zum Friedhof. Die letzten Tage hatte er durchlebt wie im Traum, doch mittlerweile von Susi erfahren, was sich in jener Nacht an der Saalequelle ereignet hatte. Zwar wollte sie nicht zugeben, dass seine Schilderung der Ereignisse vor 150 Jahren sie schließlich dennoch davon überzeugt hatte, ihm zu glauben, doch trieben sie das schlechte Gewissen und ein „ungutes Gefühl", das sie nicht weiter beschreiben wollte, dazu, sich mit Kommissar Reif zusammenzutun und ihn zu suchen. Nachdem es in Zell eigentlich nur eine Möglichkeit zur Übernachtung gab, waren sie kurz nach Reifs Eintreffen bei Agnes Weber vorstellig geworden, die ihnen von der vorher geführten Unterredung berichtet hatte. Die

Metzgerin, die gerade die Blumen auf den Fensterbrettern goss, und der Mesner, der sie dabei beobachtete, gaben schließlich die letzten Hinweise, die notwendig gewesen waren, um sich an Ralfs Fersen zu heften. Dabei konnte er von Glück reden, dass Reif seine Dienstwaffe im Holster mitgeführt hatte – nur so war es ihm gelungen, Hofner in letzter Sekunde zu stoppen. Zwar würde Reif nun eine Untersuchung überstehen müssen, da er den Schützen immerhin auch durch einen Schuss ins Bein verletzen hätte können ohne ihn gleich umzubringen, doch war er sich sicher, dass zwei gerettete Leben das allemal aufwiegen würden.

„Ralf, kommst du?" Susi war neben ihn getreten und zerrte ihn durch die schmale Pforte hinaus auf den geschotterten Weg, der um die Kirche herum zum Friedhof führte. Alberts Sarg, dem, so meinte Ralf, die gesamte Bevölkerung Zells die letzte Ehre erwies, folgte eine zweite Holzkiste, in der die sterblichen Überreste Elfriede Schuberths und ihres Kindes lagen, die man an der Saalequelle gefunden hatte. Ralf war sich sicher, dass es Albert recht gewesen wäre, wenn er erfahren hätte, dass man sie im Rahmen seiner Beerdigung in ein kleines Grab nahe der Kirche betten würde. Auf dem Weg zum Friedhof durchlebte Ralf noch einmal all jene Emotionen, die er diesem Ort zu verdanken hatte: Er hatte Zell fürchten und hassen gelernt, er hatte in die dunklen Abgründe der menschlichen Seele geblickt – und doch konnte er nicht umhin, am Ende eine gewisse – ja – Zuneigung zu verspüren. Sicher waren die Zeller ein ganz besonderes Völkchen mit auf den ersten Blick komischen Eigenarten, doch standen sie dennoch eng zusammen, wenn es darauf ankam. Und dass verschiedene Einwohner bei seiner Rettung beteiligt gewesen sind, gab ihm schließlich das Gefühl, als wäre er endlich ein Stück weit hier angekommen. Passend dazu hatte ihn vor kurzem auch der Direktor des Gymnasiums in Münchberg in sein Büro bestellt, um zu fragen, ob er nach allem, was vorgefallen war, überhaupt noch hier bleiben wollte. Immerhin, so führte er weiter aus, könne es jeder verstehen, wenn er sich wieder nach Hamburg absetzen wollte. Ralf hatte kurz darüber nachgedacht und das Angebot, ab dem nächsten Monat wieder regelmäßig vor einer Klasse in Münchberg zu stehen, schließlich angenommen. Es schien beinahe, als habe nicht allein Elfriede, sondern auch er ein Stück weit seinen Frieden gefunden – und auch die Natur zeigte sich nun, an jenem Tag, an dem es darum ging, Abschied von Albert Unglaub zu nehmen, von ihrer schönste Seite. Leise zwitscherten die Vögel von den Bäumen, die sich um den Friedhof gruppierten und durch deren Blätter die Sonne zarte Strahlen warf. Der Pfarrer aus dem nahen Sparneck hatte eine anrührende Predigt gehalten, von der Ralf noch immer eine Passage im Kopf herumspukte: „Albert war ein Original. Einer jener Menschen, die beinahe jeder kennt, der in der Umgebung lebt und die sie zu dem machen, was sie ist: Unsere Heimat."

So weit war Ralf selbst noch nicht – „Heimat" konnte er das Stückchen Erde am Fuße des Waldsteins noch nicht nennen, doch kam es seiner Vorstellung davon langsam immer näher. Susi riss ihn aus seinen Gedanken, als es darum ging, ein letztes Mal vor das offene Grab zu treten, in dem der schlichte Holzsarg ruhte, der seinen Freund umfing. Wenngleich Ralf Albert bei weitem nicht derart gut gekannt hatte, wie die übrigen Trauergäste, so war es ihm doch, als hätte er ein besonderes Verhältnis zu ihm gehabt. Still vergoss er einzelne Tränen, ehe er sich umwandte und in die Gesichter all jener Menschen blickte, die er während seiner ersten Wochen kennengelernt hatte. Die Metzgerin war es schließlich, die als letzte vom Grab zurücktrat und verkündete: „So, etzt gengmer erst amoll essn!“ Ralf fiel die Kinnlade herunter – meinte sie wirklich, er könne nun, derart kurz nach der Beerdigung, mit all diesen Menschen ein normales Gespräch führen? Langsam zog Susi ihn mit in Richtung des großen eisernen Friedhoftores, das auf den Marktplatz führte. „Wenn du hierbleiben willst, wirst du dich an unsere Traditionen gewöhnen müssen.“ war ihre Antwort auf seinen noch immer verdutzten Blick. Er würde diese Zeller vermutlich nie verstehen.

Epilog

Andächtig zog das feine Gespinst seine Kreise durch die nächtliche Natur. Erneut hatte seine Existenz tief im Inneren des Waldes begonnen, hatten sich tausende und abertausende kleinster Wasserperlen zusammengefunden, um ihm Gestalt zu verleihen und die Kraft zu geben, seine Reise anzutreten. Langsam durchfloss es die toten Augen der alten Ruine auf dem Waldstein, leckte liebkosend über die raue Oberfläche des Teufelstisches hinweg und lauschte dem leise gesäuselten Lied an der Quelle der Saale, das nur es selbst zu vernehmen vermochte. Durch jenen stummen Klang der Sehnsucht gestärkt, war es letztendlich zur letzten Etappe seiner heutigen Reise aufgebrochen und hatte die Grenzen des Waldes hinter sich gelassen, ehe es sich dem kleinen Ort näherte, der sich vor ihm öffnete. Zurückhaltend, schüchtern zog es durch die Gassen und löschte mit seiner bloßen Anwesenheit die letzte Glut inmitten der verkohlten Balken, die aus dem ehemaligen „Roten Schloss“ ragten, als wären es Arme, die hilflos klagend in den Himmel reichten. Das Wimmern des alten Gemäuers, die Schmerzen tief im Innern des Holzes, tröstete es mit einem leichten Hauch der ewigen Unvergänglichkeit. Mit letzter Kraft wandte es sich daraufhin der alten Kirche zu, die es bei seiner Wanderung bis dato nur selten besucht hatte, um die Aura des heiligen Ortes nicht zu stören.

Zwar war das Tor heute verschlossen, doch ergoss es sich dennoch sanft über den Kirchhof, nur um das Ende seiner Existenz zu begehen. Rund um zwei frische Erdhügel, aus denen Kreuze stolz in die nächtliche Schwärze stoben, harrte es einen letzten Moment aus, ehe es sich müde auf die Erde sinken ließ, um sein Leben für diesen Tag zu beenden.

Nachwort

Fangen wir am besten bei den Darstellern der Geschichte an, die es – und das ist wahr – allesamt tatsächlich gegeben hat bzw. noch gibt. Ralf Benz und Susanne Schuberth sind dabei Mischungen aus ganz verschiedenen Charakteren, die ich zwischenzeitlich kennen- und schätzen lernen durfte, wobei bei ersterem auch ein Stück weit „A. Roßner" enthalten ist. Allen voran das Gefühl, das Ralf ergreift, wenn er alte Quellen in die Hände bekommt, ist nicht bloße Einbildung, sondern exakt so beschrieben, wie es mir selbst immer geht, wenn ich „auf Recherche" bin. Auch die Zeller können Sie allesamt antreffen, wenn Sie dem kleinen Ort einmal einen Besuch abstatten, wobei ich manche Eigenschaften natürlich ein wenig überspitzt dargestellt habe: Bei der Metzgerei Hofmann beispielsweise bekommen sie die mit Abstand beste Wurst und treffen auf einen immer freundlichen Service. Ganz nebenbei erfahren Sie zudem die neuesten Nachrichten aus aller Welt, da der Laden – so, wie es eigentlich überall sein sollte – der heimliche Treffpunkt des Ortes ist. Auch Agnes Weber, ihre Tochter und all die anderen werden Sie – natürlich unter Alias-Namen – in Zell antreffen können. Einzig der Pfarrer und der Mesner entstammen vollends meiner Phantasie, da es in Zell zwei freundliche und hilfsbereite Damen sind, die diese Positionen ausfüllen. Da jedoch die Charaktere in der Geschichte das genaue Gegenteil von dem darstellen, was der Wirklichkeit entspricht, war ich so frei, auch das Geschlecht zu ändern, um damit wirklich jedweden Anflug von Vergleich sofort im Keim zu ersticken. Die beiden mögen es mir nachsehen!

Schließlich sind auch Waldemar Hassler und Albert Unglaub der Realität entnommen: Ersterer ist eine bunte Mischung aus verschiedensten Bekannten, von denen jedoch meist seine guten Eigenarten entliehen sind. Die anfänglich grobe Art, die Ralf beinahe ein wenig einschüchtert, ist meine Erfindung – denn eine solche Person werden sie in keinem Archiv der Region vorfinden. Ganz im Gegenteil freut man sich immer über Besuch und steht gerne mit Rat und Tat zur Seite, wenn die Recherche einmal ins Stocken zu geraten droht. Albert indes ist die einzige Person, die tatsächlich unter eben diesem Namen in Zell gelebt und auch einige Eigenarten des Vorbildes bekommen hat. Der „echte" Albert Unglaub ist leider bereits vor einigen Jahren verstorben, doch haben die Zeller ihm nichts Geringeres zu verdanken, als ihr Gedächtnis: Seit den 1930er Jahren mit einer Kamera bewaffnet, hat Albert alles im Bild festgehalten, was sich während seines Lebens in seiner Heimat getan hat. Daraus ist eine Sammlung von über 50 Ordnern entstanden, die sich mittlerweile in meinem eigenen Arbeitszimmer befindet, wofür ich der Familie Unglaub an dieser Stelle noch einmal von ganzem Herzen danken möchte. Es ist im Übrigen tatsächlich so, dass manche Häuslebauer den älteren Herren, der jeden Bauabschnitt dokumentierte, teils ein wenig schief angesehen haben, doch wissen auch sie mittlerweile, wie wichtig Alberts Arbeit für die Geschichtsforschung der Region ist. Einzig sein Aussehen habe ich – sagen wir, aus „dramaturgischen Gründen" – ein wenig verändert.

Neben den Figuren sind auch die besuchten Orte allesamt real, wobei am Anfang natürlich das Gasthaus „Zum Roten Schloß" stehen sollte. Es gab in Zell bis ca. 1920 um die elf Wirtshäuser, von denen sich leider nur drei (die jedoch mit einer entsprechenden Qualität) bis heute halten konnten. Das Vorbild für das „Rote Schloß" ist ein Gebäude am Marktplatz in Zell, das mittlerweile der katholischen Kirche als Domizil dient, jedoch vor gut 40 Jahren meiner eigenen Familie gehörte: Mein Ur-Ur-Großvater war jener berühmte „Wirtsgogl", dessen Name im Ort noch immer Erinnerungen an längst vergangene Zeiten wachwerden lässt. Der Mann, der eigentlich Johann Ittner hieß, war Ökonom, Metzger, Kommunbrauer und Gastwirt, wobei ihn insbesondere der letztgenannte Beruf unsterblich werden ließ. Allein zu ihm gäbe es unzählige Geschichten zu erzählen, die vom Leben in und mit Zell berichten. Leider verstarb er einige Jahre vor meiner Geburt, sodass ich ihn nicht persönlich kennenlernen durfte, doch kam es einem Ritterschlag gleich, als meine 94jährige Urgroßmutter mir vor einiger Zeit eröffnete, dass ich „der letzte Wirtsgogl" sei. Danke dir, Oma!

Den „Weißen Ochsen" werden Sie in Zell vergeblich suchen, doch hatte die Familie Hafenrichter, die tatsächlich aus Weißenstadt stammte, Ende des 19. Jahrhunderts das Wirtshaus „Rotes Roß" in Zell übernommen, das bis heute die Gäste bei fränkischer Küche und unheimlich nettem Service einlädt. Allerdings ist die schummrige Atmosphäre, die im Buch beschrieben wird, vollends meiner Phantasie entsprungen: Alle drei Wirtshäuser in Zell sind einladende Etablissements mit hervorragendem Essen und unheimlich nettem Service – sicher würden sich die Besitzer freuen, Sie einmal als Gäste begrüßen zu dürfen. Meine Provision hole ich mir dann später ab...

Selbstverständlich können Sie den Waldstein nebst Teufelstisch und auch die Saalequelle besuchen. Beides sind weit über Zell hinaus bekannte Ausflugsziele, die aufgrund des umfassenden Natur- und Denkmalschutzes Einblicke in das Aussehen unserer Wälder geben, bevor diese schließlich zur „Nutzholzgewinnung" in Monokulturen umgewandelt worden waren. Auch die Sagen, die sich um die einzelnen Orte ranken, sind „wahre" (sofern man dieses Wort benutzen möchte) Überlieferungen und Sie werden tatsächlich bis heute die Abdrücke der eisernen Karten am Teufelstisch mit eigenen Augen sehen können, wenn Sie die kurze Kletterpartie auf sich nehmen. Was Sie nicht mehr vorfinden werden (da es selbst im Buch bereits Vergangenheit ist) ist die kleine Holzhütte der „Waldhirten" an der Quelle der Saale. Johann Jacob Richter hatte 1769 damit begonnen, dort oben nach Gold zu graben, fand jedoch nichts außer sogenannter „Gelber Kreide", einem recht teuren Pigmentfarbstoff, den er postwendend in einer groß angelegten Mine abbaute. In den 1790er Jahren übergab er das gesamte Areal an die Familie Braun, die bis dato tatsächlich als Hirten tätig gewesen war, und dort oben jenes Hüttchen errichtete, das in der Geschichte eine derart wichtige Rolle spielt. Die Nachfahren leben noch immer in den „Waldhäusern" und sehen mir hoffentlich nach, dass ich die Erzählungen, die sich um ihre ominöse Ahnherrin ranken, für meine Geschichte benutzt habe. Bis heute nämlich existiert die Geschichte von der „Kartenschlägerin", die mit den Geistern und Dämonen in Kontakt gestanden haben soll.

Schließlich können Sie auch die Geschäftsstelle des Fichtelgebirgsvereins in Wunsiedel und das Gymnasium Münchberg besuchen: Beide sind realitätsnah beschrieben, wobei insbesondere die Schule eine große Rolle auch in meinem Leben spielte – immerhin habe ich hier 2011 mein Abitur abgelegt.

Doch kommen wir nun zur wichtigsten Frage überhaupt: Was ist dran am „Waldsteinnebel"? Mehr als Sie vielleicht denken! Natürlich gibt es in Zell keinerlei „dunklen Geheimnisse" (und selbst wenn, sind sie nicht derart dunkel, dass sie vollends in der Versenkung verschwinden müssten), doch habe ich mir erlaubt, ähnlich einer Sage, einige wahre Kerne in die Geschichte einzuweben. Während daher Elfriede Schuberth und ihre „Sünde" vollends der Phantasie entsprungen sind, existieren die einzelnen Hinweise, die ich vollends frei zu einer Beweiskette zusammengefügt habe, tatsächlich: Sowohl das Grabmal des Pfarrers Laurentius Samstag mit dem geheimnisvollen Spruch, der sich im Kirchenbuch wiederfindet, als auch die Textfragmente aus den einzelnen Werken sind (hier und da mit kleinen Abwandlungen) real. Ich war allerdings so frei, Christian Sümmerer eine etwas neue Rolle in der Geschichte zu geben, wenngleich die Hintergründe beinahe genauso spannend sind. Der gebürtige Münchberger hatte 1923 in Erinnerung an die Zerstörung der Waldsteinburg vor 400 Jahren ein kurzes Schauspiel inszeniert, das derart gut angekommen ist, dass man ein Jahr später mit „Des Waldsteins Wunderblume“ die eigentlichen Festspiele begründete. Die Handlung des Stückes ist eins zu eins wiedergegeben, doch wollte Sümmerer damit natürlich keineswegs auf irgendwelche dunklen Schatten in der Vergangenheit verweisen, sondern ganz im Gegenteil seiner Liebe zur Heimat Ausdruck verleihen. Der „Zauber des Waldsteins“, wie es Reinhardt Schmalz ausdrückt, der die Festspiele 1998 nach fast sechzig Jahren wiederbelebte, spricht bei der Wunderblume aus beinahe jedem Wort, was auch die Schauspieler bemerkten, die sie 2013 und 2014 erneut auf die Bühne gebracht haben. Genauso spannend, wie (hoffentlich) auch die hier beschriebene Phantasie-Geschichte, ist die Suche nach Sümmerers zweitem Stück. Es trägt in Wahrheit den Namen „Anno 1523“ und wurde tatsächlich einige Monate nach seinem Tod ein einziges Mal aufgeführt: Bei der Rotkreuz-Tagung in Münchberg. Allerdings waren daran keineswegs geheime Botschaften Schuld, die die Menschen in Aufruhr versetzt haben, sondern die Umstände, die am Waldstein vorherrschten. Nach zwei Jahren Festspielzeit und jeweils knapp 20.000 Besuchern waren die hölzernen Tribünen derart ramponiert, dass es ein immenser finanzieller Aufwand gewesen wäre, sie wieder instand zu setzen. Daher blieb es bei der Aufführung in der Münchberger Turnhalle, woraufhin das Stück im Dunkel der Geschichte verschwand. Sowohl Reinhardt Schmalz als auch ich haben mehrere Jahre danach gesucht, mussten jedoch schließlich einsehen, dass es vermutlich ein für alle Mal verloren ist. Denn aufgrund der einmaligen Inszenierung wurden keinerlei Texthefte gedruckt, sondern lediglich maschinengeschriebene Blätter an die Schauspieler verteilt, sodass sich nur die grobe Handlung (anhand eines Zeitungsartikels) und ein Gedicht daraus erhalten haben. Letzteres fand ich übrigens in einem von Ludwig Blank verfassten Nachlass Christian Sümmerers im Stadtarchiv in Münchberg. Ein anderes, bislang unveröffentlichtes Werk aus diesem Konvolut finden Sie am Beginn des Buches. Sie sehen, liebe Leser, in der Regionalgeschichte braucht es nicht einmal allzu viel Autoren-Phantasie, um spannende Krimis zu schreiben – die Vergangenheit selbst bietet genügend Stoff.

Ein kleiner Wegweiser zu den wichtigsten Handlungsorten

Der Teufelstisch am Großen Waldstein ist einer der bedeutendsten Orte für den Volksglauben des Fichtelgebirges. Immerhin soll sich hier, wovon viele Sagen berichten, Mephisto selbst mit dem Feilenhauer von Weißdorf treffen, um mit eisernen Karten um die Seelen der Menschen zu spielen. Bei Letztgenanntem handelt es sich um niemand geringeren, als den mächtigsten Geisterbanner der Region, der jedweden Spuk mittels eines großen Sackes einzufangen vermochte, um ihn anschließend auf dem Gipfel des Waldsteins freizulassen. Kein Wunder also, dass er es letztendlich auch mit dem Teufel aufnahm, wovon übrigens bis heute tiefe Löcher zeugen sollen, die sich auf der Oberseite der Steinplatte erhalten haben.

Das „Rote Schloss" auf dem Waldstein hat seinen Namen vom Heimatforscher Johann Theodor Benjamin Helfrecht erhalten, der in seinem 1794 veröffentlichten Werk zu „Ruinen, Alterthümern und noch stehenden Schlössern" vom „feuerroten Schlosse" schreibt, nachdem er einige Ziegel entdeckt hatte, die er für die mittelalterliche Dachdeckung hielt. In Wahrheit stammten diese Relikte aus dem Spanischen Erbfolgekrieg von 1704, während die Burg vorher vermutlich mit einfachen Holzschindeln gedeckt gewesen war. Erbaut hatten sie die Herren von Sparneck in der Mitte des 14. Jahrhunderts, um sie als Grenzveste zum benachbarten Machtgebiet der Hohenzollern zu nutzen. Am 11. Juli 1523 wurde die stolze Anlage schließlich von den Truppen des Schwäbischen Bundes zerstört, nachdem sich die Sparnecker der Raubritterei schuldig gemacht hatten – jedenfalls ist es das, was die Quellen erzählen. Tatsächlich sah sich der Kleinadel zum Ende des Mittelalters einem wachsenden Expansionsstreben der kapitalstarken Städte gegenüber, unter denen Nürnberg klar die Führungsposition im süddeutschen Raum anstrebte. Nachdem man sich ab dem Landfrieden von 1495 immer deutlicher gegen die Adligen positioniert hatte, kam im Zuge der „Absberg-Fehde" der willkommene Anlass, um zurückzuschlagen. Der namensgebende Hans Thomas von Absberg hatte eine anfangs ständeinterne Fehde schließlich auf Nürnberg ausgedehnt und Unterstützung bei vielen gleichfalls unter der Machtausdehnung der Stadt leidenden Geschlechtern erhalten. Gemeinsam begannen sie damit, den Handel zu blockieren, da man darin vollends zurecht die Basis des Stadtkapitals erkannt hatte. Mit dem „Fränkischen Krieg" von 1523, der auch zur Zerstörung der Waldsteinburg führte, triumphierten die Krämer und Kaufleute endgültig über die ehemaligen Machteliten, schliffen ihre Burgen und vernichteten damit zugleich die letzten Strukturen des Mittelalters. Die Zukunft gehörte nicht mehr der Blutsverwandtschaft und der Königsnähe, sondern dem Geld.

Die kleine **Marktgemeinde Zell** im Fichtelgebirge liegt zu Füßen des Großen Waldsteins und kann auf eine lange Geschichte zurückblicken: Vermutlich im 11. Jahrhundert als Meierhof zur älteren Waldsteinburg (der sogenannten Ostburg am Schüsselfelsen) gegründet, erlebte sie Glanzzeiten und dunkle Epochen der Geschichte. Das Jahr 1831 hat sich jedoch bis heute fest in das kollektive Gedächtnis der Bevölkerung eingebrannt – buchstäblich! Immerhin zerstörte ein Feuer, das aus ungeklärten Ursachen am Marktplatz ausgebrochen war, weite Teile des Ortskerns, darunter 36 Wohngebäude und auch die relativ neue Kirche. Bis 1835 war der Wiederaufbau der Gemeinde großteils abgeschlossen, doch wollte man sich zukünftig besser vor solchen Katastrophen schützen und nahm daher tiefgreifende Veränderungen an der Architektur vor: Die Häuser wurden durch „Zwinga" (kleine Zwischenräume) voneinander getrennt, um notfalls einfacher Schneisen in ihre Reihen schlagen zu können, ferner mussten alle Dächer mit Schiefer gedeckt und die Mauern aus Granit aufgebaut werden. Diese Vorkehrungen trugen tatsächlich Früchte: Seit 1831 ist kein größeres Feuer mehr im Ort ausgebrochen, was dazu geführt hat, dass sich der Marktplatz bis heute beinahe unverändert präsentiert. Typisch für Zell sind dabei recht imposante, mit dem Giebel zur Straße zeigende Anwesen, deren Scheunen man meist nach hinten verlegte, um die Brandgefahr zu minimieren. Nach wie vor ist der Marktplatz das Zentrum des Ortes, wenngleich viele der ehemals dort ansässigen Geschäfte leider nicht mehr existieren. Bis heute erhalten hat sich die erst vor kurzem originalgetreu restaurierte Kirche St. Gallus von 1836. Sie zeigt wunderbar die protestantische Architektur des 19. Jahrhunderts, da auf jedweden Schmuck verzichtet wurde, um den Gottesdienst, gemäß der Forderung Luthers, auf das Wesentliche auszurichten. Insofern steht einzig der Altar im Fokus, der in der prächtigen Orgel der Hofer Dynastie Heidenreich (Schüler des berühmten Silbermann) ein Gegenstück findet, während das restliche Schiff durch schlichte Eleganz auffällt. Das danebenliegende Pfarramt steht auf den Fundamenten der ehemaligen Schule, die dem Brand zum Opfer gefallen war. Die Innenräume sind hell und modern eingerichtet, Gewölbe und Beschriftungen sucht man jedoch vergeblich: Dafür dienten im Roman die Gänge des Klosters Banz als Vorbild.

Münchberg ist tatsächlich die größte Stadt im Landkreis Hof. Gegründet um das Jahr 1000 neben einem damals installierten Turmhügel, lässt sich ihre Geschichte bis heute gut an den Straßen ablesen: Ausgehend vom alten Marktplatz (der heutigen Ludwigstraße) zog sich links und rechts je eine Häuserreihe den Hang hinauf, die von einer umlaufenden Mauer umgeben war. Im Rahmen des aufblühenden Handwerks wuchs die Siedlung, die seit dem 13. Juli 1364 das Stadtrecht besitzt, über ihre alten Grenzen hinaus und an der Pulschnitz entlang. Während die Ludwigstraße seit dem letzten Brand von 1837 durch eines der schönsten Häuserensembles im Klenze-Stil besticht, werden die Randgebiete durch Industriearchitektur des späten 19. Jahrhunderts geprägt. Immerhin wurde

Münchberg im Rahmen der Industrialisierung zu einem Zentrum des Textilproduktion und damit zur Heimstatt vieler Firmen von Weltrang. Mit dem Anschluss an die Ludwig-Süd-Nord-Bahn wurde 1848 die Mechanisierung ermöglicht, die zum gesellschaftlichen Wandel führte: Aus Ackerbürgern wurden die Schichten der Arbeiter und der (Bildungs-)Bürger, die sich immer weiter auseinanderentwickelten. Während erstere in einem der zahlreichen Wirtshäuser zusammensaßen, trafen sich letztere in der „Harmoniegesellschaft", um über Gott und die Welt zu philosophieren. Andererseits waren es eben jene kapitalstarken Fabrikanten, die das Gesicht der Stadt nachhaltig beeinflussten: Sie stifteten Gelder zum Bau gemeinnütziger Einrichtungen, trieben die Entwicklung des Stadtparks voran und sorgten für genügend Einnahmen, um prächtige städtische Gebäude zu errichten. Das heutige Gymnasium, 1910 als „Königliche Präparandenanstalt" (einem niederen Lehrerseminar) nach den Plänen von Julius Beeckmann erbaut, gilt vollends zurecht als schönstes Schulhaus Bayerns, wenngleich die originale Inneneinrichtung leider zwischenzeitlich einigen Modernisierungen zum Opfer gefallen ist. Dennoch kann das geübte Auge bis heute eine bunte Vielfalt an prächtigen Gebäuden der Gründerzeit neben ästhetischen Bauten aus dem 20. Jahrhundert entdecken, zwischen denen sich sogar das ein oder andere Relikt aus der frühen Neuzeit versteckt. Die Geschichte der Stadt können Sie übrigens im Rahmen von Führungen erfahren, die für „Zugraasta" und Gäste ebenso interessant sein können wie für die „Ureinwohner".

Apropos: Die **Menschen** des Fichtelgebirges sind alles andere als raue, zanksüchtige Gesellen, wie man sie teils in anderen Büchern definiert. Sicher gibt es einige Besonderheiten (so werden sie bspw. niemals erleben, dass sich jemand, der in eine Gaststube kommt, in der nur eine Person sitzt, an deren Tisch niederlässt), aber dennoch stehen sie zusammen. Gerade nach dem großen Industriesterben (einst war die Region für Textilien ebenso bekannt, wie für Porzellan) hatte sich eine Sichtweise eingebürgert, die vom „Zonenrandgebiet“ zur DDR sprach, das man ohnehin abschreiben könne. Dankenswerterweise beginnt man nun damit, offensiv gegen dieses Image vorzugehen und das Fichtelgebirge als Urlaubs- und Ausflugsregion zu positionieren. Dabei spielt die spannende Geschichte eine ebenso große Rolle, wie die unnachahmliche Natur und die vielfältigen Freizeitmöglichkeiten. Die Bewohner selbst gehören zu den aufrichtigsten, freundlichsten Menschen, die ich kenne; und die auch bei den unausweichlichen „Verständigungsschwierigkeiten“, die im Roman beschrieben worden sind, gerne weiterhelfen.

Dank

Vor dieser letzten Seite habe ich, das muss ehrlich zugeben, am meisten Respekt. Schon immer hatte ich mich bei der Lektüre von Romanen gefragt, wen wohl ich am Ende des Schreibens danken würde – und befürchtet, dabei sicher jemanden zu vergessen. Nun jedoch, das fertige Werk neben mir liegend, erscheint mir diese Frage klarer zu beantworten, als das Wasser der Saale am Waldstein sprudelt: In erster Linie danke ich meiner Familie. Nicht allein für all ihre Unterstützung während der vergangenen 25 Jahre, sondern für all das, was sie für mich getan hat, tut und noch tun wird (Ralf hätte an diesem Satz seine helle Freude!). Meine Eltern, Großeltern, Paten, Onkel und Tanten sind immer da, wenn ich sie brauche und erschaffen damit eben jene Heimat, die, so wünsche ich es ihm, auch Ralf endlich finden möge.

Zudem möchte ich meinen wackeren Lektorinnen danken, die mir durch ihre offene Art den Mut gegeben haben, die Seiten des Manuskripts aus meiner Schublade zu nehmen. Meiner Mutti (mit ihr fing alles an), meiner Patin, Franzi, Susi, Steffi, Isolde und – last but auf jeden Fall not least – meinen guten Freunden vom AKAB (dem Arbeitskreis Adrians Buch) Simone und Nicky, deren Name, wie ich hier deutlich machen möchte, auf jeden Fall richtig geschrieben wurde. Sie alle haben mich durch ihre Einfälle, Ideen und „konstruktive Kritik" dazu gebracht, mich immer wieder an den Rechner zu setzen, um weitere Zeilen der Geschichte zu ergänzen, bis sie schließlich komplett vor mir lag. Daher gilt ihnen mein besonderer Dank!

Ohne die tatkräftige Unterstützung dreier Personen wäre aus dem Text niemals der vorliegende Roman geworden – vielen Dank für all die Hilfe daher an Thomas Kropp, der die Worte in die richtige Form gebracht hat, sowie an Ute und Hartmuth, den beiden Kobergers, die mir die Chance gegeben haben, mein Debütstück zu veröffentlichen und mich tatkräftig dabei unterstützten.

Abschließend – ich weiß, die anfänglich proklamierte Seite ist bereits beschrieben – möchte ich allen Zellerinnen und Zellern danken, die unseren kleinen Ort zu dem machen, was er ist. Gerade in Zeiten, in denen man sich selbst immer wieder bei der Frage ertappt, wie es einmal weitergehen wird, ist es wichtig, aufeinander aufzupassen und sich gegenseitig zu stützen. Vielen Dank, dass ihr alle Zell zum schönsten Flecken auf dieser Erde macht!

Der Autor

Adrian Roßner, Jahrgang 1991, hat Anglistik und Geschichte in Bayreuth studiert. Schon seit seinem sechzehnten Lebensjahr ist er in der Heimatforschung des Fichtelgebirges aktiv und hat seitdem mehrere Publikationen vorgelegt, die sich mit der regionalen Geschichte ebenso befassen wie mit lokalen Bräuchen und Sagen. Mittlerweile ist er als Referent für Heimat- und Brauchtumspflege beim Fichtelgebirgsverein und als bestellter Kreisarchivpfleger des Landkreises Hof aktiv. Die Ergebnisse seiner Forschungen präsentiert er einem breiten Publikum in Form von Vorträgen und Führungen. Mit „Waldsteinnebel" legt er nun seinen ersten Roman vor.